北京医生

仇秀莉 著

北京联合出版公司
Beijing United Publishing Co.,Ltd.

图书在版编目（CIP）数据

北京医生 / 仇秀莉著. -- 北京：北京联合出版公司，2022.3

ISBN 978-7-5596-5719-0

Ⅰ.①北… Ⅱ.①仇… Ⅲ.①长篇小说—中国—当代 Ⅳ.①I247.5

中国版本图书馆CIP数据核字(2021)第225460号

北京医生

作　　者：仇秀莉
出 品 人：赵红仕
责任编辑：徐　樟
封面设计：王　鑫

北京联合出版公司出版
（北京市西城区德外大街83号楼9层 100088）
北京新华先锋出版科技有限公司发行
涿州汇美亿浓印刷有限公司印刷　新华书店经销
字数203千字　787毫米×1092毫米　1/16　15印张
2022年3月第1版　2022年3月第1次印刷
ISBN 978-7-5596-5719-0
定价：49.00元

北京医生

CONTENTS

第一章

一

冬夜，很静。街道，华灯初上，车少人稀，北京城区渐渐失去了白天的喧哗。再过十天就是春节了，春节的脚步越来越近，交通也越来越顺畅了。一些在北京工作的外地人将开启"春运"模式，陆续踏上返乡之路，久居京城的本地人也开始准备去国外或南方著名城市旅游度假。位于京城东二环繁华地段的北京阳光医院，前来就诊的患者明显减少，医护人员也有了休整的机会。

已经过了下班时间，神经外科副主任医师梁海涛做完最后一台手术，走出手术室，换上了便装，他身材修长挺拔，透露出中年男子成熟的魅力。此时，他站在办公室窗前，静静地看着街头闪烁的霓虹灯，陷入沉思。有时，当你不想说一句话、不想任何事，只是呆呆地注视着某一位置，似乎放空了一切，反而有一种休息的感觉。

生活中难免遇到一些巧合的事，但梁海涛认为当天接连两个巧合，让他有些不可思议。

就在当天上午 10 点，新上任的神经外科王主任跟他说："医院决定让你赴美国进修一年，春节后出发，这几天好好准备吧。"

梁海涛知道，年长自己五岁的王主任一直把神经外科主任的位子看得很重，两人医术不相上下，但自己的人缘更胜一筹。这些年，王主任似乎把自己当成了竞争对手，暗中较劲，直到他坐稳了梦寐以求的宝座后，才算松了一口气。

医院张院长曾找梁海涛意味深长地说："你还年轻，今年刚四十五岁，未来发展还有空间，以后还有机会。"

梁海涛淡然一笑，对张院长说："我只希望自己的医术能得到提高，希望我能实现申请去美国进修的愿望。"

如今，张院长没有食言，他为梁海涛申请到了去美国进修的好机会。无疑，这对梁海涛来讲，是一个天大的喜讯。他第一时间把这个好消息告诉了太太姜媛。姜媛也为爱人感到高兴，她兴奋地对梁海涛说："你的愿望终于实现了，下班后，你早点儿回家，今天晚上，我们为你好好庆贺一下。"

"OK！"手机里传来梁海涛浑厚沉稳男中音的笑声。

在大学当教授的姜媛很了解梁海涛，她知道，爱人非常渴望这个学习机会！

"上得厅堂，下得厨房"，在梁海涛看来，这句话用在姜媛身上最恰当不过了。他和妻子姜媛是高中同学，那时二人彼此非常欣赏爱慕，后来便相知相恋，大学毕业后，两人携手走入婚礼的殿堂，日子过得很滋润。在梁海涛看来，妻子不仅长得漂亮，还很有品位、懂生活，是一位知书达理的女性。有时，他常想：可能是今生再续前缘吧。

自从放寒假后，姜媛在家里把大量时间用在陪儿子学习上，儿子今年读高二，明年读高三，这可是儿子人生中第一次接受大考的关键一年。

姜媛看着儿子梁一凡在书房里安心学习，她特意跑到楼下的超市，买了梁海涛最爱吃的胖头鱼和西蓝花等新鲜蔬菜，她要好好展示一下自己的厨艺。

厨房内，心情大好的姜媛一边哼唱着轻快的歌曲，一边把炒好的菜一一摆在餐桌上。

这时，门开了，婆婆周凤琴走进门，手里拎着一个手提袋和一大盒铁观音茶，她闻到餐厅里散发的饭菜香味，笑着对姜媛的手艺赞不绝口。

姜媛说："妈，我爸怎么没来啊？梁海涛要去美国进修一年，在他出发前，咱们多聚几次吧。"

周凤琴掩饰不住内心的兴奋说："你爸今天晚上有事，就不过来啦。海涛给我打电话说了，他多年的愿望终于实现了，我真为他感到高兴。"

梁一凡从书房里出来，高兴地跟奶奶打着招呼，又对姜媛说："妈，今天是什么好日子，炒这多菜，好香呀！我有点儿饿，能先吃饭吗？"

姜媛笑着对儿子说："今天你爸爸有好事，你先学习，等你爸回来，咱们一起吃。"说完，她从酒柜里拿出一瓶珍藏多年的法国红酒，打开瓶盖，把飘着醇香味道的红酒倒入醒酒器。

室内温度适宜，阳台上的吊兰、君子兰、富贵竹、常春藤、梅花、水仙花和杜鹃花充满了生机，这些都是周凤琴精心照料的结果。自从她退休后，基本上就住在这里了，帮忙照看孙子梁一凡。从他上小学开始，周凤琴就肩负起接送孙子上下学的重任，闲在家中的时候，她就养了这些赏心悦目的花。此时，她又习惯地拿起小铲子，为花松松土。

时针、分针指向晚上七点半，姜媛听到门口传来熟悉的脚步声，还有钥匙"哗啦哗啦"的碰撞声，她开心极了，快步来到门口，门已经打开了。

梁海涛进门，一边换拖鞋，一边跟妈妈和姜媛打着招呼，笑着问："好香啊，炒的什么好菜呢？"

"都是你爱吃的，我和咱妈要好好为你庆贺一下，今天咱们喝点儿红酒吧。"

周凤琴从阳台走过来，慈祥地看着儿子，高兴地说："知道你春节后要去美国进修，你爸今天有事，没来，我代表他好好给你庆贺一下。"

梁海涛温和地说："这么隆重呀，其实，无论遇到什么事，都应该用一颗平常心去对待。"

"噢，爸爸回家喽，奶奶，我们可以吃饭了吧？"儿子又从书房里出来，高兴地坐在餐椅上，拿起筷子，就等一声令下了。

四人坐稳后，姜嫒给梁海涛和周凤琴各倒了一杯红酒，给儿子倒了一杯可乐，她端起酒杯笑着对梁海涛说："今天是个值得庆贺的日子，为你顺利去美国进修，干杯！"

四个人同时端起杯子："好，干杯！"

梁海涛双手举杯敬周凤琴："妈，这么多年辛苦您了，一直帮我们照看一凡。以后，您和我爸要经常来家里住，反正家里也大，宽敞明亮，卧室一直给你们留着，全家人在一起才热闹。"

周凤琴笑着对梁海涛说："我从阳光医院退休后，每天在家养养花、看看书、听听音乐也挺好的，姜嫒工作忙，需要我的时候说一声就成！"

姜嫒举起酒杯对周凤琴说："妈，您看我平时工作比较忙，那些年，我顾不上接送一凡上下学，真是辛苦您啦！咱们都住一个小区，海涛去美国后，您有空就来住吧。"

"应该的，应该的，看小凡个头都有一米八了，快超过他爸啦，已经是大小伙子了，好好学习，明年争取考上重点大学。"周凤琴慈爱地看着正在吃菜的孙子梁一凡。

"好，我们共同干杯！"一向很少喝酒的梁海涛，此时端起酒杯一饮而尽，可能是喝得有点儿猛，呛得他直咳嗽，满脸涨得通红。

"慢点儿，慢点儿喝，回家后就不要想单位的事。"周凤琴安慰着梁海涛。

姜媛站起身给梁海涛倒了一杯白开水,爱怜地说:"再高兴的事,你也要沉住气,别急,咱们慢慢喝,你打算买哪天去美国的机票呢?"

梁海涛又咳了几声,怔怔地看着姜媛,又看了看周凤琴,欲言又止,但还是鼓足勇气,语调缓慢地说:"情况有变化,我不去美国进修了,而是去南疆和田,今天下午医院党委临时决定派我去援疆,将在那里工作生活一年。"

姜媛和周凤琴睁大双眼,盯着梁海涛,几乎异口同声地、吃惊地问:"什么?去南疆和田?不是说要去美国进修吗?"

"怎么突然有变化了呢?到底什么情况呀?"

儿子梁一凡也好奇地问:"和田?在哪里呢?"

梁海涛平静地说:"对,和田,它在祖国新疆的最南端!距离世界第二大沙漠——塔克拉玛干沙漠最近!"

二

按照中国几千年的春节习俗,只要没出正月十五,都算没过完新年。但是,从北京市各区医院不同科室里挑出来的精兵强将即将作为第八批援疆医生奔赴南疆和田地区的各县人民医院、建设兵团医院挂职,执行为期一年的援疆任务。根据上级通知要求,正月初八上午七点半,所有援疆医生统一乘飞机奔赴南疆和田。

正月初八,凌晨5点,天边还没有一线曙光,从四面八方驶来一辆辆轿车,向北京首都机场驶去。灯光点缀着航站楼内外,像一双双眼睛默默注视着来来往往的行人,有一个特殊群体——援疆医生正在陆续集中靠拢,他们整装待发,即将奔赴新的工作岗位,他们有一个共同的称呼"援友"。

北京市医管局党委书记张萍等相关部门领导和各医院负责送站的部

门领导早早赶到首都机场航站楼，为援疆医生送行。此时，送行的人群中打着一条条红色横幅，上面分别写着"把党的温暖送到边疆""到祖国最需要的地方""热烈欢送北京援疆医生"……

援疆医生与前来送行的单位领导和家人合影留念，人群中响起欢笑声，夹杂着叮嘱声以及抽泣声。还有的医生来晚了，在人群中急切地寻找着自己的团队，大家互通姓名，消除彼此间的陌生感，很快热络起来，引来周围乘客敬佩的目光。

一束束绽放的鲜花，散发着芬芳的清香；一句句祝福的话语，凝集着同事的关切。市卫计委选派的年轻女处长田甜，齐耳短发，随身只有一个双肩背包，简单利索，由她负责把这批援疆医生安全顺利送达和田援疆指挥部，她在机场很快认出来分配到各县人民医院挂职的各医疗队队长。田甜热情回答着援疆医生们提出的问题，耐心讲解如何在异域解决生活上遇到的困难。比如和田的网络如何，跟家人交流是否畅通，与维吾尔族患者打交道应该注意哪些方面，她都能给予干脆利落的简短回复。

梁海涛六点前就来到了首都机场航站楼大厅，办理完托运行李的手续后，来到援疆医生较为集中的地方，他把双肩背包放在脚下，左手拿着一份名单，右手握着手机在接听电话，眼睛四下搜寻着，嘴里不停地问着对方："你到哪里了？我跟你说一下具体集合位置……"

这时，北京市医管局党委书记张萍找到梁海涛，说："你到和田市人民医院工作，不仅是一名医生，还是援疆和田市人民医院医疗队队长，更是挂职副院长，岗位特殊，身肩重任！无论是个人还是家庭有什么困难要及时说啊。"

梁海涛认真点点头，郑重地说："感谢组织对我的信任，一定不负众望！"

很多年前，梁海涛一直认为自己只是技术型人才，没有当领导的命，让他没想到的是，这次援疆，经市卫计委负责援疆工作的几名领导再三研究，认为他是博士学历、共产党员、医术精湛，做事认真，有能力，在单位同事和病人中有着非常好的口碑，应该放在重要岗位上，而且是不二人选。

如果换成去年、前年或大前年，梁海涛一定会推掉这个职务，但，这一次，他答应得很干脆。

三

早晨七点半，飞机准时腾空而起，五十九名北京援疆医生同乘一趟航班，一路向西，向着祖国的南疆飞去，那里有一望无际的世界第二大沙漠，那里有能歌善舞的维吾尔族群众，那里有急需帮扶的当地医生，那里有援疆医生肩负的重任。

梁海涛坐在机舱靠窗的位置，俯瞰着大地起伏的山峦、河流，一切都跟做梦似的，事情变化得太突然了。计划赶不上变化，如果事情没有变化，此时的他应该坐在飞往大西洋彼岸的机舱内了，即将在美国加州医科大学度过为期一年的进修生涯。而此刻，他正飞往位于祖国南疆的和田地区。美国加州与中国南疆分布在地球东西两个不同的方向，一个是环境优美的健康科学大学，另一个是地处世界第二大沙漠塔克拉玛干沙漠、经济条件较差的南疆和田，两者的环境有着天壤之别。

北京没有直达和田的航班，只能先飞到乌鲁木齐地窝堡国际机场，办理转机手续后，再飞到和田。

梁海涛和援友们走出机舱，到候机大厅办理了飞往和田的登机牌，之后要在登机口等候一小时，再乘坐飞往南疆和田的航班，到达目的地。

在首都机场刚结识的援友们，时间虽然短暂，但大家互通姓名后，已经有了初步的印象。此时，在地窝堡国际机场里，大家再次聚在一起，感觉格外亲切，聊着各自报名参加援疆的过程，聊着最近准备的情况，聊着共同的话题，聊着有缘在南疆共同工作……

大家谈兴正浓，突然听到候机大厅内响起播音员反复播报的声音："因南疆能见度低，去往和田的航班暂时无法起飞，请乘客耐心等待。"

有的乘客站在落地玻璃窗前，看到天空灰蒙蒙的，没有蓝天白云，机场上停放着十多架飞机，还有一些忙碌的地勤工作人员。

有援友说："没想到，第一次到南疆，就赶上突如其来的沙尘暴，给我们来个下马威。"

"沙尘暴？有那么厉害吗？还能阻止飞机？"

"那些年北京曾有过沙尘天气，但也不至于影响飞行吧？"

"大家耐心等待吧，为了安全，等天气好转了再走也不迟！"田处长安慰着大家，又到候机休息区的小超市买来面包、方便面和火腿肠发给大家，先让大家简单解决一下午餐。

其实此时已经过了午餐时间，有的援友为了赶早班飞机，提前两个多小时就出了家门，还有的援友家住南六环外，距离机场较远，担心误了航班，凌晨4点多就来到机场了。有的人带了面包来，就用保暖杯接了热水，坐在椅子上，开始吃了起来。大家都默默等待着。

梁海涛简单吃了几口面包，不知不觉中，上下眼皮开始打架，蒙眬中，他似乎看见妻子姜媛和儿子在家里吃饭，妻子陪着儿子写作业，他静静地看着娘儿俩在家里忙碌，而自己却帮不上任何忙；他仿佛又回到手术室，为一名重伤员做头部手术，突然，他又看到妈妈流露出忧郁的眼神……一个个镜头不停切换，如同观看蒙太奇电影。

"不好，孩子被什么东西卡住了喉咙。"

"怎么办？这可怎么办啊？"

"别动！看看能否请医生帮忙。"

一阵嘈杂声把梁海涛惊醒，他睁眼四下观望，发现自己后排座位上，有一个三十多岁的维吾尔族年轻女子，怀里抱着一个五岁左右的小男孩儿，她着急地对机场工作人员说着满口的维吾尔语。

　　面对突发情况，机场的几名工作人员紧张地看着这对母子，束手无策，一时慌了神，一名年轻的女工作人员说："赶紧让播音员广播一下，请这里的医生想想办法。"

　　小男孩儿憋得脸色发紫，痛苦地张着嘴巴，艰难地咳着，眼含泪水，嘴唇已没有了血色。如果不尽快排出喉咙中的异物，会加速呼吸困难，小男孩儿很可能会因缺氧导致意外死亡。

　　情况万分危急！

　　候机大厅内，许多熟睡的人被慌乱的哭喊声惊醒了，大家揉着惺忪的眼睛，想弄清眼前发生的事。这时，田处长赶过来，安慰着这位年轻的妈妈说："放心，这里有许多医生，一定有办法的。"

　　梁海涛和身旁刚认识不久的医生几乎同时站起身，准备对小男孩儿出手施救。这时，坐在梁海涛后排的一个大约二十六岁的年轻女子大声说："小妹，你别急，是孩子误吞了异物，必须尽快让他吐出来，大家腾出点儿地方，我来试试。"她迅速脱掉身上的红色鸭绒衣，露出里面紧身的黑色羊毛衫，凸显着苗条的身材。

　　梁海涛想起来了，在首都机场候机大厅见过这名年轻女子，她那件红色鸭绒衣跟姜媛穿的那件款式一样，当时，她正与一群援疆医生聊天，她也是援疆医生，因此记忆很深。

　　只见这个年轻女子从后面环抱着小男孩儿，双手一手握拳，另一手握紧握拳的手，从小男孩儿腰部突然向其上腹部施压，并反复多次。只听"噗"的一声，从小男孩儿的嘴巴里吐出一颗大红枣，滚落到座椅下面。顿时，小男孩儿的气道恢复了畅通，脸色也渐渐红润了。受到惊吓的小男孩儿伸出稚嫩的双手扑进妈妈的怀抱，委屈地哭了。

危在旦夕之际，瞬间，化险为夷！候机大厅内响起一片热烈的掌声，人们都松了口气，年轻的维吾尔族妈妈喜极而泣，用不太流利的普通话激动地对施救女子说："谢谢，谢谢，是孩子太淘气了，趁我睡着的时候，他吃大红枣，没想到没嚼碎就咽下去了。"说完，她对小男孩儿说："快，对阿姨说声谢谢，她可是你的救命恩人，快说呀！"

"谢谢，谢谢。"小男孩儿怯怯地对年轻女子说完，不好意思地又扑进妈妈的怀里。

这是医学界著名的海姆利希急救法！在场的人们向年轻女医生投来敬佩的目光。

年轻的维吾尔族妈妈从提包里拿出一个装满了大红枣的塑料袋子，递给救命恩人："尝尝吧，这是我们喀什产的大红枣，还有核桃，非常好吃。"

"举手之劳，不用客气，我是医生，应该这样做！"

"你是援疆医生吧？真是太感谢啦！我父母就是和田人，我在喀什成家了，今天带孩子回妈妈家住一段时间。我叫阿米娜，给你留个手机号，你到和田后，一定到我家里来玩啊，我妈妈做的饭，好吃得很。"

"好的，我叫白洁，很高兴认识你。"

或许是因为她俩年龄相仿，或许是因为志趣相投，两人聊得很投机，聊的话题大多是关于新疆风俗的，两人约定，一会儿登机的时候，要把座位调到一起好继续聊天。

等了近两个小时，终于可以登机了。换乘的航班上，除了援疆医生，乘客大多是维吾尔族人。再次登机的梁海涛，座位移到了后面，坐在他身旁的是一名维吾尔族中年男乘客，他头戴小花帽，穿着棉衣，静静地坐在座位上，面无表情，一看就属于不善言谈的人。

梁海涛无心跟任何人聊天，他从包里取出一份名单，上面记录着包括自己在内的二十二名援疆医生。名单上的姓名都很陌生，但他们都是北京知名大医院里精挑细选出来的主任医师或副主任医师，学历有博士也有研究生，有的人年龄比他还大几岁，而且有着丰富的临床经验。年龄最大的是五十三岁肝胆外科主任医师边振平，年龄最小的是三十岁眼科医生陆浩。

再仔细看名单，共有八名女医生，平均年龄都在三十八岁左右。这个年龄段的女性，父母健在，孩子基本上读小学或中学，家庭稳定，没什么负担，事业处于上升阶段，也算是援疆的最佳年龄。

常言说，三个女人一台戏，让自己管理八名从各医院里挑出来的能独当一面的女医生，是否会有难度呢？在和田的工作能否顺利？将会遇到什么情况呢？梁海涛陷入了沉思。不过，让他欣慰的是，刚才出手相救的女子白洁是和自己同一个医疗队的妇产科医生。她初来乍到，就在众援友面前亮相出彩，作为医疗队队长，他也为有她这样的队友感到自豪。

飞机的轰鸣声在梁海涛耳旁不停响着。既来之，则安之，无论遇到什么困难，都不能退缩！这是梁海涛从小就听在医院做妇产科医生的妈妈常说的一句话，正因为这句话，让他在医学院学习时，克服了解剖尸体的胆怯心理，让他增强了面对血腥场面如何处变不惊的心态，锻炼了第一次上手术台为患者执刀的胆量。

想到这些，梁海涛四下看了看周围的同事，相邻座位上困乏的人们都在闭目养神，有的人已经进入了梦乡，响起了轻微的鼾声。

"快看，沙漠，好大一片沙漠呀！"不知是谁惊奇地喊出了声，惊醒了熟睡的人们，大家透过舷窗望去，在蓝天的映衬下，太阳的光芒普照着一望无际的大沙漠，大地上呈现出一片金黄的颜色。或许是在大都市生活多年，对高楼大厦的城市街道产生了审美疲劳，突然看到别样的风景，能很快勾起人们强烈的好奇心。

一个多小时后，大地上还是一成不变的大沙漠，时光仿佛停滞，飞机如同静止在空中一般，总也飞不出这片大沙漠，天空也由刚才的蓝天白云变成了灰蒙蒙的色调，如同给天空罩上了一层黄纱。有的人失去了最初的好奇心，把头靠在座椅背上继续闭目养神。

四

飞机终于在和田机场降落，在跑道上缓缓滑行，梁海涛在睡梦中被飞机落在地面上的冲击力惊醒了。停稳后，田甜处长站起身，一边招呼大家带好随身行李，一边走到机舱的前面，用手机跟北京援疆和田指挥部接站的领导取得联系。

机舱门打开了，大家提着行李向前缓缓移动着脚步，梁海涛拎着双肩背包随乘客向机舱出口走着。走出机舱，眼前的景象让他颇感诧异，整个天空像没有清洗干净的脸，被蒙上了一层灰土，这里的能见度很低，远处，隐隐约约能看到一些建筑。

春暖乍寒，迎面寒风袭来，让走出机舱的人们冷不丁打个哆嗦，大家捂紧了防寒的保暖服。援疆医生取出各自的行李箱，出站后，陆续向停车场走去。两辆大轿车在那里静静地等候着，八名医疗队队长手里各自拿着一份自己分管的人员名单开始点名，统一乘车去往北京驻和田的援疆指挥部大院。

梁海涛和援友们坐在大轿车上，行驶在南疆和田市区，此时，已是北京时间 15 点。透过车窗，看到公路两侧隐约可见的楼房，这里感受不到都市的繁华，街道两旁的建筑物都是黄色调的轮廓。路上，寒风中的行人稀少，偶尔能看到的行人，他们都把头和身子缩进棉衣中。

两辆大轿车载着五十九名北京援疆医疗队队员驶进和田援疆指挥

部大院，大家相继下车，抬头看到面前的楼房顶上标有"京和大厦"醒目的牌子，迎面的冷风裹挟着沙尘毫不客气地扑入鼻孔和嘴巴里，呛得大家直咳嗽，仿佛置身在黄沙的世界里，不由自主地裹紧身上的羽绒服。

这个院子里的"京和大厦"是一栋专门用来接待援疆干部的九层楼房，楼内设施齐全，供所有在和田市区工作的援疆干部居住，每个宿舍的配置，相当于宾馆的标间。为丰富援疆干部们的业余文化生活，在大厦第七层设有棋牌室、台球室、图书室、放映室、卡拉 OK 室，尤其是健身房里的器械还比较齐全，便于援疆干部在室内锻炼身体，每一层还有大小会议室。

梁海涛拎着行李箱下了车，看着周围的景象，暗想：这就是大家将要为之奋斗一年的地方了。

"浩瀚无垠大漠广，黄沙飞舞漫天扬！"这是和田给梁海涛最初的感受。或许是受姜媛教汉语言专业的影响，他偶尔也能写两句诗，但没想到他脱口而出的这两句诗竟很快在医疗队中流传起来。

走进大厦一层大厅，顿时被中央空调散发的暖意包围着，在大厅门口，有两名保安热情招呼着新来的援疆医生，大厅正面，依墙竖着一块很明显的标志牌，上面贴着一张大红纸，内容用毛笔写就：热烈欢迎全体援疆医生，请大家在北京时间 16 点半，统一到二层餐厅用餐。

梁海涛和其他援友取到各自的房卡，拉着自己的拉杆行李箱乘坐电梯，分别在五层、六层，寻找着自己的宿舍，刷卡，进门，只见房间内干净整洁，工作人员提前把室温调到了二十四摄氏度，刚好适合人体体温。两张单人床上铺着白色的床单，白色整洁的被褥、枕头摆放得很整齐，有独立卫生间，还有衣柜、书桌、椅子、一对单人沙发、茶几，室内生活所需用具颇为齐全。

梁海涛的宿舍是五层 502 室，这是他将要居住一年的宿舍。行李箱内春夏两季的衣服，都是姜媛为他精心准备的，他取出几件内衣，走进卫生间，才发现镜子里的人灰头土脸的，显得有些狼狈，与平时白净的脸相比，判若两人。他看了一眼手表，已是下午临近 4 点钟了，他把水龙头拧向热水方向，水"哗哗哗"地痛快流淌着，瞬间，水温由凉转热。他又拧开洗浴花洒，水温还不错。显然，为了让援疆医生有一个好的居住环境，指挥部领导和客房的工作人员精心做了准备。

梁海涛迅速脱掉衣服，站在浴室花洒下，任凭温水冲刷着修长健硕的身躯，以最快的速度冲了一个热水澡。

梁海涛换了一身新内衣，用吹风机迅速吹干头发，脸上擦了点儿"大宝 SOD 蜜"，这是他多年不变的养颜用品。虽然姜媛从国外给他买过几瓶男士护肤品，但他用着很不适应，就放置一边了，放得久了，有的高级护肤品就过了使用期限，他也浑然不觉，为此，姜媛没少埋怨他。

五

经过漫长的飞行，一路上都没有怎么吃东西，此时梁海涛的肚子发出"咕噜咕噜"的抗议声。此时，还差十多分钟就到吃饭时间了，梁海涛在浅蓝色衬衫外面又套了一件蓝白方格相间的薄羊毛衫、藏蓝色毛料西装，他朝镜子里的人看了一眼，清爽干净，颇感满意，充满信心地走出了 502 房间。

梁海涛从小就养成了必须穿干净整洁的衣服才能出门的习惯，他妈妈经常对他说：无论从事什么职业，都要时刻注意仪表，这也是对别人的尊重，而作为一名外科医生，更应该养成讲卫生的好习惯。为此，他俊朗的脸庞、坚定的目光、修长挺拔的身材，以及无论何时都是一身干净整洁的服装，让他无论走到哪里，总能吸引女性喜爱的目光，简直是成熟男人的标志，当然，也是大帅哥一枚。但是，姜媛非常自信，她的这种自信可能来源于梁海涛对她的严重依赖，她坚信梁海涛不会出轨，梁海涛是她的，无论过去、现在还是未来都属于她。

生活中，梁海涛确实抵御过一些女人的诱惑，姜媛凭第六感觉，都能敏锐地观察到，但每一次，她都能看到风平浪静的结局。

梁海涛走出房间，刚好与从对面房间出来的王吉庆打了个照面儿。他俩是在飞机上相识的，王吉庆和另外三名男医生分配到平山县人民医院，王吉庆在医院挂职副院长、神经外科主任。两人热情地打着招呼，与走出房间的其他援疆医生一同坐电梯，向二层餐厅走去。

走进餐厅，梁海涛看到一些男医生和女医生已经端着不锈钢用餐托盘在排队、取餐。餐厅内宽敞明亮干净，穿着深蓝色西装的年轻女服务员，面带笑容，对来就餐的援疆医生热情地说"欢迎就餐，请慢用！"，让初来乍到的新一批援友们感觉很亲切，如同置身温馨的家中。

餐厅内有六十多张圆桌，在长方形的取餐桌上面，摆放着十多个锃亮的不锈钢盛餐容器，里面是还冒着热气的爆炒金针菇、宫保鸡丁、尖椒土豆丝、干锅土豆片、糖醋排骨、葱爆羊肉、凉拌木耳等十多种热菜和凉菜，主食有葱花烙饼，馒头，花卷，素、荤馅儿的包子，还有鸡蛋汤、胡萝卜玉米排骨汤、木瓜银耳汤。

很丰盛的自助餐，饭菜的香味在大厅内弥漫，大家彼此打着招呼，有说有笑，有序排队，挑选着自己喜爱的食物。

或许是太饿了，也或许是饭菜太香了，有的人很快吃完一托盘菜和主食，又去打第二盘。

梁海涛和新认识的五名男医生坐在一张餐桌上，有的人边吃边赞叹："这顿饭比我们医院的伙食好多啦！尤其是羊肉，真好吃！"

"如果天天这么吃，体重一定会增加。"

"没事，指挥部的七层还有健身房，吃多了，可以去那里减肥。"

"这个办法可以试试。"

说话间，有三名脸色红润的女医生来得有点儿晚，她们的衣着简单得体，估计她们在房间里打扮了一番才来餐厅的，这时，她们端着打好的饭菜四下张望，寻找着空座位。

　　梁海涛对三位女同事招招手："欢迎欢迎，到我们这里吧，有空座位。"

　　三位女医生端着餐盘笑着来到他们的餐桌，男医生看到女医生们的餐盘里的菜比较少，打趣地问："这么香的饭菜，吃这么少？太亏啦。"

　　"不亏，不亏，我们少吃点儿，省给你们啦。"一名女医生快言快语，秒回，这嘴巴可够利索的。同时，她快言快语自我介绍说："我的名字是陈丽虹，耳东陈的陈，美丽的丽，彩虹的虹。"她的开场白，很快让大家记住了她。

　　梁海涛很快吃完托盘里的饭菜，感觉自己的胃口居然这么好，炖的羊肉确实味道鲜美，还想再吃点儿，于是，他端着托盘又去盛羊肉了。

　　北京市卫计委田处长和几名中年男士站在餐厅中央，她大声地对正在用餐的援疆医生说："大家先安静一下，我来介绍一下，这位是援疆和田指挥部副总指挥齐亮，他来给大家简单讲几句话，你们该吃吃，该喝喝，只要能听得见就成！"

　　站在田处长身旁的副总指挥齐亮面带笑容，激情满怀地高声说："各位援疆医生，大家好，热烈欢迎各位的到来，感谢各位专家来到祖国南疆和田地区，用你们先进的医术为当地群众提供医疗服务，向当地医生传经授宝，给当地留下一支永不流动的医疗队。今天大家旅途劳累，就先简单地为大家接风洗尘，大家要吃饱吃好，今晚回宿舍后，要好好休息。等我们经过四天培训后，再给大家准备丰盛的欢迎晚宴。"

　　话音刚落，餐厅内响起一片热烈的掌声。

　　"好！感谢总指挥！"

　　"谢谢总指挥的热情款待！"

田处长、副总指挥齐亮和北京市援疆和田指挥部办公室主任张文武到每个餐桌前，热情地跟大家打着招呼，有的医生主动做自我介绍来自北京哪所医院，属于哪个科室的。

　　这是梁海涛和援疆医生们到和田的第一顿饭，同时，也让他们牢牢记住了，南疆比北京时间晚两个小时，大家要尽快适应时差。

　　无疑，这顿饭吃得很爽！

第二章

一

在指挥部大院里,环绕院墙的是一条长长的葡萄回形长廊,都是木质结构,木架顶部是密密麻麻、交错相连在一起的枯藤,可以想象到,夏季的时候,人们在葡萄架下散步、乘凉、聊天、看书,还能闻到葡萄的芳香,一定很惬意。

梁海涛住进"京和大厦"的第一天,就打算用手机记录葡萄藤从冬季的枯枝到春天吐出嫩绿的枝芽,再到一天天逐渐长出一串串诱人的葡萄,享受硕果累累的喜悦。见证生命的诞生与复苏,这将是一件很有意义的事。

其实,人不也是一样吗?既然来到人间,不论待多久,都要争相以最美的姿态示人,给人们带来美好的心情。

梁海涛每次都把拍的照片及时发到和田市援疆医疗队的微信群里,供援友们欣赏。

姜媛评价梁海涛属于性情中人,别看他是一名握了二十年手术刀的神经外科医生,经常在人体最关键的部位——头颅上动刀子,那血淋淋的场面,足以让胆小的人看得心惊肉跳、两腿发软。然而,走下手术台的梁海涛很温和,或许是受姜媛的影响,喜欢文学、美术,两人每次外出度年假，他都能拍出令人满意的照片。

一提到照片，躺在床上的梁海涛突然想起来，他到和田的当天晚上，收拾行李的时候，特意把妈妈给的那张黑白老照片压在了书桌的玻璃板下，以此时刻提醒自己，一定要帮妈妈实现多年的心愿，找到当年留在和田的同窗好友江红霞。

这张合影是妈妈周凤琴为他送行的前一天晚上带来的。

出发前那天，全家人围坐在餐桌前，品尝着姜媛做的丰盛菜肴。梁海涛对姜媛和妈妈说："我去南疆和田工作一年，时间会过得很快，等到一凡放假的时候，我接你们去南疆看看。"

姜媛想说点儿什么，但话到嘴边，又咽了回去。妈妈微笑着对梁海涛说："你还年轻，去南疆锻炼锻炼也好，人生多一些阅历，会感觉活得更加精彩！我年轻的时候，在那里度过了宝贵的青春年华，现在想想一点儿也不后悔。"

"来，吃饺子吧。常言说：抬腿饺子，落脚面。这是妈妈特意给你包的你最爱吃的三鲜馅儿水饺。"姜媛把热气腾腾的一大盘饺子端上餐桌，梁一凡用筷子夹了一个饺子，又蘸了点儿醋放进嘴里，高兴地说："真香，真好吃，我也爱吃！"

梁海涛有些不放心地对儿子说："等我去了南疆，你要好好学习，别让妈妈和奶奶操心啊，明年就要上高三了，这可是你人生的一个关键时刻。"

"知道啦，放心吧！"梁一凡笑着回答，低头自顾自地吃着。

饭后，妈妈取出一张两英寸的黑白老照片，温和地对梁海涛说："你去和田这一年时间，帮我个忙吧。这是我的同窗好友江红霞，这张照片也是我俩在南疆建设兵团期间唯一的合影，自从和田分别后，至今没有再见过面，你要是能帮我找到她就好啦！"

梁海涛接过照片，只见照片上的妈妈和江阿姨都是二十岁出头，正值青春妙龄，明眸皓齿，朝气蓬勃，闪耀着青春的光彩。照片经过时间的磨蚀已经泛黄，无疑，这是一张珍贵的老照片。

周凤琴接着又说道："当年，她在当地成了家，还生了个男孩儿，后来我回到北京工作，她儿子的年龄应该比你大八岁，可惜我手里只有这一张照片。我回北京后给她写过很多封信，但她从没有给我回过信，过去通信不顺畅，也不知道她是否能收到我的信。那时的交通也不方便，往返路程就要半个月，那地方很艰苦，也不知道她现在生活得怎么样了。"

周凤琴说这话的时候，眼睛竟然湿润了。在梁海涛的心中，妈妈一向直爽乐观，从小到大从没见过妈妈落过泪，如此动情，或许正应了那句话：老年人常思既往，少年人常思将来。二十年前，周凤琴从北京阳光医院妇产科主任的位置上退休后，不再像工作时那么忙碌了，所以有大把时间可以怀旧吧。

梁海涛笑着安慰妈妈："放心，这些年，随着党中央援疆力度的加大，当地群众的生活都有很大改善，尤其全国脱贫攻坚战之后，那些偏远地区的群众都过上了小康生活，江阿姨一定也过上了富裕的生活。"

"那就好，那就好啊，等你见了江阿姨，一定让她来北京多住些天，很多年没见面了，还挺想她的！"周凤琴说这话的时候，眼睛里充满了期待，似乎儿子能创造奇迹，真的能为她找到当年的好友。

此时，坐在和田援疆指挥部宿舍的梁海涛又看了一眼玻璃板下的那张合影，暗想：关于江阿姨的信息太少了，妈妈只知道当年她们在南疆和田地区建设兵团的医院工作过，但南疆和田地区太大了，要想在茫茫人海中找到江阿姨，难度可想而知，只能碰运气了。但梁海涛还是希望能了却妈妈的一桩心愿，这也是妈妈人生中唯一一次恳求儿子做的事。

能盛开在雪山之上的鲜花，都有着它的独特之处，面对严寒冰雪，它从不畏惧，不会向恶劣环境低头，才能绽放出它的美丽。一批接一批的援疆人，如同雪峰山上的雪莲，折射出人性的光芒，谱写着一曲曲奉献者的壮歌。

二

润物无声、潜移默化、耳濡目染，这些词都让梁海涛一一领教了，他从小听妈妈讲在南疆的往事，讲南疆恶劣的环境，讲她们曾在地窝子里的生活，让在优越的环境里长大的梁海涛很难想象，在遥远的祖国边陲，还有这样贫穷的地方。近几年，北京阳光医院只要有援疆的名额，梁海涛都积极报名，他很想借这样的机会，到妈妈曾经工作过、战斗过的地方体验一下，同时，也想找机会带妈妈旧地重游。

前几年，北京阳光医院从骨科、呼吸科、重症监护中选派援疆医生，梁海涛所在的神经外科都不在考虑范围，而今年是医院第一次从神经外科医生中选派援疆医生，条件苛刻，梁海涛具备了所有条件。然而，那一天，他面临赴美国进修和援疆的两难选择，毅然报名去和田，也算圆自己一个梦，也想了却妈妈多年的一桩心愿。

进入二十一世纪，新一轮对口援疆工作启动后，在党中央的坚强领导下，中央和国家机关、中央企业、十九个援疆省市积极参与对口援建工作，极大促进了各民族交往、交流、交融，锻炼了各级干部，密切了党和群众的联系，彰显了社会主义制度的巨大优越性。

北京市与南疆和田地区是对口援建城市，每年都派一批援疆干部到和田工作，这其中有党政干部、专业技术人才、警察、教师和医生。梁海涛属于援疆医生，每一批援疆医生，都分三期，每一期援疆医生要在和田地区工作生活一年时间，执行完援疆任务，再重返原工作岗位。

梁海涛在北京的时候养成了早起锻炼的好习惯，他所住的小区距离医院比较近，步行半个小时就能到，于是，他很少坐公交或打车上班，还美其名曰：每天步行三公里，等于锻炼好身体。

因援疆干部与当地维吾尔族群众语言交流不畅，指挥部要求，为避免引起不必要的麻烦，所有援疆干部不能擅自走出指挥部大院。梁海涛遵守规定，每天清晨只在指挥部大院内锻炼。

他到和田的第二天，仍按以往的作息规律，六点准时起床，当他下楼来到院子里才发现外面黑乎乎的，大院里只有几盏路灯照着亮，冷风飕飕地往衣服里钻。他突然意识到，这里是南疆和田，与北京有两个小时的时差。清晨六点的北京基本上天已经大亮了，人们已经开始起床，为一天的忙碌做准备了，而这里要等到八点钟，人们才开始起床。

梁海涛暗自笑着提醒自己：慢慢适应吧。

初到和田，梁海涛和援疆医生在"京和大厦"接受为期四天的封闭式培训，每天按时吃饭、学习、休息，过着"三点一线"的简单生活，让许多援疆医生大发感慨：久居北京繁华都市，每天在医院里都处于紧张忙碌的工作状态，如今突然闲下来，就如同快速行驶在公路上的轿车被踩了刹车，一时还不太适应。

远离家乡、远离亲人的援疆医生，在培训期间结识了不少同行，有人打趣地说："我们在北京的时候，可以说近在咫尺，或许经常擦肩而过，却无缘相识，没想到，能在距离北京遥远的和田相识，或许这就是我们上辈子注定的缘分吧。"

晚餐的时候，餐厅没有准备酒，几名性格豪爽的医生以饮料或汤代酒，彼此庆贺，活跃了气氛，增进了友谊。当然，他们传承了前几批援疆医生留下的美称：援友！顾名思义，就是一同援疆的好战友！

梁海涛和其他援疆医生一样，都是第一次来南疆和田，对这里的一切都充满了好奇与期待。有的人在出发前的那几天，就开始在家里做功课，从书中、网络上寻找与新疆有关的知识，对南疆有了初步的了解。如今，在培训学习室内，有着多年生活体验的援疆干部讲述着他们在南疆工作的切身感受，让大家对和田的风土民情、和田的地理地貌、当地医疗事业以及各县区、建设兵团的医院有了更进一步的了解。

培训的第二天，北京援疆和田指挥部总指挥方永达和来和田挂职的市卫生局副局长刘兵召集分配到各县、建设兵团、牧场与和田市的各医疗队队长开了个小会，方总指挥率先讲了几点要求："一是要严格遵守纪律、团结同志、认真完成工作；二是作为医疗队队长，和队员相处要把握好分寸；三是严格执行请销假制度，不能单独私自外出；四是遇到突发情况，必须在第一时间上报指挥部。"

和田市卫生局副局长刘兵也在强调："所有医生要尊重当地的风俗，注重在提高当地医院医护人员医疗水平上下功夫，与当地来医院就诊的群众搞好关系，不允许出现不团结的事情，不能有医患关系紧张等情况。医疗队员之间若出现内部矛盾，要及时妥善解决，防止做出有损于北京援疆医生形象的事，避免在当地造成坏影响。"

总指挥方永达再三强调："要抓好落实上级指示精神，要做到不允许自驾车，不允许坐公交车，不允许打车，不允许私自离开住地。尤其是不能私自驾车是指挥部制定的一道铁命令，必须严格执行。"

八名医疗队队长当即表态："坚决服从命令，保证完成任务！"

三

此时的和田，天空时而能看到蓝天白云，时而灰蒙蒙的一片。

梁海涛来和田指挥部后，利用吃饭和学习期间，除了认识援疆医生以外，还认识了几名在和田挂职的援疆干部，他们要在这里工作三年，据说大多数干部回北京原单位后，都能高升一职。有一个在和田已经工作两年的干部刘东江与梁海涛聊得很投机，他提醒梁海涛："每年的三月至六月是南疆沙尘暴最厉害的天气，有时刮得天昏地暗。"

"有那么严重吗？"梁海涛对刘东江的话半信半疑，他望一眼窗外的天，虽然没有太阳，但也还算平静。不过，他想到刚下飞机时看到的灰蒙蒙天空的那一幕，又不得不相信刘东江的话。

刘东江说："别忘了，这里是距离塔克拉玛干大沙漠最近的地区，遇到这种天气，最好少出门，要多喝水，避免干燥、上火。"

果然，在梁海涛和援友们到达和田的第三天，从下午开始，沙尘暴不请自到。梁海涛站在宿舍的窗前，看着狂风中飞沙碎石狂舞的景象。

有的援疆医生在群里开玩笑说："我感觉到高老庄了，一会儿，八戒取经就要路过此地啦。"

"或许是八戒看到北京来的美女比较多吧。"

"哈哈哈……"

面对狂舞的沙尘暴，梁海涛和援友们很乐观，经常相约去七层的健身房锻炼身体，在跑步机上快速行走，也能达到不出门就能锻炼的目的。有时，梁海涛不乘电梯，而是走楼梯，从五层的宿舍步行到一层大厅。大厅左侧是通往电梯的必经之路，那里有一块宽阔的空间，指挥部宣传部门的领导巧妙使用这块空间，摆放着十多张展板，展板上图文并茂，介绍近年来北京援疆干部在和田工作期间取得的成绩，记录着北京援疆人的辉煌历程。对梁海涛来讲，经常看看这些展板，能很快了解到援疆人在不同岗位的精神风貌。

和梁海涛有同感的，还有分配到平山县人民医院挂职副院长的王吉庆和建设兵团医院挂职副院长的刘静龙，他们三人经常在一起锻炼身体、散步、聊天。更为巧合的是，他们居然是同一所大学毕业的校友，真是缘分啊！就餐时，他们总是凑在一张餐桌上，边吃边聊。

在培训的四天时间里，梁海涛召集分配到和田市人民医院的二十一名队员开见面会，让大家做简单的自我介绍，彼此熟悉一下。梁海涛真诚地对大家说："是缘分让我们在和田市相识、相知，各位如果遇到什么困难，请及时提出来，我会尽快想办法解决，遇事决不推诿，不嫌烦，不嫌累，让我们共同度过有意义的一年援疆生涯！"

在来和田途中，经乌鲁木齐机场转机时，勇救维吾尔族小男孩儿的白洁也被分配到了和田市人民医院妇产科工作，她爽快地说："我们一定要珍惜这次援疆机会，为自己的医院争光。"

"是啊，我们不仅代表个人，更代表着自己的医院，既然来了，就要留下好名声，树立北京医生的好形象。"

"放心吧，我不会被眼前的沙尘暴吓倒！"

"既来之，则安之，我决不当逃兵！我要在这里度过一段有意义的时光！"

"我们一定要把先进的医术传授给当地医生……"

大家分别表达着在援疆认真工作的决心。

在二十二名援友中，有十八名是中共正式党员，年龄最小的陆浩是预备党员，他们纷纷表示一定积极努力工作，争当优秀共产党员。坐在旁边的三名群众医生也毫不示弱地说："虽然我们不是党员，但既然选择了援疆，在这里一定表现得出色，真情为当地群众进行医疗服务。"

梁海涛对大家的发言表示赞赏，他借这个机会及时建了一个临时党支部微信群。在援疆这一年里，无论遇到什么困难，共产党员，都要起模范带头作用。

短短几天时间里，梁海涛很快就和自己分管的二十一名援友熟悉了，他能牢牢记住每一名队员的姓名和他原来所在的医院，聊天中，对援友们的家庭情况也有所了解。他知道自己此次来援疆，身肩重任，想的事和做的事都要比其他人多。

四

按照指挥部的安排，培训结束前，要搞一次传统教育社会实践课，让所有北京援疆医生到建设兵团参观屯垦戍边纪念馆，追忆和敬仰一代代功勋卓著的革命前辈。

大轿车载着即将奔赴新岗位的援疆医生驶出指挥部，途经市区、郊区，又沿着沙漠、戈壁公路行驶着，三个小时后，来到了建设兵团屯垦戍边纪念馆。纪念馆外观建筑设计别具一格，两面高大的墙上是屯垦戍边的官兵浮雕，广场中央竖立着国旗杆，五星红旗迎风招展。

身穿国防绿制服的年轻女解说员面对众多援疆医生充满激情、铿锵有力地讲解着："欢迎各位来此参观，1949 年王震将军请缨进军新疆剿匪屯垦戍边，1949 年 12 月 5 日至 22 日，由三五九旅七一九团改编的人民解放军第一兵团第二军五师十五团一千八百名官兵，徒步穿越塔克拉玛干沙漠这一'死亡之海'。这就是胜利解放和田的概况。"

解说员一边认真讲述，一边带大家缓缓前行，腰间挂的音箱声音洪亮，整个展厅的人都能听得见。

在大厅内，许多援友边听边记边看边拍照片，希望给自己留下更多的记忆和感动。

陈列室内，一张张泛黄泛白的黑白老照片，一幅幅感天动地的画面，一件件默默无语、陈旧不堪的实物，令人震惊不已，听着一个个令人荡气回肠的故事，所有人都对前辈们铸就的兵团今日的辉煌而振奋激动。

在展览厅内，大家挪动着脚步，依序看着一张张珍贵的黑白照片，这时，一张特殊的老照片映入人们眼帘，只见一对新人在地窝子举办婚礼，场面简朴热烈，震颤心灵，让在场的援友们心生敬佩。

突然，梁海涛被一张放大的老照片吸引了。这是一张当年一群军服上没有佩戴领章、帽徽的女兵在新疆生产建设兵团合影的老照片，她们脸上闪着青春的光彩，朝气蓬勃。梁海涛发现照片前排左数第五个女兵很眼熟，有一种亲切感，很像妈妈年轻的时候，难道真是妈妈吗？他兴奋地掏出手机拍了一张全景，又拍了一张局部照片，很快就发到了妈妈的微信上，或许能给远在北京的妈妈一份惊喜。

援疆让青春更有意义，援疆让生命绽放精彩。走出纪念馆后，援疆医生们仰望晴空万里的蓝天，站在高高的纪念碑前，擎起党旗，举起右手宣誓，热血沸腾，激情澎湃，内心久久不能平复。

告别纪念馆，在返回指挥部的途中，援友们精神振奋，大家展开热烈讨论，纷纷赞扬老前辈们的奉献精神，同时，也激励自己在和田工作的决心。

从首都机场相识，到和田接受培训的这些天，援疆医生们彼此间都有了一种亲切感，如同兄弟姐妹，是命运的驱使，更是责任的担当。

按照指挥部要求，所有援疆医生休息一天，第二天是周日，吃过早餐，分配到建设兵团医院及各县人民医院的医生，将乘车去新的工作岗位报到。梁海涛和分配到和田市人民医院的援疆医生，因医院距离指挥部最近，仍然住在指挥部的"京和大厦"内。

周日上午，梁海涛吃早餐的时候，没看到他新结识的两位师兄弟，他简单吃了几口饭，迅速赶到一层大厅，希望跟他俩道声别。

一层大厅内，援友们提着各自的行李，找着各自的队伍，大厅内响着男女援友们相互鼓励与道别的声音。

梁海涛听到有人喊自己的名字，四下张望着，看到分配到建设兵团医院挂职的刘静龙推着行李箱向他走来，脸上写满了兴奋，大声对梁海涛说："师兄，放心，我会记着你的事，一定尽全力帮你寻找你那位江阿姨。"

"还有我，我也会留意，一旦有好消息，会及时跟你联系！"到平山县人民医院挂职副院长的王吉庆提着行李箱也来到他俩面前。

"谢谢，兄弟，拜托二位啦！祝你们在新的岗位上再展宏图，希望早日听到你们传来的好消息啊。"梁海涛双手合十表示感谢。

霎时，大家心中涌起不舍的情愫。

王吉庆提议："咱们在大厅的展板前拍照留念吧。"

刘静龙表示赞同："好，用我的手机，老婆给我新买的华为手机，像素高，专门用来拍照，还可以美颜。"

梁海涛请大厅门口的保安帮忙拍照，保安是一个当地维吾尔族的中年男子，他来这里工作已经三年多了，或许他经常给别人拍照，而且早已和梁海涛三人熟悉了。只见他端稳手机，变换不同角度，一连拍了好几张。梁海涛查看照片，看到照片里的三个人表情很自然，构图也不错，伸出大拇指称赞着保安大叔："拍得很好，有水平。"

保安大叔得意地用不太流利的普通话笑着说："肯定没问题，我经常给援疆干部拍照啊。"

三人道完谢，相继推着行李箱向大厅外走去，指挥部大院里已经站满了许多熟悉的面孔，大家相互问候着，彼此鼓励着。

梁海涛抬头看着天空，春寒料峭，空气中吹来阴冷的风，冷天气总比沙尘暴天气强很多，应该是幸运的天气。他看着眼前这些从北京一同乘坐飞机来到和田的援友，虽然在一起生活、培训只有短短的六天时间，却拉进了彼此间的距离，相处得如同兄弟姐妹。如今，大家将要在这里工作生活一年，在人生的履历中留下浓墨重彩的一笔。

人生是由一场场相识与别离组成的，相识是美好的，别离却是最不忍看的情景。梁海涛看着一辆辆轿车陆续驶出指挥部大院，眼睛有些湿润了，心里泛起一种说不出的滋味。他转身回到大厅，乘电梯，回到五层502室的宿舍。

此时已是北京时间上午10点钟，姜媛在家里做什么呢？是不是陪着孩子做作业呢？梁海涛自从到了和田，每次跟姜媛通电话，总不忘提醒她几句：儿子高二了，正是长身体的时候，一定要让儿子吃好喝好。

姜媛免不了埋怨梁海涛："看你说的，好像儿子不是我亲生的，放心吧。家里的冰箱都被鸡鸭鱼肉塞满了，每天我都变着法儿地给儿子做着吃，每天都去超市买新鲜蔬菜，感觉儿子的个头天天往上蹿，等你再见到儿子的时候，个头肯定能超过你。"

梁海涛躺在床上，打开手机相册，里面有他们一家三口和父母在公园的合影，他们脸上都洋溢着幸福的笑容，妈妈始终都那么温和、慈祥。

梁海涛看着照片，暗下决心：一定要帮妈妈找到她的好朋友——江红霞。

他拨打着姜媛的手机，无人接听，这才想到，此时她应该正在给学生们补课，于是，他挂断了手机。这几天，他俩每次通话，梁海涛都跟汇报工作似的，很详细地跟姜媛讲述这里的一切，包括他来和田的感受。

姜媛是梁海涛最忠实的听众和点评家，他每讲一句话，姜媛都会做一个小结，有时，她也会跟梁海涛说个没完，讲她如何陪儿子学习，讲她带的学生如何平安度过青春期，梁海涛忽然觉得，姜媛跟自己唠叨是一件很幸福的事。

刚离开姜媛一周时间就想她了，以后的日子可怎么办？想到这里，梁海涛暗骂自己：真没出息！

五

周日，吃罢晚餐，梁海涛回到宿舍，他想再整理一下思绪，以饱满的精神状态迎接明天的到来。

到和田的第一天，梁海涛就建立了和田市人民医院援疆医生微信群，他是医疗队队长，自然也是群主，他要把二十一名群员紧密团结起来，不能让一名同志掉队，要以优异成绩回报组织上对自己的信任。

常言说："知己知彼，百战不殆。"如何能尽快适应新的工作岗位？如何融入医院、融入维吾尔族医护人员？梁海涛在来和田之前，曾经请教过前几年做过援疆医生的同事，他们毫无保留地将经验传授给了他。妈妈也给他讲了许多当年来南疆工作的情况，同时，他还在网上查找了许多关于和田的历史、当地的风土人情等资料，让他对新的岗位充满了信心。

周日吃完晚餐后，梁海涛回到宿舍，洗漱完毕，他把塑料皮的笔记本、碳素笔、手机充电器一一装进随身的简易旅行包中，又坐在书桌前，取出那份援疆医生名单，把自己队伍里的援友情况又看了一遍。

首先是白洁，她是来自北京妇幼医院妇产科的主治医师，三十三岁，中共党员，博士，在机场及时抢救维吾尔族小男孩儿，成为整个援疆医生中率先亮相出彩的人，也给和田市人民医院援疆医疗队争了光。前几天，梁海涛跟她聊天的时候才得知，她是未婚，这让梁海涛感觉很意外，但白洁回避了这个话题，他也就没再多问。

第二个是五十三岁的肝胆外科主任医师边振平，无党派人士，年龄比自己大八岁，不爱和大家多说话，似乎有什么心事。梁海涛每次主动找他聊天，他总是不愿意说话，让人有些捉摸不透。

第三个是肿瘤医院医学影像科副主任医师肖玲，中共党员，三年党龄。她在八名女医生中，性格比较内向，每次吃饭，她偶尔和大家笑着说话，脸上也难掩愁容。

第四个是来自北京眼科医院的年轻医师陆浩，三十岁，中共预备党员，正在读在职博士，身材修长挺拔，面容俊朗，皮肤白净，戴着一副近视眼镜，衣着整洁，看上去很清爽、很年轻。如果不知道他有着八年丰富的临床经验，一定会被误认为是在校就读的研究生，这几天，他留给人们的印象是，待人真诚、热情，而有时又比较内向，很少主动说话。

人到中年的援疆医生，都是拖家带口的人，在这里工作一年，谁家还能没点儿困难呢？爱说的人就多说几句，不爱说的人也没什么不妥。

时间是最好的良药，真诚最能见证人心，梁海涛暗想：如果哪位援友遇到困难，凭个人或集体的力量，都要想办法克服，绝不能给原单位丢脸，不能给北京大夫这个称号抹黑！

梁海涛又想到妈妈交给自己的任务，也不知江阿姨现在情况如何，希望到建设兵团挂职的刘静龙能帮忙找到江阿姨。

明天自己就要走上新的工作岗位了，如何与当地医院的维吾尔族医生相处？给当地的患者看病还应该注意哪些？在北京的医院工作，让医生最头疼的就是医患关系，面对某些患者，医生还要具备当会计师、心理师以及谈判家的能力，但愿在和田工作，一切顺利，别出现什么麻烦事。

明天，崭新的一天即将开始，努力！加油！梁海涛给自己鼓劲，渐渐地，困意袭来，他带着一个个问号、一个个感叹号，不知不觉中进入了梦乡。

第三章

一

"想你想了那么久……"手机报时彩铃响起，这是姜媛特意给梁海涛设定的铃声。这已经是他第三次从沉睡中苏醒，第一次是凌晨 3 点，第二次是凌晨 6 点，因为心中有事，他在铃声没响之前就已经自然醒了，这一次则是早上 8 点整。

梁海涛抖擞精神，立刻起床，站起身，来到窗台前，掀开窗帘的一角，看到静悄悄的院子里，路灯点缀着黎明前的黑暗。此时，远在北京的上班族应该早已走出家门，奔赴各自的工作岗位了，而在和田则是人们起床洗漱的时间。他再次提醒自己：9 点吃早餐，9 点 20 分准时到楼下集合，10 点前必须赶到医院。他在微信群里征得大家同意：吃完早餐，直接到大厅等候班车，提前赶到医院，早一点儿熟悉医院情况，尽快进入各自的角色。

吃早餐的时候，北京市卫计委田处长对梁海涛及其他就餐的援疆医生真诚地说："我上午要赶回北京，参加全国援疆的一个重要会议，先走一步了。你们都有我的手机号，生活上或家中有什么困难，及时说一声，我都可以协调，祝你们在和田工作顺利！"说完，她热情地跟援友们打着招呼，再次跟大家一一道别，然后快步走出餐厅。

贴心的话语、丰盛的伙食、良好的环境、如家的感觉，让医生们心里暖暖的，只有在南疆发挥自身医术优势，认真执行援疆任务，才不负众望，对得起组织上对自己的信任。

吃完早餐，梁海涛和其他医生来到大厅集合，所有援友全部到齐后，一同走出大厅，来到楼前等候班车。

室外，气温至少有零下十二摄氏度，寒风袭来，大家裹紧身上的鸭绒衣，彼此寒暄着，在原地来回跺脚活动着。

有人笑着说："今天天气还不错，蓝蓝的天空，飘着几朵白云，用这种好天气欢迎我们去上班，老天爷非常给面子！"

"是啊，我们都是有福之人，自然赏个好脸啦。"

很快，一辆米黄金色的丰田考斯特停在大厦楼下，这是指挥部负责接送援疆医生上下班、可运载三十人的班车。

梁海涛站在车门口，等大家陆续上车坐稳后，他才最后一个上车。为了活跃气氛，调动情绪，让大家带着好心情走上新的岗位，他让司机师傅播放新疆歌曲。

司机师傅是一个和田维吾尔族的中年男子，在北京援疆和田指挥部小车班工作五年了，能讲一口流利的普通话，听了梁海涛的吩咐后，他很熟练地按动音乐按钮，一首欢快的女声独唱"新疆是我可爱的家乡"在车内响起。果然，轻松活泼的歌曲立刻调动了大家的情绪，有的人跟着歌曲悄声唱着，还有的人双手打着节拍，脸上写满了兴奋。

考斯特行驶在和田的柏油马路上，透过车窗，梁海涛和援友们看着马路两侧的风景，有柏杨树，有绿化屏障，新建的高楼一栋挨着一栋，有居民小区，有商场。偶尔能看到街道上行走着几名身穿黑色或深蓝色棉袍、头戴棉帽的维吾尔族老汉，还有的男子戴着新疆典型的小花帽。

司机师傅主动当起了导游，他笑着介绍说："这是条主路，各街道起的名字，大多与北京地名有关，都是来自北京的援疆人修建的。还有和田棚户改造力度很大，这些楼房都是新盖的，以前破得很，可不是这个样子啊！"

果然，道路两侧的标语上都有北京援疆的口号，处处都有北京的影子，车内的人们惊喜地看着窗外。

途经和田市团结广场的时候，突然，一尊高高耸立在广场上的毛主席接见维吾尔族农民库尔班大叔的雕像跃入眼帘。

"快看，快看，这就是毛主席接见库尔班大叔的雕像。"几名医生惊喜地喊出了声，有人掏出手机，把眼前的这尊雕像摄入镜头中。

此时，太阳已经升起，和煦的阳光照射在这尊雕像上，显得格外亲切。库尔班大叔是二十世纪家喻户晓的新疆名人，当年他为了见到恩人毛主席，决定不远万里去北京，村民们笑他异想天开，但老人意志坚定，不为所动。最终，一生历经坎坷的库尔班老人在中南海怀仁堂受到毛主席的亲切接见。

"你们要想在这里拍照，我可以找个地方停车。"司机师傅热心地问着梁海涛，笑眯眯地看着车内的人们。

梁海涛看看手机上的时钟，脑子里盘算着从指挥部到和田地区人民医院需要近二十分钟，按照原计划，大家第一天上班，要对那里的情况先熟悉一下，要提前二十分钟到达医院。如果在此拍照，时间有些紧张。

于是，梁海涛对大家爽快地说："各位援友，今天时间较紧，以后时间还长着呢，改天我们专程到这里拍照，你们想怎么拍就怎么拍，还可以到周边的餐馆品尝当地的风味小吃。"

"好，好，我赞成。"白洁亮着嗓门儿积极响应，她是妇产科主治医师，别看她身材娇小，长着一张娃娃脸，看上去比实际年龄小很多，但据梁海涛了解，她是博士研究生学历，有着十二年的临床经验。

坐在白洁身边的是四十多岁消化内科女医生陈丽虹，她开心地说：

"听说，这里的小吃美味可口，这里还有正宗的和田玉器店，等有机会一定去看看。"

"对，这里是距离昆仑雪山最近的地方，是世界上盛产美丽玉石的宝地，一定要给老婆买几件玉器首饰。"几名男医生也高兴地回应着。

伴随着欢快的新疆歌曲，大家情绪高涨，二十分钟后，车子驶进和田市人民医院，此时，刚好9点40分，正是梁海涛预定的到达时间。

和田市人民医院是和田地区方圆一千公里范围内唯一一所三甲医院，不仅为市区患者医治，还承担着所属县、区及建设兵团救治疑难杂症患者的重任。十多年前，当地医疗条件比较差，有的患者在当地无法治疗，那些经济条件稍好一点儿的患者在家属的陪伴下，乘坐飞机或火车去乌鲁木齐市或其他大城市的医院治疗，不但路途遥远，成本也高。而那些经济条件差的患者则选择放弃治疗，回到家中听天由命了。

车子很快停在医院门诊部大楼门前，八名身穿白大褂的维吾尔族医生站在楼前迎接来自北京的援疆医生。其中一位五十多岁、身材壮实的男子热情地跟第一个走下车的梁海涛打着招呼，他用一口流利的普通话做自我介绍："我是医院院长热吾力提，你是梁海涛医生吧，看过你的照片，我早年曾在内地学习过，非常感谢你们的大力支持啊。"

梁海涛走上前跟院长握手："放心，放心，我们会全心全意为当地群众提供医疗服务，把最先进的医术带到和田，为当地培养一支永不流动的医疗队伍。"

热吾力提院长高兴地连声说："太好啦，太好啦，我早就知道你的大名，你是北京神经外科专家，到医院挂职副院长，要多多指导我们的工作呀。"

此时，进出医院门诊部的患者几乎都是当地的维吾尔族人，有的人拿着刚拍好的片子，还有的人拿着水果、饼干和营养品，脚步匆匆，向住院部走去，应该是去看望住院的病人。梁海涛和他的队友们太熟悉这种场景了，除了相貌与汉族人有区别外，环境跟北京没什么两样。

大家原以为医院领导或负责人会带他们到会议室，讲一讲医院的情况，彼此做个自我介绍，再带他们到门诊部及住院部各科室都去走一走，最后由各科室主任带着他们去熟悉新的工作岗位。

然而，热吾力提院长说："最近医院工作忙得很，让我们各科主任带着北京来的专家们直接去各自岗位上，先熟悉一下情况吧。"

客随主便，一切就按医院的安排，援疆医生们充满信心地跟着各科室主任陆续去了新的工作岗位。

梁海涛跟热吾力提院长交换了意见，打算先到神经外科熟悉一下情况，然后再跟院长多聊聊此次援疆工作的一些想法。两人边走边聊，不知不觉来到门诊部。

只见一位年近七旬的维吾尔族老汉正在接受医生检查，旁边还站着陪老汉来就诊的儿子。维吾尔族中年男医生看着片子说："这有点儿像白内障，而且看上去很特别，如果再不治疗，将会双目失明，需要尽快做手术治疗，但是风险比较大，不如去乌鲁木齐医院看看。"

老汉听说自己即将双目失明，紧张地睁着一双大眼睛，呆呆地说："我可不想当瞎子，什么都看不到了，活着还有什么意思？"

老汉的儿子面露难色地说："大夫，去那么远的地方，需要多少钱？能治好吗？"

还没等医生回复，梁海涛大步上前说："我来看看片子。"他举起CT片子对着灯光仔细查看，很快做出判断，"这是脑膜瘤导致的眼睛视网膜看不见，不是白内障，需要尽快做神经外科手术，以免病情继续发展。"

脑膜瘤手术？那可是要在脑袋上动刀子的！

热吾力提院长悄声对梁海涛说："我们以前没做过这种手术，你刚来医院，风险太大，我有些担心，如果手术失败了，会对你以后的工作很不利，影响也不好。"

老汉的儿子吃惊地问梁海涛："你能行吗？"

二

梁海涛作为神经外科专家，有着二十年丰富的临床经验，他只要站在手术台前，就是操刀好手，能把病灶干净利落地剔除。如今，遇到的这例手术，难度确实比较大，但是，过去他和同事一起做过这样的手术，效果完美。这次尽管他远离北京，也同样充满了信心。他暗暗给自己加油鼓气，如果怕担责任，放弃这次手术，跟放在"保险柜"里有什么区别？以后还能有什么作为呢？

经了解，梁海涛得知这位老汉的视力近些年来越来越差，看任何东西眼前都是模模糊糊的，前年到医院检查拍片，经医生初步诊断为白内障，因老汉年龄大，怕手术有危险，就返回家里，一直拖着没做。如今老汉的左眼几乎失明，全家人这才慌了神。老人的儿子非常孝顺，他们带老人再次来和田市治疗，想多找几位医生会诊后，再决定是否手术。

这次，老人做完 CT 检查，恰好遇到北京的专家，当听说这种手术需要开颅时，一家人都慌了，太危险了！做还是不做？老汉的家人犹豫不决。

老汉的儿子曾去外地做过生意，也算是见过世面的人，他一边打听去乌鲁木齐治疗的事，一边上网查找北京神经外科医生梁海涛的资料，他惊喜地发现，网上有许多关于梁海涛手术成功病例，他还是北京医学界知名神经外科专家。

热吾力提院长志忑不安地再次问梁海涛："能做此手术吗？实在不行，就推掉吧。"

梁海涛露出自信的笑容说："放心吧，我有信心，不能让患者千里迢迢到乌鲁木齐去，那样，既耽误了患者的治疗时间，还让患者增加许多不必要的费用。"

但为了避免惹麻烦，院长热吾力提提醒老汉和他的家人说："这种手术风险大，梁医生只能尽全力做手术，你们可要想好了！"

老汉听了这话，像豁出去似的，下定决心对院长说："没事，让梁医生给我做手术吧，如果不成功，也不会怪他的，愿真主保佑！"

老汉的家人也对院长说："我们很信任梁医生的医术，就让他放心做吧。"

中午吃饭的时候，其他几名援疆医生得知此事，好心劝梁海涛："你来和田市人民医院第一天，就决定做这种高难度手术，可要好好掂量掂量啊，这第一例手术非常关键，如果成功了，旗开得胜；万一失败了，往后的日子难抬头啊！"

梁海涛对关心自己的医生说："放心吧，哥们儿，我心里有数。"

常言说，外科医生是治病，麻醉师是保命，手术无论大小，能否成功都和麻醉师用药经验有着很大的关系。

梁海涛为确保万无一失，特意让在和田市人民医院工作的援疆医生、有着二十多年临床经验的麻醉师李有才与自己配合，他又安排了两名神经外科的维吾尔族医生协助，就连护士也是他精心挑选出来的。

三天后，老汉在家人充满期盼的目光中被女护士推进手术室。

经过九个小时的手术，终于切掉了老汉颅内的肿瘤，手术进行得很顺利。梁海涛走下手术台，汗水早已湿透了绿色手术衣，他拖着疲倦的身子走出手术室，迎接他的是老汉亲属们感激和信任的目光，他们纷纷竖起大拇指说："热哈麦特！""热哈麦特！""北京医生，亚克西！"

老人出院后不久，又来医院复查，经检查，老人的视力恢复得很好，没有出现大手术后导致偏瘫失语等症状，老汉和他的家人喜出望外，逢人就说："北京的医生真是活神仙！居然能打开脑袋做手术，做得很成功啊。"

此事一传十，十传百，当地许多患者听说后，纷纷来医院，点名找北京来的梁大夫看病，而梁海涛打心眼儿里高兴：治好一个患者，等于让他的家庭又恢复了往日的欢声笑语。

这件事在援疆医生中很快传开了，梁海涛在神经外科医护人员以及援友心目中的威信也提高了不少。

三

知己知彼，才能百战百胜，梁海涛在报到的第一天，他还了解到，和田市人民医院神经外科共有九名医生、二十一名护士、四十二张床位，承担着大量脑外伤、脑出血的外科救治工作，每年手术四百余台。当他进一步了解科里的医疗器械时，才发现这里的手术设备比较简陋，手术显微镜是十多年前购置的，没有自动平衡系统的蔡司 S7 显微镜，没有自动手术床，没有神经介入，显微器械明显不足，这样的手术条件对付脑外伤、脑出血还算可以，但对于较为复杂的显微外科手术就勉为其难了。

神经外科主任阿木江给梁海涛介绍科室情况时，无奈地说："长期以来，和田一些患有脑肿瘤、脑血管等较为复杂的病人在这里无法医治，几乎都转往千里之外的乌鲁木齐市人民医院。因路途遥远，有的患者在转诊路上，因延误治疗时机，病情加重，还未赶到医院就不治身亡，还有的患者经过一路颠簸赶到医院时，也没能得到及时救治而离开人世。如果和田有高水平的大夫，就能挽救许多生命。"

这里急需神经外科大夫！这里急需医术高超的神经外科大夫！梁海涛听到这些事，感到很痛心，他从小就有一股子不服输的韧劲，初到和田，头三脚一定要踢得漂亮！这也是他做人做事的原则。

几天后，又出现了一高难病例，早在十年前，在和田地区做过一次这种动脉瘤手术，后来，再也没有医生能做这种手术。这期间，和田地区的动脉瘤患者为了治病，大多选择穿越塔克拉玛干沙漠，转往一千三百公里外的乌鲁木齐医院，而有的患者因为无力承担费用，只能放弃治疗，在经受着病痛的百般折磨中，选择在家等候死神的降临。

毕竟在当地能做开颅手术的大夫不多。就在梁海涛给那位年近七旬的老汉成功做了脑膜瘤手术后，神经外科陆续收治了十多名患者，一些简单的手术，梁海涛就让维吾尔族的医生主刀，他站在助理位置上观察，手术后，再给医生分析每一个细节，帮他们提高手术效率。

一周后，一个患动脉瘤的七十多岁维吾尔族妇女主动找梁海涛做手术，因为她的亲属听说和田医院来了位北京神经外科专家，于是她在家人的陪同下，几经辗转，从三百里外的县城赶到和田地区人民医院，寻求救治。

看着老妇人痛苦的表情，梁海涛有些为难，他只看过这种病例，却没有亲自做过。无疑，对他来讲，这又是一个巨大的挑战。

神经外科主任阿木江用恳切的目光试探着问梁海涛："梁医生，你能做这种手术吗？以前我们也接诊过这类患者，但是我们没有足够的把握，都让他们转往乌鲁木齐或其他城市的大医院去了。如果你能为这类患者解除病痛，不仅能减少他们的奔波之苦，还能为他们的家庭省去不少费用。"

梁海涛听了阿木江的话，很是犹豫，毕竟这类手术在北京阳光医院不属于血管组，他曾经作为助手和他的老师们共同完成过几次这种手术，但他在这方面主刀经验不多。如今，他在和田市人民医院硬件设施较差的条件下任主刀医生，感觉没有十分的把握，万一手术失败了，不仅救不了患者，还会给自己的医院、给北京大夫丢脸。可是让患者和她的家人千里迢迢转往乌鲁木齐治疗，虽然自己不用承担任何风险，但患者在转运途中，她的动脉瘤一旦再度破裂，极有可能就会因此永远丧失救治机会。

怎么办？怎么办？面对这种挑战，是选择逃避还是担当？梁海涛经过一番考虑，他决定按照阳光医院神经外科想尽一切办法治病救人的风格，果断对科主任阿木江说："从患者病情来说，我倾向于让患者留下来尽快手术，比转往乌鲁木齐治疗更安全，我会全力以赴，请您放心！"

阿木江主任看着梁海涛露出的坚毅目光，他的眼里闪过一丝惊喜，激动地说："好，我相信你，现在我就和病人家属谈谈。"

手术前夕，梁海涛为了确保万无一失，他查阅了大量此类手术的资料，又打电话请教北京阳光医院神经外科的老师们，仔细询问手术中应注意的每一个细节以及可能遇到的状况，又在心中经过无数次预演后，第三天，他胸有成竹地走上了手术台。

手术进行得很顺利，这位维吾尔族妇女患者恢复得很好，家属也非常高兴，就连阿木江主任也激动地伸出大拇指，称赞梁海涛医生"亚克西"。

这件事再次极大地鼓舞了神经外科的全体医护人员，他们对北京医生精湛的医术发自内心地钦佩，在以后的工作中，他们虚心向梁海涛大夫学习，不懂就问。梁海涛对他们提出的问题，每次都给予详细解答，直到让他们弄通搞懂为止，这也让梁海涛生出一种成就感！

在接下来的日子里，梁海涛无论在门诊部还是手术室，或者到住院部查房，都能从患者眼中看出感谢的笑意，有的患者直接对他道一声：热哈麦特。听到患者的赞扬声，他心里感觉热乎乎的，因为，那是患者对他的最高奖赏。

四

转眼半个多月过去了，一天，吃晚餐的时候，梁海涛觉得从鼻子里流出一股湿湿的、黏黏的液体，这个年龄了，难道还会流鼻涕？他不好意思地从餐桌上扯了一张餐巾纸，用手一抹，猛然发现餐巾纸上有红红的颜色，原来是血！这让他很吃惊。

此时，坐在梁海涛对面的是消化内科女医生陈丽虹，身材明显比刚来和田的时候胖了些，她的性格很开朗，每天见面都能看见她开心的笑脸。陈丽虹看到梁海涛流鼻血的时候，眼睛眯成一条缝，问："怎么？大帅哥这是看见哪位美女啦？反应这么大呀？"

"你呀，开玩笑也没正形，这是当地天气干燥造成的，你别乱说笑啊。"坐在旁边的医学影像科副主任医师肖玲及时提醒道。

坐在同一餐桌的肝胆外科主任医师边振平不紧不慢地说："没什么大不了的，这里的气候太干燥了，吃饭的时候多喝汤，回宿舍的时候多喝水，过两天就好了，我前几天就开始流鼻血，在群里已经提醒过你们了。"

噢，是啊，梁海涛突然想起来，前些天在微信群里看见过这类信息，但很快就被大家谈论初到和田医院感受的信息淹没了。梁海涛一边擦鼻血，一边不失时机地找话题，及时称赞边振平说："还是老大哥有经验，从现在开始，我们要注意多喝水了，防止干燥给我们带来的不良反应，我们在微信群里及时提醒大家。"

陈丽虹递给梁海涛几张餐巾纸，快言快语地说："刚才开个玩笑，您别介意啊，再擦擦。我最近在门诊值班的时候，病号一个接一个的，忙得我不敢多喝一口水，茶杯里的热水放凉了，才想起来喝两口，就害怕多喝两口水，容易上厕所。"

白洁接过话茬说："当医生的都有少喝水的习惯，在北京的时候是这样，到和田还是这样，这就是医生职业的特殊性。"

话题不怕多，就怕冷场。梁海涛看到大家聊得热火朝天，心里反而踏实了许多。他记得在首都机场，临出发前，市医管局党委书记张萍郑重地对自己说："你带队的这些医生可是各大医院的专家，都是各医院的宝贝啊，要多操点儿心，生活上要多关心他们，安安全全地给我带回北京。"

梁海涛深知这话的分量，满口承诺着："请组织上放心，无论在和田遇到什么困难，我们都会想办法去解决、去克服。"

来和田一个月后，梁海涛和援友们渐渐适应了时差，睡觉前终于不用一只、两只数绵羊了，基本上能做到八点起床。有人乐观地说："我们要向睡美人学习，保证足够的睡眠，第二天才有精神去工作。"

在与援友们交往的过程中，梁海涛了解到每个医生家中都有一本难念的经，有的人孩子面临中考或高考，有的人父母年龄大、体弱多病，需要照顾，还有的人在原单位被一些杂事困扰。不过，困难归困难，要论起医术来，个个都是医院里顶呱呱的人才。人与人之间需要适应，需要调整，人与大自然同样需要适应，正如达尔文在《物种起源》中所说："物竞天择，适者生存。"这话运用到现实生活中，没毛病。

当地有句俗语："和田人民真辛苦，一天要吃半斤土，白天不够晚上补。"这话虽然有些夸张，却让北京援疆医生们都真实感受到了。

新疆维吾尔自治区和田地区，属于极端干旱荒漠性气候，降雨量极少，每年三月至六月，沙尘暴经常光顾和田这座城市，一年有两百天以上是扬尘，其中六十天以上是重度扬尘。沙尘暴从三月中旬正式登场，漫天的浮尘笼罩在整个城市上空，四处都是一片灰蒙蒙的，总感觉嘴里有沙子，皮肤干燥发痒难受，鼻子开始出血，挂在高空曚曚昽昽的太阳，如同浮尘纱罩的一盏灯。

扬沙、浮尘、狂风，不请自来，说到就到，十分钟前还是晴天，十分钟后随着风沙蔓延，天就开始变黑了。

梁海涛和援友们在上班前会将宿舍的窗户关得很紧，但等下班回来的时候就会发现写字台上、椅子上、地上甚至连床单上都满是灰尘，就连电器缝隙里也布满了浮尘。因此，每天下班回到宿舍，他们都把清扫房间当成头等大事，用湿抹布把窗台、桌、椅、电视柜以及地板上的浮尘擦干净，再把床单撤掉，换上新床单，一通忙碌后，躺在床上仍能闻到尘土的味道。

第二天依然如此。

经常在"无菌"环境里工作的医生，很注意保持自身和周遭环境的干净整洁，有的人甚至有"洁癖"，不仅衣服勤洗勤换，还容不得桌子上、地板上有一丝尘土，对于卫生环境的要求比较苛刻。但时间久了，他们只能无奈地选择接受，有医生风趣地说："以后回宿舍可以在落有浮尘的写字台上练习书法了。"

"每天坚持打扫卫生，还可以锻炼身体。"

"在家里都是老婆打扫卫生，享福时间太长了，所以让你到和田来弥补一下。"

说归说，笑归笑，但生活在浮尘天气里的滋味实在不好受，不过梁海涛和其他援友不会因为恶劣的天气就沮丧，更不能发牢骚，毕竟他们都是医院选派出来能独当一面的科室精英，在决定来援疆的那一刻起，就已经做好了应对困难的心理准备。

每当夜晚来临，大家回到各自的房间，在关上门的刹那，除了打扫卫生，面对着空荡荡的屋子，整个人就会被一种孤独感笼罩着。打开电视或者打开手机里的 QQ 音乐，找自己喜欢看的节目或是喜欢听的歌，有时候里面播放的是什么，全然不知，只要室内有声音就好，这样可以驱散寂寞。

面对这种干燥恶劣的天气，饮食的差异以及倒时差，让援友们心里着急上火，有的医生嘴唇周围起了疱，每天吃消炎药或是抹点儿红霉素软膏，才算有所缓解。

忙碌的工作节奏，让梁海涛和整个医疗团队都充满了挑战，每天利用坐班车的时间，他总能想办法活跃气氛，讲一些笑话调动大家的情绪。

一天下班的时候，梁海涛坐在座位前面，回身给大家说了几句新学的维吾尔族问候语，他刚说几句话，就猛烈地咳嗽起来，可能是一上午没顾上喝水，嗓子太干的缘故。

司机师傅从副驾驶座位上及时拿出一瓶矿泉水，递给他："快喝两口就没事了。"

梁海涛拧开矿泉水瓶，"咕咚咕咚"一口气全喝完了，真是太解渴了。

大家都明白梁海涛的良苦用心，于是，在上下班短暂的时间里，大家轮流讲一段笑话，借以缓解气氛。大家都清楚这里是世界第二大沙漠——塔克拉玛干沙漠的最南端，这里更是北京援疆医生奋斗的地方！

进入四月份，持续多日的浮尘天气还没有散去，又开始刮起了一轮又一轮的沙尘暴，这是生活在和田地区的群众最难熬的日子。

一个周日下午，和田又降临了一场声势浩大的沙尘暴，狂风呼啸着吹打着玻璃窗，发出"噼里啪啦"的声响，十分瘆人，浑黄的天空到处弥漫着微小的沙粒，空气中掺杂着一种淡淡的土腥味，特别难闻，也呛得人特别难受。梁海涛站在窗台前，手里捧着刚沏好的清肺润喉绿茶，前些天，他特意让姜媛买了两大包茶叶，快递到和田的。他自己留了一些，将剩下的茶叶分成了二十一份，分别装在小袋子里，在上班的路上分发给了其他援友。他一边发，一边豪爽地说："大家再忙，也别忘了喝茶啊，如果感觉口味还不错，可以来我宿舍拿，过几天，我爱人还要再寄些茶叶来。"

"梁队，你家要是开茶叶店的就好了，我们都会登门的。"

"是有这个想法，下辈子我要是能当个茶叶店的老板，欢迎各位光临！"

梁海涛最得意的是，还是姜媛有远见，来和田的时候，她特意给他准备了三双名牌旅游鞋，轻便、舒服，在沙尘暴肆虐的日子里，即便鞋上沾有沙尘，用湿布擦擦就行。如果穿皮鞋，只要出一趟门，到露天地面走一圈，擦得锃亮的黑色皮鞋上就会立刻沾满沙尘。

沙尘暴几乎无孔不入，从指挥部"京和大厦"楼前等车开始，以及下班在医院等车的时间，站在室外的瞬间，头发上、眼睛里、鼻子里、嘴巴里都被沙尘光顾着，脸上、身上都沾满了沙粒与浮尘，摸一把脸，手上能擦下不少灰尘。如果说几句话或是张张嘴巴，沙尘也会见缝钻进去，牙齿上下咬合，都能感觉到沙粒"咭咭"作响，很牙碜。脚下很快积起了一层厚厚的黄沙尘土，倘若在原地走几步，还能留下两行深深的鞋印。

每天，梁海涛和援友们坐在上下班的班车里，向街道周围望去，能见度不足两米，路边的树木枯枝都被无情的沙尘暴摧残着，被"呼呼"作响的狂风吹得左右摇摆、东倒西歪，那声音又如尖厉的哨声，发出阵阵"啾啾"的响声。城区楼房、平房的屋顶上也覆盖了厚厚的沙尘，沙粒如雨点般四处旋转着、飞舞着，敲打着门、窗、树，只要有狂风掠过的地方，所有能见物，都无一幸免。

天地间混沌一片，到处是浑黄的颜色，人们已分不清哪儿是天，哪儿是地。

指挥部给所有北京援疆医生短期培训的时候，曾有一些援疆干部讲过这种天气，让大家提前做好心理准备，但那时，大家对沙尘暴还只是概念化的理解，当亲自感受到这从未见过的恶劣天气时，人们才傻了眼。

"这可恶的鬼天气！赶快滚蛋吧！"有人忍不住发出几句牢骚。不少人下班回到宿舍后，第一件事就是打扫卫生，第二件事就是洗个热水澡。

为了阻止沙尘从窗户缝中钻进屋子里，边振平医生想了个办法，他跑到指挥部大院附近的超市买来五大卷透明胶带，把窗户缝贴得严严实实，效果还真不错，宿舍内的沙尘少了许多，地面也干净了许多。于是，其他医疗队员纷纷效仿，一些男医生把自己宿舍的窗户贴严实后，又主动帮女医生把宿舍的窗户缝贴严实。大家干劲十足，在欢笑声中，宿舍的窗户缝及边边角角的地方都贴上了透明胶带，下班后的打扫任务就减轻了许多。

凡事有利也有弊，窗户被贴得很严实，可以对抗沙尘暴，然而等到天空晴朗的时候，窗户无法打开，无法通风，在室内呼吸不到新鲜空气，也是一件很难受的事。

忍一忍吧，忍一时风平浪静，退一步海阔天空，等熬过这段时间就好了！梁海涛每天在微信群里给大家鼓劲，这期间，他发现所有医疗队员都对白洁刮目相看，因为她竟还有一手理发的技艺。

指挥部大院内没有理发室，大家正为到外面找理发店而发愁时，白洁特意到大院附近的超市里买了一套电动理发工具。说干就干，就在她的宿舍外、楼道的拐角处，不挣钱的生意开张了，她热心地为男医生们理发，理出来的发型可以与专业理发师相媲美，也解决了一些男医生到外面找理发店的困扰。

梁海涛自然也领教了白洁的手艺，果然，理发后，男医生们个个干净利索，精神气十足。尤其是，他意外发现队员中最年轻的眼科医生陆浩，看白洁的眼神里总是带着笑意，有一种喜爱的成分。陆浩外表硬朗，身材挺拔，脸庞充满阳光与朝气，正是当今女孩儿心目中的"小鲜肉"，最主要的，他如今也是未婚。

白洁与陆浩是否有缘分呢？

梁海涛想到了陈丽虹，因为她是党员，陈丽虹比白洁大十岁，每天晚上，她都跟老公聊半个小时的视频，她的儿子正在读高一，住校，她常把家庭幸福的照片发朋友圈，晒晒幸福。梁海涛让陈丽虹侧面了解一下白洁的情况，如果能在援疆期间促成一桩婚姻，也算是功德圆满，积善行德的好事。

果然，陈丽虹接到这个任务，乐得眼睛眯成一条缝，上下打量着梁海涛，赞赏地说："可以啊，梁队，心思缜密，放心，这事交给我吧。"

为了不让这种恶劣的天气影响心情，影响工作，梁海涛跟党小组成员商量：通过唱歌、打球等方式，丰富北京援疆医生的业余文化生活，调动大家情绪，让大家能够以积极心态在工作中发挥作用。

梁海涛把这个想法讲出来后，大家一拍即合。

<h1 style="text-align:center">五</h1>

在和田市人民医院神经外科上班，梁海涛每天都能看到高鼻梁、凹眼睛，身穿长袍、头戴维吾尔族小花帽、留着大胡子的维吾尔族男子和一些头戴围巾、穿长裙的维吾尔族妇女来医院就诊。陌生的环境还不算什么，但陌生的语言让梁海涛和援友们很难与患者深入沟通，陷入困境，每次都要由科室会维汉双语的医护人员担任翻译，所以他们决心攻克语言难关，先掌握基本的交流语言。

梁海涛在医院里是挂职副院长，为了医院长远发展，他认为，医院站位要高，还要有大格局。他在神经外科挂职副主任医师，除了带几个徒弟一起做高难度手术外，主要精力放在与热吾力提院长到各科室调查了解情况上，把发现的问题及时记录下来，由院务处的领导在一起探讨整改措施，逐步修订医院未来五年发展规划。

这期间，梁海涛让分配到和田市人民医院心脏外科、医学影像科、消化内科、肿瘤内科、口腔科、呼吸科和眼科等科室的二十一名援疆医生各写了一份调查报告，统一汇总到他这里，再由他整理出一份正式的报告。

这让热吾力提院长非常感动，他高兴地说："梁医生，你的能力太强啦，有你在这里帮忙，我信心大增啊！"

巧妇难为无米之炊！梁海涛注重提高医生的医术水平和医院的医疗水平：第一是有计划分批分期选派各科室医生到一线城市各大医院学习先进的医疗技术；第二是更新一批医疗设备；第三是建立健全规章制度；第四是对各科室住院管理方面存在的死角彻底清查，努力向一流医院看齐，将和田市人民医院打造成南疆地区一流医院。

刚开始，热吾力提院长对梁海涛的大胆构想有些疑虑："当年我曾到乌鲁木齐市人民医院、兰州市人民医院还有上海市的医院实习过，派医生去外面学习，更新医疗设备，这些事都很好，但需要一大笔资金做支撑，你定的目标太高了，我们能行吗？"

"放心吧，只要方向正确，其他的事都能想办法解决。"梁海涛为他鼓舞士气。

在北京阳光医院神经外科工作二十多年的梁海涛，不仅有着丰富的临床经验，而且因成功解决多起医患矛盾，硬是被塑造成了一个比较出色的谈判家、会计师、人事处长，最后才是一名医生。每次为患者做手术之前，他都要把可能遇到的医患矛盾降到最低，让患者家属心中有笔明白账，这样可以避免许多不必要的麻烦。

因为他的同事曾吃过这种哑巴亏，同事为一名重症患者竭尽全力做手术的时候，因患者体质太差，最终还是没有抢救过来，为此，死者家属一纸诉状将同事告上法庭。这件事，让他的同事备受折磨，官司以同事的失败而告终，经协调，同事赔偿死者四十万元，才算息事宁人，后来，同事就辞职转行了。

这件事在同行中引起很大的反响，展开了一番大讨论。同时，也给其他医生敲响了警钟，在手术室里安装监控，如果患者家属有什么异议，可以调取监控录像，作为呈堂证据，为医生讨回公道。

这些事让热吾力提院长听得目瞪口呆，他摇着头，不可思议地说："唉，医生的职责就是救死扶伤，怎么会这样呢？以前在新闻里看过类似的报道，没想到就发生在身边呀。梁医生，你放心啊，我们这里不会发生这样的事，大家都是非常信任医生的。"

梁海涛想到来和田之初为那两名患者做的手术，正是因为患者和家属对自己的信任，才让他下决心在和田做的手术，他忽然感觉内心很轻松，他在和田终于找到了当医生的感觉。

在对其他科室进行调查时，梁海涛发现，医院普外科仍沿袭着大外科的模式，而内地医院早已放弃了这种模式。如今，内地医院各个科室的划分比较精细，专业性更强，有利于各专业的自身发展和人才培养。因此，技术的精进离不开专业化管理的保障，建构合理的机制，如同变输血为造血。北京援疆医生来和田，不仅是技术的帮扶，也是理念和经验的分享。

热吾力提院长对梁海涛的想法表示非常赞赏，他充满期待地说："梁副院长，你就大刀阔斧地干吧，需要我做哪些工作，尽管说，我全力支持！"

有了当地医院的支持，梁海涛决心不负众望，做好组织上委以重任的挂职副院长，尽全力干出些漂亮事，积极为和田地区人民医院的建设和发展献计献策。

基于和田地区人民医院医疗要求，梁海涛在医务管理、专业技术、学科建设等方面进行"造血式"精准帮扶。

由于和田地区医疗设施和医疗人才相对比较欠缺，资源也比较薄弱，梁海涛发现，医院各科室很多医生虽然工作时间很长，但有些人甚至在医院工作了十年仍没有取得执业医师资格证，还有的医生仅有大专学历，竟然没有医师资格证。当地医生特别是年轻大夫基本功较差。为此，梁海涛跟其他科室援友商量，把待考对象召集起来，为他们做相应的教材和专题辅导，并且对他们进行定期考核，以此来提升有医师资格证人员的数量和比例。

只要功夫深，铁杵磨成针。当维吾尔族医生拿到崭新的医师资格证书时，感激之情溢于言表，因为它蕴含着北京援疆医生们的一份真情。

梁海涛到和田市人民医院上班的第一天，就了解到这里的技术条件有限，环境比较艰苦，各科室微创技术是医院的短板。然而，这需要十多年练就的技术，怎样才能让他们在一年内掌握呢？他分析着当地医生从业时间比较长，积累了很多工作经验，这让他心里多了些信心。

为此，梁海涛做了精心准备，让各科室援疆医生凭借自己多年的微创外科经验和平时整理的手术资料，从最基础方面抓起，系统为医生们多次进行专题培训。他把自己多年积累的经验做成课件，从手术的基本思路、步骤到解剖方方面面反复讲解，为加深理解，有时候一个内容要反复讲许多次，直到他们搞懂为止。

每当微创外科医生收治病人后，援疆医生要带领科室维吾尔族医生对病人进行系统的术前准备，悉心研读影像学资料，制定周密的手术方案。在设备器械不尽完善的情况下，他每做一例手术，都要言传身教。手术台上，他手把手指导当地维吾尔族医生们操作，让他们参与多例微创手术操作，决心让当地医生尽快掌握这一技术。

梁海涛听到胃肠外科主任对单华的高度评价后，非常高兴，他在微信群里及时给予表扬，并在自己所做的总结中记录下来。或许梁海涛早已习惯了高强度的工作环境，他时刻提醒自己，一定要在和田干出点儿名堂来，否则他就会感觉心里空落落的。如今，找到明确的工作方向后，他干劲更足了。

每天吃完晚饭后，梁海涛回到宿舍，就伏在书桌前开始忙着整理资料，写方案。

突然，桌上的手机响了起来，原来是姜媛跟他微信语音通话。梁海涛这才想起来，好几天没给妻子打电话了。接通后，他有些不好意思地说："媛，最近还在忙医院规划方案的事，家里还好吧？"

"好，都好着呢，就是一凡前几天感冒发烧了，带他去医院输了几天液，不过他现在已经好了。"

"是不是一凡学习太紧张了，也别给他太大的压力。"梁海涛心里紧张，却放缓语气安慰着姜媛。其实，他听说儿子生病了，心立刻提得很高。他记得两年前的一个晚上，正值夜班时，突然接到姜媛的电话，她急切地说："儿子发烧 39.8 度，浑身发抖，这可怎么办？"

这下子把梁海涛也吓得要命，连夜让姜媛把儿子送到医院，多亏治疗及时，若不及时降温退烧，后果不堪设想。后来，只要听说儿子发烧，梁海涛的心里就非常紧张。刚才姜媛说儿子已经退烧，他才算放下心来，唉，虚惊一场。

梁海涛不经意间看了一眼书桌玻璃板下压的那张合影，问姜媛："妈妈最近还好吧？我最近太忙了，一个多星期没跟妈联系了，她让我找的人，现在还没着落呢。"

姜媛缓缓地说："前几天我路过妈妈家楼下的时候去看望她，感觉她的身体越来越弱了，用的药明显增多了。"

"哦，这样吧，等我忙完这阵子，等儿子放假了，我回去把你们都带到南疆和田来看看，实在找不到江阿姨，也要带妈妈去建设兵团，到她曾经工作过的地方看看，也算了却她的一桩心愿。"

"好吧，我跟妈妈说，你也早点儿休息吧，我刚陪儿子写完作业，还要备课，明天有我的课。"说完，姜媛打了一个长长的哈欠。

梁海涛也如同被催眠了一般，困意袭来，他虽然努力地睁着眼睛，但最终还是选择上床睡觉。

六

进入四月底，漫天的风沙依然没有停止的迹象，一场又一场的沙尘袭击着和田地区。可即使不刮风，气候也很干燥，援疆医生们流鼻血也是常有的事。每天沙尘飘浮于空中，只要到室外走一圈，嘴巴和鼻子里全是沙土。大家除了去医院上班，剩下的时间大部分是在指挥部的宿舍里待着。偶遇一次晴天，有人曾尝试着将贴在窗户边角的透明胶带撕掉，打开玻璃窗透透气，然而，几分钟后，窗台上很快就铺上了一层薄薄的细沙，无奈，只能关上窗户，再次乖乖地贴上透明胶带，给自己找点儿其他事做。

周五这天，梁海涛和援友们在上班的路上，又经历了一场遮天蔽日的沙尘暴，班车只能缓缓行驶。只见车窗外，街道两侧的白杨树东倒西歪，路上的行人低着头奋力向前迈着步子，看着都让人感到揪心。

周六下午，终于听到天气预报说周日是个晴朗天。梁海涛和几个队友高兴地盘算着：自从来和田后，每天上班的路上都能看到团结广场竖立的那尊库尔班大叔与毛泽东主席握手的铜像，早就听过库尔班大叔的传说了，这也是和田市乃至全国各族人民团结的象征。他们应该趁着这个难得的好天气去看看。

其实，梁海涛一直想找个合适的时间，到广场上举行宣誓活动，但是，每天在医院的忙碌工作，再加上沙尘暴的恶劣天气，让他只能把这种想法暂时压在心里。

"周日是个难得的晴朗天！我们9点吃完早餐后，上午10点到楼下集合，统一步行去广场。"梁海涛把这个想法发到群里，立刻得到其他援友的响应："太好啦，我们终于可以轻松地出去看看啦！"

"女同胞们，打扮得漂亮点儿，我们要在广场拍些照片。"几名男医生打趣道。

"我们不用化妆也很美！"几名女医生毫不客气地笑着回敬。

只有胃肠外科医师单华遗憾地说："我早餐后还要赶到医院，上周就约好了，今天有一台手术，只能以后找机会再和大家一起聚。"

"没事，兄弟，等天气好转了，我们还有很多机会。"梁海涛安慰着他。

指挥部办公室主任张文武来援疆挂职已经快满四年了，按说，他援疆三年后就可以回北京了，但他所在的原单位没有合适人选接替他，于是，他主动提出延长援疆一年，今年年底，他将结束在和田的援疆工作，告别这片奋斗过的地方。他对和田非常熟悉，也产生了深厚的感情。当梁海涛跟张主任提起去团结广场的事，他表示很愿意为援友们做点儿事。

上午 10 点半，张文武主任早早在一层大厅等候着大家。

梁海涛和援友们在张主任的带领下，步行向团结广场走去，一路走，一边听张主任声情并茂地介绍着："库尔班大叔的童年是与地主家的牛羊一起度过的，他成家后，又妻离子散，孤身一人度过了十七年贫困交加的生活。1949 年 9 月新疆和平解放后，库尔班终于过上了自由、幸福的生活，他知道这一切是毛泽东和共产党带来的，执意要骑着毛驴到北京去见恩人毛主席。村民们笑他那么大年龄去北京简直就是异想天开，但库尔班大叔意志坚定，不为所动。不久，这件事就传到新疆维吾尔自治区党委书记王恩茂那里，为了满足库尔班老人的心愿，特批他随国庆观礼团乘飞机到北京。1958 年 6 月 28 日下午，一生历经坎坷的库尔班老人在中南海怀仁堂受到毛泽东的亲切接见。一尊雕像为后人记录了一位新疆和田的普通农民与国家领袖的故事。"

二十分钟后，梁海涛一行人来到团结广场。人们或许是因为被沙尘暴压抑过久，也或许是因为在家里憋闷得太久了，看到是晴朗天，都有外出散心的想法，许多人不约而同来到团结广场上散步、闲谈、玩耍……

　　团结广场位于新疆维吾尔自治区和田地区和田市中心，北京西路与塔乃依北路交会处的正南方。广场坐北朝南，东西二百余米，南北二百五十余米。

　　广场正中竖立着一面五星红旗，张主任介绍说，和田团结广场是市民重要的休闲场所，傍晚来临后，维吾尔族人、汉族人都集聚到广场，纳凉、跳舞、玩乐，到处是欢声笑语。每逢节假日，广场上还举办各种形式的文艺演出。

　　梁海涛跟另外几名医生提前准备了一面五星红旗，在张主任的安排下，所有援疆医生从低到高依次站在台阶上，前面由白洁、陈丽虹和另外两名男医生共同拉紧五星红旗的四个角，所有医生都围在鲜红的五星红旗周围。

　　梁海涛站在队伍前面举起右手，所有援疆医生同时都举起了右手，庄严宣誓："我是北京援疆医生……"

　　宣誓完毕后，援友们在毛主席和库尔班大叔握手的雕像前，拍下有着纪念意义的合影，留下了援疆期间最珍贵的影像。

　　这时，一些维吾尔族群众看着这个特殊的群体，脸上露出了笑容。

　　张主任对围观的群众笑着说："他们是北京来的援疆医生，你们要不要一起合影呢？"

　　站在一旁的几名中年男子高兴地说："噢，北京的医生啊，亚克西！去年有医生还给我治好了病，我愿意合影。"

　　话音刚落，又有几名维吾尔族群众围上来，纷纷说："我也想合影。""还有我。"

　　一个个珍贵的场景被摄入镜头，拍下了维吾尔族和汉族聚在一起的合影，照片里的援疆医生们脸上都洋溢着微笑。

　　那一刻，援疆医生们的内心里都升腾起一股莫名的感动。

张主任继续给大家介绍着："一年一度的玉石节也在团结广场举行，广场的东面是和田最繁华的商业区，周围则遍布着大小不一的玉石玉器商店。"

"是啊，和田玉在世界上非常有名，人养玉，玉养人，我要买几块带回去。"

"我要给老婆买一块。"

"我给女儿和她妈妈各买一块，毕竟来和田也是个机会。"

"这样吧，我们改天再专程到玉器店逛逛，现在我们去附近的羊肉烧烤店尝尝最地道的羊肉串吧。"梁海涛很有号召力，大家齐声响应。

张主任带大家来到广场附近一家比较有名气的烧烤店，店老板是维吾尔族妇女，她看到一下子涌进二十多名汉族客人，高兴地问："要买多少串呢？"

梁海涛看了看大家，对店老板说："每人三串。"

"好的哟。"店老板清点人数后，立刻进厨房忙碌去了。

仅用一根烟的工夫，店老板带着两个巴郎子（小伙子）每人端着两个盛满羊肉串的大盘子，放到了餐桌上。顿时，店里飘散着烤羊肉的香味，诱惑着人的味蕾。

大家人手一串，咬一口羊肉，都赞不绝口："这羊肉串块头大，味道香美，没有膻味，价钱也太便宜啦！"

"是啊，这样的羊肉串若是在北京至少二十元，而这里仅五元，太划算了。"

"我吃了两串就感觉有些撑了，如果天天这样吃，体重得迅速上升，就很难减肥啦！中午的饭就省了，先拍几张照片发朋友圈。"陈丽虹高兴地边吃边用手机拍了几张手拿羊肉串的照片，嘴里还不停地分享着吃羊肉串的感受。

真是一个快乐的星期天！

回到宿舍，梁海涛一边随着 QQ 音乐哼唱着歌曲，一边收拾衣物，忽然听见有敲门声。他打开门，原来是陈丽虹，她脸上写满了笑意，眼睛乐得眯成一条缝，神秘地说："梁队，我刚才忘记跟您说了，我私下跟白洁聊过，她的父母是普通的退休工人，读研究生的时候，班里有个男生一直追求她，两人后来发展为恋人关系。但是，他俩研究生毕业后，男生要去美国读博，让白洁跟他一同去美国，这个男生家庭经济条件非常优越，而白洁没有经济实力。她原本想等男生博士毕业回国后就结婚，但没想到那男生直接在美国成家了。这件事对白洁打击很大，她把大量时间和精力全用在读在职博士上。她说那段时间简直快得抑郁症了，毕竟付出了感情，这次她选择援疆，也是想驱散内心的烦恼吧。"

梁海涛若有所思地问："噢，原来是这么回事，那白洁和陆浩最近是不是有那个意思呢？"

"你听我说呀，白洁原本对陆浩是不感兴趣的，但后来，陆浩给她的窗户贴透明胶带，白洁给陆浩理的发型非常帅气，陆浩是在职博士，两人还有共同的爱好，能聊到一块，还都喜欢拍照片。"陈丽虹停顿了一下，接着又说，"我听白洁说，陆浩出身于普通家庭，也算得上是门当户对了，但她最担心的是陆浩比自己小三岁，担心以后有变化。还有一点，她很奇怪，陆浩很少提及他的父亲，他们的父子关系似乎很僵。"

梁海涛笑着说："这年头都流行姐弟恋，这事没准儿真能成，你这红娘是当定啦！"

"是啊，但愿如此吧。我看看下一步如何发展，好啦，我不跟你说了，白洁说要给我做头发呢。"陈丽虹说完，笑呵呵地转身走出梁海涛的宿舍。

梁海涛打心眼儿里也跟着高兴，在援疆过程中，如果能促成一桩美好婚姻，也是一个大收获！

转眼间，梁海涛来到和田地区已经快有两个月了，他和所有援疆医生一样，手机始终保证二十四小时开机，不管是节假日还是深更半夜，只要医院急诊需要，他总是随叫随到。遇到复杂的神经外科手术，都是他来主刀，往手术台上一站就是十多个小时，汗水湿透了手术衣，他也全然不顾。术后，他坚持守候在 ICU 监护病人，直至病人的病情平稳后，他才安心离开。

夜晚，梁海涛坐在书桌前，又看到了妈妈和江阿姨的合照，心中默默想着：怎样才能找到江阿姨呢？前段时间，建设兵团医院挂职的主任医师刘静龙打来电话，说他去荣军院的时候，找到几名早已退休的团一代，他们都已是八十多岁的老人，有的已经记忆模糊。刘静龙让他们看那张合影，大多数人都摇头，表示不认识，只有一位老人眯缝着双眼看得很仔细，然后，老人肯定地说，在六十年代的一天，他在兵团医院见过这两名从北京来的年轻女医生，后来，一名女医生与当地的维吾尔族小伙成家了，另一名女医生不知怎么离开了兵团，大家都说她怕吃苦，已经回北京了。老人听其他支边知青说，留在当地的那名女医生婚后生了一个男孩儿。不久，她离开兵团，去县城工作了，具体是哪个县，老人也说不上来。

梁海涛听到这些话，感觉很失落。也就是说，这唯一的线索又断了。

第四章

一

和田地区的居民以维吾尔族为主，以维吾尔族语言为主。梁海涛在门诊部或科室，每天面对的患者都是当地维吾尔族老乡，年轻人还能讲几句普通话，但是上了年纪的老汉和妇女们讲的满口维吾尔语，如同听天书一般。在来和田工作之初，语言成为援友们与维吾尔族患者交流的最大障碍。其他援友都遇到过同样的情况，每次为患者诊断病情，接受过双语教育的科室医护人员就充当翻译的角色。

陈丽虹天生就是乐观派，她笑称："每天走进科室，如同来到一个多民族的大家庭，有汉族、维吾尔族、回族、哈萨克族，来这里当援疆医生，还能学到不少知识。"

"我们要学一些当地基本交流语言，不能让语言成为我们与当地维吾尔族同胞交流的拦路虎。"梁海涛在援友微信群里发出学习语言的倡议。

医疗队员跟语言较上了劲，掀起了一股学习维吾尔语的热潮。每个人兜里都装有一个巴掌大小的笔记本，医院成了练习口语最好的地方，白天在单位先是向维吾尔族女医生请教简单的问候语，用拼音或汉字标出来，忘了如何说，就拿出来看两眼。当他们跟维吾尔族患者交流时，身边总有一名本科室的维吾尔族医护在旁边把关，及时纠正他们发音不准的地方。

每天下班回到指挥部，吃完晚饭，他们就来到院子里的葡萄长廊，聚在一起，反复练习白天学的维吾尔语，身边的医生和患者的名字也已经熟记于心。

在指挥部的援疆老师们给医院的精英们出了一个主意，为了尽快学好维吾尔语，让援疆的语文教师从学校借来维吾尔族小朋友的维吾尔语书，让大家如同小学生一般，从字母开始一点点学起，一字一句练习发音。

"艾斯拉姆阿拉依库，乃起步路？阿达西（哥们儿、兄弟），好好讲一讲！"

"艾斯拉姆阿拉依库（你好）！萨拉麦特讷斯亚克西吗（你身体好吗）？"

北京来的汉族医生能用当地语言跟患者交流，自然拉近了医患之间的距离，让维吾尔族患者对北京大夫有了认同感，这更加激发了医疗队学习维吾尔语的热情。

一位在和田工作两年的北京援疆干部看到白洁学习维吾尔语的热情如此高涨，就教她安装维汉智能翻译软件。让她喜出望外的是，身边没有维吾尔族医生的时候，她能用这款软件与患者对答如流，她把这款"神器"当成了宝贝，关键时刻总能派上用场。

"这款翻译软件太棒了，感谢高科技给我们带来的力量！"白洁尝到了甜头，热心帮助其他援友都安装了此款软件，援友们都借助手中的"神器"跟患者交流。

白洁每次为产妇接生新生儿后，产妇及家属都高兴得竖起大拇指，说得最多的是："亚克西，北京医生！"在她看来，产妇们露出开心的笑容，就是她援疆以来收到的最好礼物。

每当有患者就诊时，他们会用简单的语言让患者用肢体语言表达不舒服的部位、症状，遇有表达不清楚的问话，再去请维吾尔族医生或护士帮忙翻译，等到详细了解患者的症状、病因、病机、病程后，再开出相应的检查单，指导患者去做相关辅助检查。待结果出来，他们再与管床大夫沟通，确定临床诊断及治疗方案。

让陈丽虹、白洁和其他援疆医生颇为得意的是，她们去附近大巴扎（集市、农贸市场）购物时，用"神器"与维吾尔族老乡交流顺畅，还能砍价，了解市场价格。能在援疆期间学会维吾尔族语言，这真是一种意外收获。

梁海涛的手机上也安装了白洁推荐的这款翻译"神器"，与当地患者交流的时候确实派上了用场。他想，假如有一天，能在某个时间、某个地点，奇迹般地遇到那位江红霞阿姨，而她在南疆生活多年，一定能讲流利的维吾尔族语言，他们就用当地语言交流，会是什么感觉呢？如果妈妈知道自己援疆期间的收获，一定感到很高兴吧。

希望在和田工作生活的日子里，有奇迹出现。

二

天，似乎真的好转了，一连三天都没出现沙尘暴天气，这无疑是一个好兆头！好天气让大家的心情也格外好。有的医生忍不住打开了封闭已久的窗户，终于可以透透气了。

这天，梁海涛吃完晚饭，约几名同事到院子里的葡萄长廊遛弯，欣喜地看到曾经光秃秃的葡萄藤渐渐泛起了绿色，葡萄藤下结出了一串串黄豆般大的绿葡萄。他掏出手机，选准角度，拍下了稚嫩的小葡萄，在绿叶的衬托下，格外可爱，同时也寄托着援疆干部们的期盼，等到葡萄熟透的时候，口感一定不错。

奉献着，快乐着，人生无悔这段经历。早在几天前，梁海涛先后接到指挥部下发的两个通知：一是在"五四"青年节这天，举办一场"我为援疆做奉献"为主题的演讲赛，要求每个医疗队挑选两名选手参赛，大赛设立一、二、三等奖，由指挥部领导为获奖选手颁发证书和奖金；二是端午节时指挥部将举办台球、乒乓球和羽毛球比赛，让各医疗队及时把参赛人员名单报到宣传部。

梁海涛把两个通知发到微信群里，立刻调动了援友们的积极性，首先是要尽快确定"五四"青年节演讲人选，年纪大点儿的主动推让，希望把机会留给年轻人。经大家推荐决定，让白洁和陆浩两人代表和田市人民医院援疆医疗队参赛。当然，陈丽虹极力推荐他俩也有着她的用意，她还特意给梁海涛发微信说：这样的安排，能促使他俩走得更近一些。其实，大家心知肚明，打心眼儿里希望有情人终成眷属。

晚饭后和周末时间，梁海涛时常召集同事们到台球室和乒乓球室一显身手，经过几轮的初赛后，很快就确定了参赛选手。参赛队员摩拳擦掌，吃罢晚饭，就到台球室、乒乓球室训练，希望能在正式比赛的时候取得好成绩。

在坐班车上下班的途中、在一日三餐的时间、在微信群里聊天的话题，梁海涛和同事们大多都在讨论比赛的事。

人外有人，天外有天，分配到各医院的八个医疗队的五十九名援友，别看他们平时在医院身穿白大褂，是温文儒雅的专家学者，他们的业余文化生活也是丰富多彩的，有的人在原单位比赛中就曾摘金夺银，是医院文娱战线的活跃分子。

吃早饭的时候，梁海涛特意提醒着白洁和陆浩："你俩可是咱们医疗队最年轻有为的博士，演讲赛是给咱们医疗队争脸的时候。"

陆浩腼腆地笑着说："我会尽力的！这几天把演讲稿再好好修改一下。"

白洁很爽快地说："放心吧，梁队，我上大学和读研期间参加学校演讲大赛都获过第一名，这次我是志在必得。"

"好，你俩有这般的拼搏精神就好，重在参与，只要你们努力了就行！"梁海涛用这句话同样也鼓励着球类的参赛选手。

没过几天，梁海涛发现到健身房锻炼身体的援友逐渐多了起来。在人们看来，荣誉是一种至高无上的精神奖励，像大海中闪亮的灯塔，照耀着人们前进的方向，也让人们心有目标。

据当地人讲，每年三月至六月是沙尘暴最狂暴的季节，偶尔有几个大晴天，那也是上天很少见的恩赐，等过了六月份之后，沙尘天仍会光临一段时间。

一周后，梁海涛和同事们再次领教了沙尘天气，但他们早就习以为常了。每次遇到这种天气，即便在能看到天空的地方，也依然戴着N95口罩，都有很强的防范意识。

援疆医生，不仅用先进的医术为当地患者解除病痛，而且在科室的医生中起着传帮带的作用。梁海涛每天来到办公室，都召集身边的几名维吾尔族医生分析手中的片子，当天发现的问题都会及时指出来，绝不过夜。最近，他发现有医生对手术后的患者监护不力，他就再三强调："手术成功不等于完全成功，因为病人还没有度过围手术期，并没有完全脱离危险，需要持续监护，不能有丝毫的马虎。"

梁海涛在手术室和监护室发现有的医生在术中和术后，对最基本的血气生化检查很不及时，严重影响手术质量和手术患者的安全。手术室、监护室没有血气分析仪，护士抽血后，样本要送到另一个楼去检验，中间环节太多，有时结果要等一个多小时，不是血样已失效就是结果早已失去时效价值。而在北京做此类手术，足不出室，几分钟内就能知道检测结果，在和田却很难办到。为了病人的康复，梁海涛跟重症监护室主任提建议，及时联系院医务部、设备科和相关科室，逐级向上反映。

医院党委对梁海涛提出的建议非常重视，很快就为手术室和监护室各配备了一台新的血气分析仪。尽管这只是手术中一个很小的环节，但及时排除了隐患，让危重病人手术后很受益，也为病人增添了一份安全砝码。

近一段时间，梁海涛发现肝胆外科主任医师边振平情绪不高，参加集体活动次数比较少，还多次请假不去医院，原因是身体不适。吃饭的时候也很少和大家聚在一起，即使打个照面儿，也只是礼貌性地微微一笑而过。

梁海涛知道，五十三岁的边振平有着丰富的临床经验，刚来的时候，他还去医院做手术，工作比较积极，但最近一段时间不知怎么了，变得更加不爱说话了。几次找他聊天，他一直回避着，闭口不谈自己的事，看上去他似乎有什么心事，始终打不起精神。

也不知这个老边在琢磨什么呢？梁海涛决定主动找他聊聊天，他早已下定决心，所有援疆医生都不能掉队，不能辜负组织上对自己的信任，下一步还有许多工作要做，千头万绪，一定要有计划有步骤地去做。

这天吃完晚饭后，梁海涛敲响了边振平的520号房间门。

看到老边疑惑的眼神，梁海涛笑着说："老哥，您在忙什么？怎么没见您去吃晚饭呢？"

"最近胃口不好，有些感冒。"边振平说完咳嗽了两声。

梁海涛一眼看到书桌上的电脑还闪着蓝色的屏幕，电脑旁边有一大摞厚厚的书籍，像是正在查资料。他径直走过去，夸奖说："老哥真是用功啊！每天在忙着写论文吗？"

"是啊，我这个年龄了，还想多做点儿事。那些年，我积累了许多资料，我手头有部关于如何预防肝胆疾病的书稿已经写了近五年，在北京的时候每天忙工作，也没时间写，打算在援疆期间把书稿全部写完，再找一家比较权威的出版社出版这本书，也算圆我一个梦想。"

噢，原来是这样，梁海涛明白了。他点点头，立刻转了话题问："老哥，不管如何忙，也要注意身体啊，别太累着，咱们去健身房打球吧？"

边振平摇了摇头无奈地说："如果是集体活动，我不会缺席，但我不是参赛选手，没必要去凑那个热闹，再说也没那心情。"

"怎么，老哥遇到烦心事啦？说来听听，看我能帮上什么忙吗？"

边振平沉吟片刻，鼓足勇气说："不瞒你说，我从去年下半年开始，工作很不顺心，九月中旬，我给一名危重病人做胆囊手术，因病人是八十五岁高龄的老太太，本身手术就很有风险。其实，我建议让老人保守治疗，但老人的亲属一再坚持手术。原本六个小时的手术很顺利，意想不到的是，老人手术后引发其他病症发作，术后三天没能抢救过来，人走了。老人的亲属执意说是我手术不成功导致了老人死亡，是我的责任，并让我承担一百万的治疗费、丧葬费及精神损失费，因为老人生前是一位很有名气的画家，她的一张画能卖几十万甚至上百万。"

说这话的时候，边振平眉头紧皱，情绪显得很激动，脸涨得通红，他大声地接着说："我这个年纪的人，上有老人多病需要照顾，下有小孩儿需要交学费，我爱人是超市收银员，每月工资仅有三千元，我的工资都补贴家用上了，哪有那么多钱去赔偿，你看我全身上下没有一件名牌。"

梁海涛知道医院这类医患纠纷不在少数，谁遇到了都够闹心的，非常影响情绪，这种情况下，医生又怎么能安心为患者做手术呢？

"后来呢？"

"当时找了几名专家分析，结果都不是我的过错，所以我拒绝支付老人亲属提出的巨额赔偿，只是象征性地给了他们一万元丧葬费，没想到他们一纸诉状把我告上了区法院，因为证据不足，法院不予受理。但他们又告到市法院，同时还跑到医院闹事，还在肝胆科前拉起了白布黑字的横幅。这种情况让我怎么能安心工作呢？"

"林子大了，什么鸟都有啊！后来如何解决的呢？"

"医院想澄清此事，但对方很有实力，还找到报社记者追踪报道，医院领导也感到很有压力，上面还派来调查组核实情况，搞得我焦头烂额。这不，今年初，医院领导从多方面考虑，让我来援疆，后面的事由他们处理，但最近听说对方把此事放到媒体上大肆宣扬，在社会上造成了很大的负面影响。唉，我在医院工作二十八年了，曾经做过十多万例手术，从没有失过手，这是头一次，算是倒霉透了。来和田工作后，前些天又遇到一位九十多岁老人这样的病例，我真是害怕了，感觉自己患上了恐惧症，所以……实在是不敢做了。"

梁海涛听边振平和盘托出，从内心讲，也为他承受的不白之冤感到愤愤不平，他想了想说："放心，老哥，对方不占理，打官司也不怕，我曾经给一位京城有名的律师成功做过手术，他当时对我说，以后只要涉及法律或打官司的事，他会全力以赴地帮我，我找他试一试！"

边振平长叹一声，轻轻点了点头。

三

沙尘天逐渐少了，梁海涛感觉飞进宿舍窗台上的沙子也减少了，皮肤不像刚来和田的时候那么干燥了。忙完医院的事情，他躺在床上，暗想：告别了首都优越的工作环境，来到祖国最偏远、天气恶劣的环境中工作，为自己医生生涯书写着精彩的一笔。每天生活在浮尘弥漫的空间，如果有人问我：值得吗？我一定果断告诉他：非常值得！人活于世，什么是价值体现？如何活得有意义？在这里都找到了最佳答案！

近段时间，边振平躲在宿舍里写书稿，尽管他有自己的难处和不妥，但不能以此为理由而不去医院工作。想想当初，自己面对去美国进修和援疆的双向痛苦选择，也曾经历了内心的折磨与挣扎。毕竟，当今世界医疗科技将逐渐发展成一门综合性学科，它与信息学、微电子学、计算机学、分子生物学，甚至大数据、数据采集、自动控制等现代科技手段，将更多实现无缝连接、双相连接，因而发展迅猛。对处于世界级医疗卫生水平的北京医生们来讲，到医疗理念与水平先进的国家和地区进修，无疑是一个提高专业技术水平、增加储备的大好机会。如今在远离发达医术的偏远地区工作，自己原有的医疗水平也会有所退步。而且，如今医学太发达了，要经常不断加强自身学习才不会落伍。等回北京后，要想超过其他同事，需要付出成倍的时间与努力。但梁海涛认为，自己选择来援疆，无怨无悔，自己选择的路，就要执着地走下去。

劳逸结合，张弛有度，指挥部的领导想方设法组织援疆医生搞好文化活动。为了在比赛中获得好名次，梁海涛经常调动同事们的积极性，遵循友谊第一、比赛第二的原则，活跃气氛，慢慢驱散着大家内心的寂寞。

让大家感到幸运的是，如今通信发达，虽然与家人远隔千山万水，不能见面，但仍能用手机、微信或QQ与家人保持联系，看看视频里的人也会心满意足了。如果在过去，别说是打电话了，就连通信也需要十天半个月才能联系上。

陈丽虹对白洁和陆浩的事很上心，有意无意间，总是把他俩往一块凑，她得意地对梁海涛说："我在医院曾促成过三对姻缘，我天生就有当红娘的命，如今他俩进展顺利，两人常常在一起切磋演讲稿的事。"用她的话讲：有戏！

四

五月份的节日真是多！大大小小就有近二十个，最重要的是"五一"国际劳动节、"五四"青年节、5月8日——世界红十字日（1948年）、

5月12日——国际护士节。

"五四"青年节这天刚好是周五，北京援疆医疗队选派的十六名演讲参赛选手，提前一天到指挥部报到。

第二天上午吃罢早餐，10点整，大家来到布置好的会议室，根据抽签排名参赛顺序，白洁是第三个上台演讲，陆浩是第九个上台演讲。

前两个都是县人民医院选派的援疆青年男医生，内容引经据典，谈古今中外，激励青年人如何在岗位上建功立业，在医疗援疆的广阔舞台上继承和发扬"五四"精神，坚定理想信念，青春由磨砺而出彩，人生因奋斗而升华。

白洁走上讲台后，淡定自若，语言朴实，她讲述初来和田，如何面对沙尘暴，如何用积极乐观的大无畏精神坚守岗位；讲她到医院工作的第一天成功为一名高龄产妇实施大手术，最终母子平安，赢得医护人员和产妇家属的高度称赞；讲她如何带领妇产科医生学习新知识，帮她们提高医术……让青春之花绽放在祖国最需要的地方。

她的普通话很标准，抑扬顿挫，讲得非常投入，讲到动容之处，她眼含热泪。她所演讲的内容都是她亲身经历的事，很接地气，演讲结束后，会议室立刻响起一片热烈的掌声。

演讲赛中，十六名北京援疆医生都讲述了发生在自己和援友身上的真实感人的故事。

比赛结束后，白洁当之无愧地荣获了第一名，陆浩荣获第三名。在他们登台领奖的那一刻，梁海涛为两人拼命鼓掌。

事后，陆浩面露愧色地对梁海涛说："我最近正在写博士论文，过几天要回北京答辩，所以准备得不太充分。"

梁海涛笑着说："已经很好啦，我还是那句话！重在参与！"

几天后，又一场沙尘暴光临和田地区，不过，这次明显没有以前那么强势了。刮了一天一夜的风，沙尘碎石子"噼里啪啦"拼命地敲着玻璃窗，直到第三天才算结束。可即使再恶劣的天气，也无法阻挡援友们去医院上班的脚步。

大家都盼望着，这可恨的鬼天气尽快滚得远远的，因为他们还盼望着天气好转后去欣赏一下南疆的美景，品尝一番南疆的各种美食，还想着应新疆医生的多次邀请，去感受一下到新疆维吾尔族同胞家里做客的风俗习惯。更主要的是，想去几家和田玉石店看看，毕竟大老远来到和田，总要给自己或家人买块玉，表示一下心意。

5月12日是国际护士节，早在几天前，各科室就开展了评选"十佳护士"的活动，评选的标准是，要在护理技能比赛中取得名次，再结合平时的工作情况，优中选优。医院里大多都是年轻的维吾尔族女护士。梁海涛所在的神经外科护士长名叫阿孜古丽，她有一种不服输的精神，遇事沉稳、冷静，待人热情、宽容，性格开朗，很有管理才能，她手下的护士都很佩服她。

前些年，阿孜古丽在医院举办的护理技能比赛中，多次获得好成绩，接到通知后，她对神经外科的护士们说，自己档案里已经有"优秀护士"荣誉称号了，这次，她主动放弃参评，并推荐了三名业务能力强的护士参加护理技能比赛。从事临床护理工作六年的年轻女护士阿依夏姆不负重望，经历初赛、复赛和决赛，获得全院第二名的好成绩。这让护士长阿孜古丽打心眼儿里为阿依夏姆取得的好成绩而高兴，尤其让她倍加欣赏的是，多年来，阿依夏姆多次配合主刀医生出色完成重大疾病手术，深得主刀医生的认可。阿依夏姆不仅得到同事和患者的好评，还在国家医学期刊发表过一篇论文，这在全院护士中是非常少见的，深得院领导的赏识。凭着阿依夏姆的热情与勤奋，无疑，她将成为医院最年轻的护士长。

颁奖那天，医院评选出的二十五名"十佳护士"依次站在颁奖台上，正如阿孜古丽所想，阿依夏姆是其中一员，这是公平、公正的评选，让所有护士都很信服。她们身披红色绶带，由医院院长热吾力提和挂职副院长梁海涛亲自为她们颁发证书和奖金，评选出的"十佳护士"们都露出喜悦的眼神，她们非常珍惜这份荣誉。

五

近段时间，陈丽虹发现白洁精神状态很好，走起路来，如脚下生风。援友们也很明白梁海涛想促成两名年轻医生的姻缘，所以不管是用餐时间，还是坐班车上下班的时间，大家都很配合，明里暗里把话题往白洁和陆浩身上引。

陆浩每次见到比自己年长的医生，总是尊称一声"哥"或"姐"，表现得彬彬有礼，在援疆医生中口碑很好，他给大家留下了阳光、帅气、热情、开朗及对工作认真负责的好印象。如果不知道他已是工作了十年、正读在职博士的眼科医生，乍然看见他那年轻的脸庞，一定都会误认为他是一名刚走出大学校园的男生。自从来到和田后，他为当地维吾尔族白内障患者成功做了八十例手术，大多数是七十岁以上高龄患者。平时，陆浩总面带微笑，但只要走进手术室，表情就会立刻变得严肃镇定，全身心投入到清除白内障的手术中，让患者们重见光明。因为，他曾收到过患者寄来的十多封感谢信和送来的五面锦旗。

五月下旬，陆浩请假一周回北京进行论文答辩。援友们每天坐在班车上聊天的时候，白洁明显话语少了，原因可能就是那个英俊帅气的小伙子没在车上。他才离开几天，大家就挺想念他的，不由自主地把目光瞄向了白洁。

陈丽虹曾对梁海涛不客气地说："陆浩这小伙子真不错，如果没遇到白洁，我一定把他介绍给我表妹。我表妹比陆浩小三岁，还是海归，研究生毕业，年轻漂亮，如今在外企当白领，年薪三十多万，有车有房，也不会在乎陆浩出身于普通工人家庭，只在乎他是优秀医生。"

"你呀，就别凑热闹了，我看白洁和陆浩两人挺般配的，等陆浩回来，你可别撩他，他可是我们心目中阳光帅气的好小伙儿，我们要让陆浩非白洁不娶！"其他几名援友提醒着陈丽虹。

陈丽虹知趣地笑着说："哈哈，我就那么一说，你们还当真啦？"

这天，梁海涛吃完晚饭，召集同事去健身房打台球、乒乓球，眼看距离援疆医生球类比赛时间很近了，争强好胜之心，人皆有之，大家吃罢晚饭，就去台球室训练，提高球艺，摩拳擦掌，等待比赛的那一天。

刚打了一会儿球，梁海涛就接到陆浩打来的电话，语气中带着歉意："梁队，我今晚到和田，因天气原因，飞机在乌鲁木齐转机的时候晚点了，大约凌晨1点多才能到和田机场，那时估计没出租车了，您看……"

"噢，你不是要休一周的假吗？怎么刚走四天就回来呢？"

"反正待家里也没什么事，还不如早点儿回和田，还能静心写两篇论文。"

"哈哈，我明白啦，放心，我现在就协调车队，晚上派车去机场接你！"

"太好了，梁队，非常感谢！"

梁海涛马上给车队打了接站的电话，安排妥当后，继续陪参赛的医生打台球。

第二天早餐时间，陆浩穿着干净整洁的休闲衣，脚穿一双耐克鞋，面带喜色、精神气十足地出现在餐厅。梁海涛和几名同事看到他的这种状态，不用问，就知道，他顺利通过了论文答辩。

这时，陈丽虹快言快语地说："我前天看到有你一封来自美国科学情报研究所出版机构的挂号信，是不是有论文在上面发表啦？"

陆浩不好意思地笑着说："还是陈姐厉害，了解得真清楚，是在美国的 SCI 期刊上发表了一篇论文。"

梁海涛接过话茬高兴地说："可以啊，你近日喜事不断啊！哪天请我们吃喜糖呢？"

坐在旁边的医生们纷纷打趣笑着附和着，目光不约而同看向白洁，白洁不好意思地笑了笑，脸颊泛起了红晕。

第五章

一

进入六月份，天气逐渐开始升温，过去习惯留平头的梁海涛，感觉头发又长了，好像顶着一个帽子，闷热得难受。上个月，他刚找白洁理过发，白洁手艺确实不错。她很热心，只要有找她帮忙理发的援友，她从不拒绝。援友们都称赞她是热情助人的活雷锋，还有人建议让她按人头收费，白洁爽朗地笑着说："我干脆在这里开个理发店吧，搞个兼职，还能挣点儿外快。"

"这个办法好，可以考虑，按北京一般理发收费标准，一次四十五元，一个月看看能挣多少？"有的援友数着手指头煞有介事地帮着算收入。

说归说，闹归闹，白洁一笑了之，只要找她帮忙理发，她还一如既往，拿起理发工具，三下五除二，很快就让那些援疆的男士变得清清爽爽、精神焕发，同时也让一些援疆女干部羡慕得不得了。为此，白洁说："别急，尽管工具不全，但我能想办法帮你们染发、做护理，把你们打扮得漂漂亮亮，光彩照人。"

因有这一技之长，白洁人气爆棚，无论她走到哪里，援友们都大老远地跟她热情地打招呼。

周六早餐时间，白洁盯着梁海涛的头发，提醒他说："您这头发也太长啦，今天休息，上午我给您理理发，保证让您走到大街上，回头率最高！"

　　梁海涛摸了摸头发，有些不好意思地说："还能凑合几天，我可不想帅，免得找那麻烦，不过，帮我简单理一下，短点儿就行。"

　　"您呀，大帅哥一枚，别不好意思，说好了，一会儿我就登门啦。"

　　没等梁海涛说什么，白洁就迈着轻快的脚步向餐厅外走去。

　　梁海涛在北京的时候，每天忙于工作，对发型也不讲究，总是随便找个理发店把头发理了就行，如今在和田理发，还要走出指挥部大院，步行二十多分钟，才能找到一家理发店。有时，他真想理个光头，这样就可以减少理发的次数了。

　　白洁真是一个率性的女子，说到做到，梁海涛从餐厅刚回到宿舍，她已经拿着理发工具来到 502 门前。

　　"怎么？不欢迎我吗？"白洁站在 502 室敞开的门口，看着梁海涛面带难堪的神情，大方地问着。

　　"欢迎，欢迎，只是我屋里有点儿乱。"梁海涛不好意思地说。

　　白洁走进屋内，看见书桌上摆放着一大摞业务书籍，书堆旁边还有一颗骷髅头，尽管自己也是学医之人，但还是被吓了一跳。她指着那颗骷髅头，惊讶地问道："你居然把它摆在宿舍里，半夜不怕做噩梦吗？"

　　梁海涛轻松地笑着说："常言说，拳不离手，曲不离口，如果当神经外科的医生不经常琢磨它，或者害怕它，还怎么给病人做开颅手术？怎么治病呢？"说完，他用手捋了捋头发，问白洁："能理得短些吗？"

　　"放心，我保证给您理得精干利索，让您满意，您先把头发湿一下吧。"

　　梁海涛听话地来到卫生间迅速地把头发洗净，用毛巾使劲擦着头发，然后坐在靠近门口的椅子上。

白洁从理发工具盒里取出电动推子、牙剪、防水围布，很熟练地把围布围在梁海涛的脖子和身上。她用那双漂亮的大眼睛从正面认真地看着梁海涛的脸型说："我给您理个板寸吧，非常适合我们亚洲人脸型，给人的感觉利落干净稳重，而且板寸不挑年龄，不挑身形和脸型，属于百搭的发型。"

"好，你就看着理吧。"

白洁很麻利地用理发剪和梳子从下往上给他修剪两侧头发，又从脖颈向上推进，修剪着后面的头发。

理发推子是电动的，发出"嗡嗡嗡"的蜂鸣声，剪下来的碎头发散落在围布上和地板上。

梁海涛很好奇地问："我说你这个大博士，怎么还有一手理发的技能？你走到哪里都能发挥作用，备受欢迎。"

"是啊，好多人都很奇怪，我本不想说的，理发又不是什么丢人的事，只是职业分工不同而已。我上初一那年，爸爸下岗了，他学会理发后，开了一家小理发店，妈妈也在店里帮忙，挣钱供我上学。那时，我每天放学后都直接到店里写作业，一直等到打烊，我们才一起回家。或许是耳濡目染吧，我下学后，经常帮着爸爸打下手，后来也就学会理发了。"

"噢，你真了不起，那么小就帮家里分担负担，你的学习成绩还那么好，从本科一直读到博士。"

"没办法呀，都是被逼无奈。我记得有一次放学后，照例到店里帮忙，只见一名阿姨嫌我爸给她做的发型效果不好，颜色不对，在店里大吵大闹，拒不付钱。我爸妈挣钱也不容易，一直给那位阿姨说好话，但对方很强势，尤其说了一句非常让我们有失尊严的话，她说：你们就是臭理发的，有什么了不起呀？今天的发型不理想，就不给你们这个钱！当时，我很气愤，那一幕情景，至今让我难忘啊。"

"噢，还有这样的事？"梁海涛问。

"这样的事，我遇过三次，每次爸妈都掉下伤心的泪，对我触动很大，从那时开始，我就拼命学习。"

"你的经历很励志啊！"

"都是过去式了，没想到当初学的理发手艺，还能在和田用上。再坚持一下，很快就好了。"白洁一边说，一边手握电动剃刀做最后细致的修理，地板上散落着许多碎头发。

"这就叫艺多不压身啊！"梁海涛一边道谢一边爽朗地笑出了声。

这时，门口闪过一个人，梁海涛果断地喊："陆浩，过来一下。"

一个身材挺拔、眉清目秀的帅小伙倒着走回来，站在门口，脸上露出微笑。果然是陆浩！

梁海涛笑着问陆浩："你看白洁给我理的发怎么样？我现在看上去是不是年轻了几岁？"

"您本来就不显老啊，至少年轻十岁。梁队，正好向您汇报一下，我在和田遇到的二百例白内障患者，大多数混浊晶体竟然达到5级核，还常伴有悬韧带的松弛，就像一块块坚硬而且还难以固定的石头，很难打碎，这也增加了一定的手术风险。后来，我经过多次设计，做出一种反式劈核钩的工具，几秒钟内，能把一个硬如大石头的核迅速打成多块小石头，粉碎速度提高了，大大减少了术中超声能量的使用，使硬核患者术后视力恢复时间明显缩短。我写了关于此项发明的论文，投给国内医学界比较有影响的一家刊物，编辑回复我说，下一期就能发表。"

梁海涛向陆浩伸出大拇指称赞道："牛，你真是太牛了，年轻有为，后生可畏啊！"

陆浩谦虚地笑了笑，说："您过奖了，我还要向各位专家前辈们学习呢！"

理发结束后，梁海涛从脖子上取下防水围布，对陆浩和白洁说："你俩都很优秀，后浪推前浪，一代更比一代强，这样有才气又帅气的小伙去哪里找啊？"

白洁收拾完理发工具，不经意间，被书桌玻璃板下的照片吸引了，照片上两名女青年精致的五官，有一种邻家女孩儿的秀气美，照片右上方还有一行清秀的字体："扎根边疆，友谊长存。"那个时代的女性美是纯天然的，没有任何粉饰的痕迹，眼睛炯炯有神，显得非常富有朝气。

白洁好奇地问："梁队，这照片上的人是谁呢？"

陆浩也走近书桌，认真看着老照片说："太珍贵了，当年她们一定也是满腔热血来援疆的。"

"是啊，这是我妈妈和她同学当年来南疆建设兵团支边时拍的照片。这次我来南疆工作，同时还是带着任务来的，老妈让我帮她找到这位同学，可惜老妈离开和田的时间太久了，我让在建设兵团医院挂职的刘静龙打听，但他问过兵团里的许多老人，他们都说不认识，南疆太大了，我们来和田已经三个月了，到现在还没有任何线索。"说完，梁海涛无奈地摇摇头。

白洁看着黑白照片，她若有所思地说："真是两位可敬的援疆前辈，我们应该全面铺开，广泛撒网，发动更多的人去找，这样才有可能找到！"

"不好意思给大家添麻烦。"

"人多力量大！你若早点儿说，找到的可能性就会更大一些，我来想办法！"白洁掏出手机，从玻璃板下取出那张老照片，对准焦距，拍了一张很清晰的照片。

"我把照片到冲印店洗出来，让所有援疆医生人手一份，我就不信找不到！"白洁说这话的时候，态度很坚定，大有不达目的誓不罢休的气势。

梁海涛打心眼儿里充满了感激，同时也很敬佩她做事的魄力。

白洁对陆浩说:"怎么样?有空陪我去冲印店吗?"

"好的,好的!"陆浩连声答应着,两人跟梁海涛告辞,向楼道电梯口走去。

梁海涛把书桌上的骷髅头移到那摞资料上,认真地看着那张黑白合影,陷入了沉思,照片上的江阿姨会在哪里呢?我在援疆期间,能找到她吗?

二

一周后,梁海涛认识的那位知名律师打来了电话,告诉梁海涛,他与医院共同携手把边振平最烦恼的事情摆平了,最终结果是,老太太的子女不再到医院闹事,同时还撤诉了,医院象征性地给予死者家属五千元的丧葬费。

梁海涛及时把这个消息告诉了边振平,他听后如释重负。很快,边振平也接到医院院长打来的电话:"那件事,律师很给力,我们已经妥善解决了,你不要有思想负担,在和田工作期间,争取有好成绩,为医院争光。另外,你要替我们好好感谢你们医疗队队长梁海涛同志,等他回北京后,我们一定要再好好谢谢他。"

那几天,边振平的饭量大增,容光焕发,说话底气十足。此事在援友们中间传开了,大家都很敬佩梁海涛的仗义。

一波刚落,一波又起。梁海涛发现来自肿瘤医院医学影像科副主任医师肖玲,近日情绪不高。她比梁海涛大五岁,梁海涛尊称她为"肖姐"。她为人处世比较沉稳,属于比较乐观的人,但她最近不像以前那样爱说爱笑,反而变得沉默寡言了。

梁海涛本想让陈丽虹替自己问问肖玲的情况,但陈丽虹最近除了医院工作之外，还要抓紧时间赶写论文，要在国家级刊物上发表，她说今年要争取解决正高医师职称。梁海涛又想到另外几名女医生，感觉并不妥当，他只好自己想办法了。

晚餐时间，梁海涛特意坐在肖玲旁边，没话找话地跟她聊天，而肖玲只是礼貌性地回复着，而且每句话几乎都带出一声长长的叹息。吃完晚饭，梁海涛约肖玲到楼下的葡萄长廊遛弯儿，又怕她拒绝，于是，他风趣地说："肖姐，饭后百步走，活到九十九，如果直接回宿舍一点儿都不活动，体重也会增加。"

梁海涛的话让肖玲忍不住笑出了声，她说："这把年纪了，又不是小姑娘，也不找对象，胖就胖吧。"

没等肖玲拒绝，梁海涛抢先说："要像小姑娘那样保持好身材，美不分年龄。我先下楼啦，等你啊。"说完，他跟另外几名男医生坐电梯下楼散步去了。

此时，天气还不错，没有风，室外也没有飘浮的沙尘，楼下已经有三三两两的援友在院子里散步了。

有人自言自语："这么好的天气，如果不出来享受，只躲在屋里待着，就太可惜了，还是出来透透气比较好！"

"每个人有每个人的习惯，不能勉强。"一名男医生回应道。

葡萄长廊已经彻底披上了绿装，昔日的小绿叶已变得宽大，一串串的绿色小葡萄，像一个个可爱调皮的小家伙争先恐后地悄然成长着。梁海涛惊喜地对旁边的几名男医生说："快来看呀，我每天都亲眼见证着这串葡萄的成长模样，手机中有照片为证。"

"是挺珍贵的！"

"我们在这里拍张合影吧，留个纪念。"

"好，这个主意不错。"

大家积极响应，站在那一串串的葡萄前，留下一张张合影。

晚风吹来，很舒服，很惬意。

这时，肖玲独自走出"京和大厦"，朝着葡萄长廊走来。

"来，肖姐，给你也拍几张照片，留个纪念吧。"梁海涛热情地跟她打着招呼。

肖玲不好意思地说："唉，没那心情……"

楼下散步的人渐渐少了，梁海涛问肖玲："怎么？肖姐，遇到烦恼的事啦？"

肖玲怔怔地看着梁海涛，问："梁队，听说你有一位知名的律师朋友，我有一事，不知能否帮忙呢？"

"噢，肖姐，你说说看，我当尽力！"

"说来话长，我先生这些年做生意确实挣了不少钱，我拿出一笔钱先后给双胞胎儿子各买了一套房。而我先生把另一笔钱投进股票了，如今股市行情太差，整整近两百万元全被套牢了。最要命的是，五年前他与一家公司签订了工程合同，先期垫付了三百多万，现在工程已经竣工两年了，却还有两百多万没有还给我们，我先生多次讨要，但对方至今不肯还款。现在我先生的公司资金周转出现了困难，就连员工的工资也拖欠三个月了，员工们每天都来上门讨要工资，还说要把我先生告到法院去，我先生每天都被这事弄得焦头烂额。现在生意不好做，最近有几家长期合作的公司想跟我先生签单，但他手头资金困难，您说，他怎么才能讨回这两百万呢？"肖玲说这话的时候，情绪激动，脸憋得通红，眼睛里充满了无助与期盼。

看来谁家都有一本难念的经！梁海涛安慰着她："肖姐，你别急，虽然我不懂做生意，但我能听得出来，对方欠钱不还有过错，你不用怕，我咨询一下律师朋友，让他给想想办法。"

肖玲感激地对梁海涛说："谢谢，太谢谢您了。最近我先生茶不思饭不想，夜不能寐，都急得上火住院了，而我在南疆干着急没办法，唉……”说完，她又是一声长长的叹息。

梁海涛说：“您把相关资料整理一下，给我，我转给北京那位律师，让他想想办法。”

“嗯，多谢，多谢啊！”肖玲如同找到救命稻草。

晚风吹来，葡萄架上的绿叶子发出“哗哗哗”的响声，让人感觉清爽怡人。

三

梁海涛只要走进医院，就会变得像工作狂一般，他走路快、说话快，做事雷厉风行，他的身影时常出现在神经外科手术台、院务办公室、会议室、门诊部、住院部，有时还要去其他援疆医生所在科室了解情况。

最近梁海涛发现白洁很疲倦，吃早饭的时候，常常匆匆吃两口就走了，似乎有什么心事。

这天上午，梁海涛忙完手头的事，给陈丽虹打了电话，让她多留心一下白洁，了解一下白洁近期的情况。

此时，白洁正给一名产妇做剖腹产手术，就在孩子快出来的时候，突然有护士对她说，楼下有一个产妇子宫有破裂迹象，胎儿心脏跳动很弱，问如何处理。

白洁迅速告诉身边的护士：“我给产妇缝合完——这台手术很快就要结束了——你就可以让楼下的产妇进手术室了。”她一边说，一边把眼前产妇的伤口迅速缝合完毕，她打电话催促着楼下的护士：“你们尽快把那个产妇送进手术室。”

手术室内的护士们在白洁的指导下，迅速准备手术中需要的器械，一分钟、两分钟过去了，半个小时快过去了，所有术前工作都准备好了，那个处境危险的产妇却还没送到手术室！白洁急得心都要跳出来了，若是在北京，产妇早被送到手术室了，稍微晚一步，产妇就会有生命危险。

白洁急了，打电话问楼下的护士，才得知，护士正为那个产妇做普通检查。

时间就是生命！白洁顾不上那么多了，迈开双腿，心急火燎地向楼下住院部化验科跑去。只见那名产妇躺在平板车上，脸色苍白，双眉紧锁，脸上露出痛苦的表情，双手无力地捂着隆起的腹部，用微弱的声音喊着"痛"。白洁给她做过简单检查后发现产妇子宫已经破裂，下身溢出一摊血，散发出阵阵腥臭。

两名护士还在给产妇做皮试、化验，产妇的亲属急得手足无措，神色慌张地站在旁边，无奈地看着护士。

这怎么能行？一分一秒也不能再耽搁！如果不赶紧把产妇送到手术室，她和肚子里的孩子都会有生命危险！白洁急切地对那两个护士说："这些检查可以到手术室里做，不能再耽误时间了。"说完，她用力推着平板车向手术室跑去。

进入手术室，白洁让麻醉师给产妇打局部麻醉，做好术前清洁工作，产妇躺在产床上痛苦地喊着。

白洁站在手术台旁，动作娴熟地用手术刀在产妇腹部划出第一刀，一层层地剥离，胎儿终于露出了头部，她小心翼翼把胎儿取出，有着三十四周的新生儿终于发出响亮的哭声。

一旁的护士兴奋地说："是个男孩儿，体重两千克。"

躺在产床上的产妇，脸上露出感激的笑容，泪水顺着眼角淌下，她用不太流利的汉语轻声说："谢谢，谢谢！"

刚才那岌岌可危的一幕，瞬间在她手中化险为夷。

白洁看到母子俩逃过一劫，平平安安，感到很开心，她揉了揉疲惫的胳膊，擦掉额头上的汗水，这才听到肚子传来"咕噜咕噜"的抗议声，原来，她在手术室已经连续工作八个小时了，做了四台手术，已经错过了午饭时间！手术室的护士为她泡了一碗方便面，白洁端起来就大口大口地吃起来。

回到指挥部后，白洁显得很疲倦，她给梁海涛讲这一幕情景时，仍心有余悸。她说："当地的人性格比较慢，别看我外表像个慢性子，但做起事来可以说雷厉风行，容不得半点儿马虎，时间就是生命。"

梁海涛对白洁的做事风格和精湛的医术很赞赏，其他同事也连声称赞："真是了不起啊！梁队，等援疆结束的时候，一定要给白洁小妹评先进个人。"

荣誉对要求积极进步的人来讲非常重要，白洁谦虚地笑了："我们这个群体，还没有甘愿落后的人呢！"

两天后的一个下午，白洁在值班时听到一名护士说："一位六十多岁的维吾尔族妇女来到妇产科，点名要找北京来的白医生。"

在场的维吾尔族医护人员都很疑惑，为何点名找白医生？白洁听说后，没有回避，直接去见了这位风尘仆仆的维吾尔族妇女。

老人见到这位年轻漂亮的北京女大夫，脸上立刻露出笑容，一边说着维吾尔语，一边从手提篮子里拿出两个土桃，放在了白洁的手里。

眼前的一切，让白洁摸不着头脑，旁边的维吾尔族医生当起了翻译。

原来这位老人一个月前感觉腹部疼痛难忍，医生诊断为子宫肌瘤，必须手术，否则越拖延越严重。那天，是白洁为老人做的手术，老人出院后恢复得很好，再也不用忍受痛苦的折磨了，这次是来医院复查。为了表达对白洁的谢意，老人清晨出门前特意从家中小院的树上摘了一篮子新鲜土桃，这种水果怕碰，碰一下都容易破，老人几乎是抱着篮子走了三个多小时，才来到医院。

听完这番话，白洁很是感动，她跟老人解释，自己是做了医生应该做的事，不必客气，再说医生也不能收病人的东西，如果收下，就得按价付钱。

老人看北京医生不要自己的土桃，以为是北京医生嫌自己的土桃不好，心里很不高兴，噘起了嘴巴。还是维吾尔族医生给解了围，她劝白洁说："老人大老远地来给你送桃，礼轻情意重，代表了她的一份心意，你若不收下，老人怕要不高兴了。"

无奈，白洁只好收下这一篮子土桃。但老人还是不走，手里拿着土桃对白洁不停地说着维吾尔语，经维吾尔族医生翻译，原来老人要亲眼看着她吃下去，而且这桃子要吃新鲜的，放久了就不好吃了。

白洁把土桃分给身边的几名医护人员，大家一起品尝着新鲜的土桃，连连称赞桃子很甜。老人看着白洁和同事们吃着桃子，脸上露出了满意的笑容。

陈丽虹把了解到的这些事讲给梁海涛听，并说："最近妇产科的产妇很多，患妇科病的人也比较多，白洁每天还要备课，给妇产科的医护人员讲课，她太忙了，也太累了，不过，她和陆浩一直保持着联系，放心吧。"

听到这话，梁海涛放心了许多。

每隔一段时间，梁海涛就把二十一名和田市人民医院北京援疆医疗队队员召集在一起，简单开个座谈会，谈谈近期的工作情况。白洁给大家讲述了这段经历，其他援疆医生也兴致勃勃地讲了在和田为当地群众治疗时发生的一些惊心动魄的事，几乎每个人都有一段难忘的经历。

北京医生在和田地区已经打出了品牌，成为当地患者的首选，来就诊的维吾尔族患者逐渐多了起来。若是论医术，援疆的北京医生们个个都是来自北京各大医院的精英，在和田当地看起来很难解决的病，在北京他们已经驾轻就熟了。

来和田工作之初，梁海涛就与援友们达成共识：要尊重维吾尔族同胞的风俗习惯，无论与维吾尔族医生一起工作，还是与维吾尔族患者交流，都要处处耐心细致、坦诚相待，并时刻提醒自己：只有留下先进的医疗技术，让更多的病人在家门口得到救治，才算"治本"。为患者治病，要力图达到最佳治疗效果，想方设法为他们节省治疗费用，遇到生活不富裕的维吾尔族患者，要主动要求尽量减免计费，放弃使用价格较高的吻合器等，而是采用手工吻合的办法。有人粗略统计了一下，已经为患者节省了上万元的治疗费用。

许多维吾尔族患者病愈出院时，流露出感激的眼神和敬佩的笑容，尽管语言不通，但梁海涛都能从中读出人类共有的表达信任和感谢的方式，这也是对他远离北京、家人最好的回报。

要在和田地区留下一支永不流动的医疗队，梁海涛在来和田之初，曾给大家做过一年的工作规划：第一阶段是利用两个月时间，尽快熟悉工作情况，与本科室的医护人员和当地患者保持融洽关系；第二阶段是用三个月的时间，制订一套教学计划，采取多种方式，对科室里的医护人员手把手地教、一遍遍地教，随时随地讲先进的监测方式、监测方法，介绍新的理念；第三阶段是用三个月时间，让各科室当地的医护人员医疗水平都要有所提高，实行考核制，帮助一些没有医师资格证的人员顺利通过考核；第四阶段也就是在离开和田市人民医院之前，自己主动退到助手的角色，让带教的徒弟能独立完成高难手术。

说起来容易，做起来难。当地的医护人员对于一些疑难杂症，束手无策，患者若是过去，当地医生就直接建议患者去千里之外的乌鲁木齐或其他城市治疗，患者还要承担除了医疗费之外吃住行的费用。一些家境好的患者还能承受，而对于家庭贫困的患者来说，简直是雪上加霜。

加油！大家互相鼓励着，互相汇报自己所在科室医护人员取得的进步，因为，改变这种局面，是援疆医生们共同肩负的责任。

四

进入六月中旬，和田地区的沙尘天气减少了许多，梁海涛每天习惯到指挥部大院内的葡萄架下走一走，昔日的枯藤都已披上了绿装，结满了一串串葡萄。葡萄比前些日子又长大了不少，他掏出手机，来到经常拍照的位置，寻找之前固定的角度——他想把葡萄成长的过程全都记录下来，直到援疆任务结束，直到这绿绿的枝叶再度泛黄，变成枯枝枯叶，完成生命的轮回。

植物如此，人也是如此，每天面对医院重症患者生与死的较量，作为医生必须使出浑身解数，全力以赴把危重病人从死亡线上拉回来，这世界上，还有什么比生命更珍贵的呢？

远离家乡，远离亲人，到祖国边疆最需要的地方工作，梁海涛相信：每一名援疆干部在这里都如同接受精神上的洗礼一般，思想都是圣洁的。这里没有什么钩心斗角，没有私心杂念，大家团结友爱，用真情书写着人生中精彩的篇章。

已经来和田工作、生活四个多月了，尽管都适应了这里的环境，但援疆医生们难免想家，想念亲人。每天忙碌的工作成为驱赶寂寞、化解思念的良方，然而，每到周末，这种情感就会被拉得很长很长。

梁海涛也害怕过周末，太孤单、太寂寞了，但他是和田市人民医院北京援疆医疗队队长，手下还带着一帮兄弟姐妹，每天都要在援友们面前呈现出积极乐观、开朗热情的一面，要发挥好火车头的模范带头作用。

每逢周末，梁海涛就在宿舍里播放自己最喜欢听的歌曲，再把换下来的衣服和床单，统统扔进洗衣机，洗净晾晒后，再使劲拖地，擦拭桌椅，把每双鞋子擦洗得一尘不染。直到累得大汗淋漓，他才坐在沙发上，端起泡好的清茶，慢慢品尝。思绪飞到万里之遥的北京，想着远在北京的姜媛一定在陪着儿子写作业呢，过完暑假，儿子就是高三学生了，考重点大学，成为新一轮揪心的竞争。

梁海涛突然想到，再过一周就是儿子的生日了，他盘算着给儿子买一块和田玉平安扣，再给姜媛买一块和田玉手镯和吊坠，以此来弥补对他们的亏欠。这些年，自己每天忙于工作，却忽视了应该承担的那份家庭责任。

想到过生日，梁海涛突然想到援友们的生日，他立刻从抽屉里取出那份名单，查看着二十一名援疆医生的出生日期。

糟糕！有两名医生的生日是三月和四月，已经过去了，那时，大家刚到和田，谁的工作都是千头万绪，哪里有心情过生日呢？梁海涛又仔细看着名单，发现居然有三名医生都是六月下旬的生日。为了让大家感受到大家庭的温暖，他把给队员过生日的想法说给另外几名党员同志听，很快得到赞同。

经几名党员商量，决定把这三名医生的生日集中在一天过，特意选择了生日恰好是周六的医生。为办好这件事，梁海涛特意找到餐厅经理讲明情况，经理很热情地给他推荐了一名四十多岁的一级男厨师。

梁海涛说："师傅，我们想给三位队友集中在一天过生日，麻烦您给三位寿星做一顿长寿面吧，谢谢您啦！"

这名师傅是从北京请来的一级厨师，他爽快地答应了，同时又问道："你们定制生日蛋糕了吗？"

"还没呢，我下午就出去找蛋糕店。"

"喀，费那个劲干啥？我会做，以前我还开过蛋糕房呢。"

梁海涛眼前一亮，连声称赞师傅手艺高！

这一天很快就到了，准备的菜颇为丰盛，一个漂亮的大蛋糕摆在大圆餐桌中间，梁海涛特意请那三名寿星坐在一起，点燃蜡烛，让他们许愿，大家共同唱起了《生日歌》。

梁海涛破例买了五瓶啤酒，给每一名医生斟满酒杯，他举起酒杯高声说："不好意思，我们来和田三个月了，才想起来给队员过生日，这是我的失职，我先自罚一杯。"说完，他端起酒杯"咕咚咕咚"一口气全干完了。

边振平及时给梁海涛又斟满一杯酒。

梁海涛举起酒杯说："这第二杯酒呢，如果我有哪些照顾不到的地方，还请多多包涵。"说完，他举杯又一口气把酒全干完了。

"这第三杯酒是我借这个机会敬大家的，祝大家在和田工作舒心！愿我们在这里相亲相爱，如同兄弟姐妹一般，愿我们的大家庭永远温馨快乐。"

"好，祝我们的友谊天长地久！"

餐厅内气氛热烈，响起一片掌声、叫好声。

三名寿星表达着深深的谢意，在离家万里之遥的和田过了一个永生难忘、幸福快乐的生日，让他们的内心涌起一股股暖流。

五

时间过得很快，转眼就到了农历五月初五，这是中华民族的传统节日——端午节，端午节吃粽子已经成为中华民族影响最大、覆盖面最广的节日习俗之一。这一天，援疆和田指挥部餐厅的厨师特意为援疆干部准备了荤素馅儿不同的粽子，以解他们的思乡之情。

恰好，这天也是准备了一个多月的台球和乒乓球、羽毛球比赛的日子。

北京援疆和田的各医疗队选派的二十五名参赛选手，陆续从各县人民医院和建设兵团、牧场提前一天赶到了"京和大厦"，并在一起吃了晚饭。

许久未见，来自各县及建设兵团的援友们久别重逢，大家都流露出喜悦之情。大家围坐在五张餐桌前，一边吃着晚餐、品尝着粽子，一边讲着他们在各自医院里工作时遇到的人和事，七嘴八舌，仿佛有说不完的话。

梁海涛看到每个粽子的粽叶都很大，一片叶子就能包出一个完美的粽子；糯米很新鲜很香，也不知从哪里买来的；大红枣就地取材，咬在嘴里感觉很甜。除了红枣的，还有其他馅儿的。指挥部特意给大家准备了啤酒和可口可乐、雪碧、橙汁等饮料。

晚餐大家吃得很尽兴，聊得也很尽兴。

突然，一名男医生好奇地问陈丽虹："陈医生，你儿子来啦？小家伙虎头虎脑的，长得真像你！"

"别逗了，我家只有一个十岁的女儿，还没放暑假呢，怎么能来和田呢？"

"是真的，不骗你，我刚看见那小家伙啦，真的很像你。"

"那好啊，你把他给我找来！"

很快，那名男医生领来一个面容白净、胖乎乎、七八岁左右的小男孩儿，来到陈丽虹面前，说："你看，就是他。"

餐厅内，所有援友的目光都集中在小男孩儿和陈丽虹的脸上，粗眉毛、大眼睛、小嘴巴、白胖的圆脸盘，壮实的身子，人们不约而同地说："像，太像啦，陈医生真是好福气啊。"

"陈医生，当初是不是生了一对龙凤胎，把男孩儿寄养出去啦，是援疆让你们重续前缘。"

陈丽虹一把拉近小男孩儿上下打量着，高兴地对他说："嗯，不错啊，还真的像我，认我做干妈吧，以后我带你去北京，去看天安门，好不好？北京还有一个小姐姐呢。"

小男孩儿睁着一双天真清澈的大眼睛，不好意思地往后躲着。

"这个办法不错，陈医生，你就认他为干儿子吧，真是缘分啊！"周围的人都在笑着调侃。

"王笑，你这孩子怎么跑来这里捣乱了？"一名中年汉族男子面带愧色地拉着小男孩儿往外走，边走边对援疆医生们歉意地说，"不好意思，见笑啦，孩子不懂事，乱跑。"

原来，这名中年男子是指挥部小车班的王师傅，许多援疆干部都坐过王师傅的车，他的驾驶技术非常娴熟。聊天中得知：王师傅是团三代，他的爷爷当年跟随王震的部队来到和田，从此扎根边疆，在这里工作、生活，可以说祖孙四代都定居在这里。因王师傅家境不太好，直到三十三岁才找了一个维吾尔族姑娘成家，儿子的相貌继承了父母的基因，吸取了他俩容貌最好看的部分，小男孩儿长得干净漂亮又可爱。

陈丽虹认真地对王师傅说："您儿子太可爱啦，既然大家都说我俩相貌挺像的，我想认他为干儿子，您不会拒绝吧？"

王师傅憨厚地笑了笑说："您是北京来的专家，我儿子怕高攀不起啊！"

陈丽虹霸气地笑着说："就这么说定了，以后每个周末你都带儿子来指挥部，我给他补习汉语，给他讲讲外面的世界。刚好我想女儿的时候，有干儿子陪在身边，我也不会感到寂寞了。"

"好，好，谢谢，谢谢。王笑，快叫干妈！"王师傅脸上笑得如同一朵绽放的花。

真是个意外收获。第二天，也就是端午节当天，陈丽虹就带着干儿子王笑观看球赛，一边看一边给小家伙讲解。

指挥部主要领导和宣传部门的领导都来现场观赛，三种球赛整整打了一上午，很快就决出胜负。所有获奖选手都有证书和一个印有"和田指挥部"字样的高级保温杯，所有参赛选手都有一份纪念品，还有一个大袋子，里面装有各种水果，可以带回各自的医疗队，与其他援友分享。

其实，大家心里都明白，指挥部是为了活跃气氛，让医疗队员的文化生活丰富多彩一些。

陈丽虹没有亏待干儿子王笑，毫不客气地用一个塑料袋装了些好吃的，递给他说："吃吧，儿子，想吃什么，就跟干妈说。"

王笑接过那袋水果，高兴地说："谢谢干妈，您能在葡萄架下给我拍几张照片吗？我还想跟您拍合影，想让同学们都看看。"

"好呀，我们现在就去，干妈拍照水平可好了。"陈丽虹说完，拉着王笑胖乎乎的小手，很快来到楼下的葡萄长廊，葡萄架枝繁叶茂，绿叶成荫，一串串结满了葡萄的枝条也弯下了腰。

在陈丽虹的指导下，王笑听话地摆出各种调皮的姿势，同时，两人还拍了几张合影。小家伙笑得眼睛眯成一条缝，他对陈丽虹说："阿姨，不，干妈，你把照片传到我爸爸的手机里吧，我想洗出来，让同学们都知道，我有一位北京医生妈妈，他们一定都很羡慕我。"

"为什么呢？"

"因为，我们班许多同学的父母都说北京医生就像天使，给许多人治好了病，将来我长大后，也要当一名医生。"

陈丽虹看着天真、活泼、可爱的干儿子，从心底涌起一股莫名的感动。

六

白洁真的很有行动力，自从那天她拍了梁海涛宿舍里的那张合影后，她很快就分发给了各医疗队队长、援友人手一张，而且都摆放在各自医院的办公桌上，这样才能达到广撒网的目的。尽管梁海涛对白洁的做法感觉有些过分了，但他担心援疆的日子过一天就会少一天，随着年底的临近，距离援疆结束的时间就会越来越近，也只能用这个办法了。所以，梁海涛也打心眼儿里感谢白洁。

最近一段时间，梁海涛工作繁忙，没来得及关注白洁和陆浩进展如何了。他给陈丽虹发了条微信，询问此事。

陈丽虹很快发来语音回复说："放心，我盯着这事呢，最近两人走得比较近，经常在一起探讨写论文的事。虽然白洁比陆浩大三岁，但她看上去很年轻，性格好，热情、活泼，助人为乐，大家对她都很有好感。尤其是她给援疆医生理发这事，等援疆结束，您做总结的时候，一定要好好表扬表扬她。"

梁海涛非常认同陈丽虹对白洁的评价，援友们对白洁在援疆期间出色的表现，有目共睹。

陈丽虹最后感慨地说："陆浩个头一米八，相貌英俊，还是在职医学博士，年轻有为，他俩很般配，真是天生一对啊！"

"陈姐，这或许就是人们所说的缘分吧。"梁海涛也为两人的相知相识相爱感到高兴。

来和田工作后，一切对于梁海涛来说都很顺利，唯一让他不安的事，就是妈妈交代给自己的任务，始终没完成。自从白洁把合影传给所有援疆医生后，大家都很热心地帮忙寻找，刚开始，援友们还积极询问前来就诊的当地患者，可无论是医护人员还是患者，看到那张合影，总是摇摇头。

每次接到各医疗队队员的回复，梁海涛总是失望，失望，失望！

周凤琴知道儿子梁海涛在和田忙于工作，就很少给他打电话。

晚饭后，梁海涛看了一眼书桌上的台历，心里盘算着，如果实在找不到江阿姨，一定要让妈妈来和田看一看心中念念不忘的南疆建设兵团这些年发生的巨大变化。梁海涛曾让建设兵团的援疆医生拍了一些兵团现状的照片传给妈妈看，但她还是想亲眼看一看，可能年龄大的人都爱怀旧吧。

梁海涛在小时候经常听妈妈讲，二十世纪六十年代末，她刚满十八岁，从北京中医专科学校毕业后，和同学们一样，积极响应党中央号召，满怀革命壮志豪情，坐着绿皮火车，一路向西，来到新疆。

周凤琴和江红霞坚决要求到最艰苦的地方工作，组织上就把她们派到南疆和田地区的建设兵团。她俩作为知青和兵团战士们一样，都居住在地窝子里，后来居住条件有所改善，大家才住进土房子里。每年三月至六月是沙尘暴最狂暴的季节，每天狂沙吹得人眼睛都睁不开，还时常流鼻血，让两名年轻的北京姑娘领教了大漠深处的恶劣天气。到了夏季，干燥的天气，让下基层义诊的知青们经受着一次次的考验。

周凤琴从小体质较弱，当地伙食差，让她的身体明显营养不良，再加上恶劣的环境，她更加瘦弱了，每当有大风天气，江红霞就极力劝阻周凤琴不要出门。

"我们是社会主义接班人，一定要战胜恶劣天气，在边疆扎根！"两人互相鼓励着，立志把青春献给边疆，生活中也结下了深厚的姐妹情。

那时，从北京来建设兵团的知青只有她俩是年轻的女性，尤其还是让人尊敬的漂亮女医生，自然是兵团未婚小伙们爱慕的对象、追求的目标，但年仅十九岁、不解风情的周凤琴，面对周围小伙子们的示好，全然不懂，一笑了之。

周凤琴发现江红霞喜欢跟那些小伙子开玩笑，人缘很好，两年后，周凤琴发现江红霞愁眉不展，似乎有什么心事，就直白地问她怎么了。江红霞长叹一声，反问周凤琴："你觉得我们一辈子真的要扎根在这里吗？知道吗？兵团的几名男知青，当兵的当兵，考学的考学，还有的人有病，需要回北京治疗，都陆续离开这里了。"

"那些人阶级立场不坚定，完全是资产阶级作风，贪图享受当逃兵了。"周凤琴对那种人不屑一顾。

到了秋季，一天，江红霞认真地对周凤琴说："凤琴，我要结婚了，我选择留在南疆生活，因为我家姐妹比较多，就算回北京，住房小，还要添一个吃饭的人。而你在家里是独生子女，要回北京照顾父母的，毕竟他们年龄越来越大了，就更离不开你了。"

"我还没考虑回北京呢，不过，我要祝贺你啊，未来的姐夫是谁呢？"周凤琴惊喜地问。

江红霞不好意思地说："你认识他，他就是那个退伍兵，他家是和田本地人，我看他为人正直，还会开拖拉机，很能干，人活泼，个子高高的，也很健壮，正是我喜欢的类型。"

不用说小伙子的姓名，周凤琴就知道是谁了，他是那个会开拖拉机的年轻退伍兵，人缘好，乐于助人，那双深凹的眼睛非常漂亮，棱角分明的脸膛，黑里透红，笑的时候会露出一口洁白的牙齿，说话办事干脆利落，很有男子气概。平时，他如同大哥哥一般关心自己，那双深凹的眼睛和高挺的鼻梁颇具诱惑力。尤其在古尔邦节上，他表演的新疆舞蹈潇洒奔放。周凤琴记得小伙儿教自己跳舞的时候，能感受到那双有力的大手很温暖，让情窦初开的她，生平第一次对男子产生了好感。

一切还没来得及开始，就结束了，变化怎么如此快呢？难道是自己的错觉？

周凤琴开始回避退伍小伙儿那火辣辣的目光了。

一个月后，江红霞在人们热烈的祝福声中，与退伍小伙儿结婚了，定居在简陋的洞房里。

那些天，周凤琴感觉心里空落落的。

十个月后，周凤琴亲自为江红霞接生了一个漂亮的男婴。周凤琴亲手为小家伙缝制了一条小棉被和一身小棉袄棉裤，这些手艺还是她跟姥姥学的，没想到，在和田居然能派上用场。

不久，周凤琴收到来自北京父亲的信件，内容大致说：父母都很想念女儿，母亲最近得了一场大病，手术不太成功，希望在有生之年能跟她见最后一面。

江红霞知道此事后，没有多想，就主动去找兵团领导替周凤琴请假回北京。经她一番软磨硬泡，领导终于批准周凤琴一个月的假期。

从建设兵团到县城坐长途车，再到和田市火车站坐绿皮火车，中途倒一次车，就可以回北京了，路程大约为一周时间。

周凤琴对儿子梁海涛说，她俩的合影就是在出发的那天，江红霞让丈夫开拖拉机把两人送到县城，找了一家照相馆拍的。江红霞的爱人还特意把带来的大红枣送给洗照片的师傅，再三请求照相馆师傅尽快洗出照片，因为朋友还要赶晚上的火车，他想让周凤琴把合影带在身上。

三个人来到附近一家面食馆，江红霞取出积攒的钱，请周凤琴吃了一碗拉条子。饭后，他们又蹲在照相馆门外，足足等了两个多小时，照片终于洗了出来，两人看着照片又惊又喜，相拥着抱头哭了起来，毕竟相处近四年，情同姐妹，难舍的情愫在心中翻腾着。许多年过去了，周凤琴一直没忘记那碗拉条子和难分的场面。

在送周凤琴去火车站的路上，夫妻俩不停地叮嘱着周凤琴："路上要注意安全，不要和陌生人说话……"

经过一个星期的颠簸，思家心切的周凤琴终于回到了阔别四年的家里，她是父母的老来子，父母明显比以前苍老了许多，父亲说母亲的病恢复得还可以，但身体很弱，他已经找到市卫生局任高职的老战友，提前给女儿安排好了工作。

那些天，原本要返回南疆和田的周凤琴被父母软硬兼施，同时，父亲的那位老战友给和田建设兵团发去了调函，一切事情都办妥了。从此，周凤琴留在了北京阳光医院的妇产科，那一年，她二十二岁。直到八年后，周凤琴与在机关工作的青年男子结婚，婚后有了梁海涛。

那些年，周凤琴心存愧疚，曾给江红霞写了许多封信，想解释这一切，但不知为什么，全都石沉大海，让她非常失望。

这些往事，都是妈妈断断续续告诉梁海涛的。

算算时间，周凤琴离开和田建设兵团已经半个多世纪了，如今交通发达，从北京到和田无论坐飞机还是动车、高铁，都不再是一件难事。但是，妈妈周凤琴每周都要做一次透析，想要出远门并不是一件容易的事。

第六章

一

六月下旬，和田地区下了第一场雨，虽然只是毛毛细雨，连地皮都没打湿，但对于世界第二大的塔克拉玛干沙漠来讲，这场雨显得格外珍贵。地处大漠边缘的和田地区，常年的干旱让当地的饮用水资源显得非常稀缺。

雨过天晴，当地人最爱去的地方就是玉龙喀什河，据说每年雨季来临，从昆仑山上会冲下来许多石头，这其中或许裹挟着人们喜爱的和田玉。

和田有让人生畏的沙尘暴，也有风光旖旎的景色。梁海涛与医疗队员们商量着，周末去河边走走，如果运气好的话，没准儿还能捡到成色好的玉石呢，最主要的是，还可以观赏和田的自然风光。

说归说，笑归笑，梁海涛听几名援友说，前些天他们去了和田几家正规的和田玉店，感觉价格太高了，一只品相好的和田玉手镯高达十多万，普通的也要三万左右，都是养家糊口的人，又不是什么暴发户、拆迁户，仅凭每月的工资，看到如此昂贵的和田玉首饰，只能望而却步。有两名女医生花了几千元买了几个和田玉的平安扣，算是给自己有个交代。

与其那么失望，不如组织大家到玉龙喀什河的河床上看看，拍拍照片，再捡几块好看的石头，摆在宿舍里，也算是一个安慰。

和田市人民医院院务处主任艾买提听到梁海涛的这个打算后，非常热情地找来一辆考斯特车，周日早餐后，就载着二十二名医疗队员，一路向玉龙喀什河的方向驶去。

一路上，艾买提主任给大家介绍说："玉龙喀什河发源于莽莽昆仑山，流入塔里木盆地后，与喀拉喀什河汇合成玉石河，河长三百二十五公里，有不少支流，流域面积一万平方公里。河里盛产白玉、青玉和墨玉。一般来说，采玉是讲究季节性的，主要是在每年的秋季，昆仑山中有两条河流都是靠夏季冰雪融化补给，当夏季气温升高，冰雪融化后的流水汹涌澎湃，山上的原生玉矿，经风化剥蚀后，玉石碎块便由洪水挟带而下，堆积在低山和河床中，秋季河水渐落，掩藏在卵石中的玉石就显露出来，被人们所发现。自古以来，这里就是出玉的主要河流。"

看到大家听得很认真，艾买提接着介绍："在新疆，现代出玉的河流有十几条，以大河为主，主要有叶尔羌河、喀拉喀什河和玉龙喀什河等，但在数量上还是以玉龙喀什河（白玉河）和喀拉喀什河居多。在玉石市最著名的采玉地点为玉龙喀什河的东岸，过去被称为胡麻地，此地多产羊脂玉，所以采玉人不少（到了清朝乾隆年间已有人在此采贡玉）。据说从夏、商、周到清末数千年间，有文字记载的玉石产量约为万吨。数千年来玉龙喀什河和喀拉喀什河从未断过采玉人，玉龙喀什河因藏有美玉，从而使这条河流改变了颜色，变换了质地，沉入无数人的梦中，据历史文献记载和出土的文物证明，玉石至少在三千多年前就被人类开采加工。"

艾买提简单讲了这段历史后，又卖关子笑着说："你们听过这样一件奇事吗？前些年，有一名自驾游的男子，行至墨玉县公路上，途经一条河流，突然内急，他下车来到河边解手。不料，他的尿液竟然冲刷出一块约有篮球般大小的墨绿色石头，他好奇地用手刨出来，放到河边洗干净，十分惊喜，这位老兄以前曾在市场上玩过赌石，而眼前的这块石头很可能就是块墨玉。"

"还有这样的奇事，后来呢？"几名医生听得入了神，都想知道结局。

"后来，他把这块石头搬到车上，找到赌石市场，最终以八百万的价格出手了。"

艾买提说这话的时候，眼里闪着光，充满了羡慕的神情。

车上的医生听到这个故事，连声称赞："那位老哥也太牛啦，今天看看我们谁的运气好啊！"

"看来，有尿也要分场合、分时间再排泄啊！"

"哈哈哈……"

车内响起一片无拘无束的嬉笑声。

阳光照射在河面上，波光粼粼，水中和河床上到处都是大小不一的卵形石头。有一些扛着铁锹、十字镐的采玉人早早来到河床上，已经开始干活了，铁锹和十字镐翻动着石头，发出"哗啦哗啦"的碰撞声。

梁海涛和援友们漫无边际地在河边低头走着，彼此询问着如何辨别玉石和普通石头。

艾买提笑着说："这玉啊，也是讲究个缘分，你若和它有缘，怎么都能找到，如果没缘，就是在你眼前，也会看不见的。"

有几名男医生把裤腿高高挽起来，双脚蹚着河水，弯着腰，双眼盯着河水中的石头，用手捞出一块石头，仔细看看，摇摇头，又把石头放进河中，继续寻找。

梁海涛想起以前和姜媛去旅游的时候，她就喜欢买奇石，家中的书柜里摆着各种花纹的石头，并给他讲解如何赏石玩石，没想到，他无意中学到的赏石知识，在这里还能用得上。

既然没有运气找到玉石，不如给姜媛找几块漂亮的石头，也算是收获啊！他猛然看到一块如拳头般大小的深褐色石头上有几条如毛笔勾画的流畅的白线，在线条右上方还有一个如弯月般的白块，如同被镶嵌在上面。

太美了！梁海涛脑子里立刻蹦出一个词：彩云追月。

"瞧把你乐的，找到什么宝贝啦？"陈丽虹高声问道。

梁海涛举起那块石头，兴奋地说："捡了块美石，真是大自然的神奇造化啊！我爱人一定很喜欢！"

一句话引得大家都跑来观看，他们纷纷赞叹着，也都恍然大悟，即使与玉石无缘，能找块漂亮的石头也不错啊！

于是，大家又开始了新一轮的寻找。

坐在回指挥部大院的车上，大家兴奋地展示着自己手中的宝贝，几乎每个人都捡到了一两块喜欢的石头，这些石头形状各异，上面还有各种线条与花纹，暂时不能给石头起个好名字，那就带回宿舍慢慢想吧。

坐在前排的艾买提，一边回身看着大家手中的石头，一边称赞大家都有好眼力。同时他又给大家介绍着："从古代沿袭至今的采玉方法有拣玉、捞玉、挖玉等，不过，在玉河一带最功利也最见效果的是挖玉。秋季是拣玉、挖玉的好季节，等秋季来临，你们再来碰碰运气吧。"

挖玉如同寻宝，既然是宝贝，就不可能轻易得到，换个角度看，挖玉人也很不容易，这几千年的玉石宝贝怎么可能到处都是呢！

梁海涛过去只在书本里和影视剧中了解过关于昆仑山的知识，如今，因着援疆，自己就在巍峨圣山脚下工作，冥冥之中，仿佛是神在召唤，从内心升腾起对这片土地的敬意。

二

梁海涛当初选择报考医学院，当一名医生，受妈妈的影响很大。他记得上小学的时候，有时放学早，恰好路过妈妈所在的阳光医院，妈妈是妇产科主任，他每次跑到医院找妈妈的时候，见到身穿白大褂的妈妈，走路如脚下生风，说话办事干脆利落，全然不像在家里时那么温柔。周围的医护人员对妈妈都充满了敬佩之情。

一次，梁海涛看到一个新生儿的家人对妈妈千恩万谢，原来是妈妈在手术中把产妇从死亡线上抢救过来了。后来，梁海涛又见过好几次这样的事，妈妈在他心目中的形象也越来越高大。从那时开始，他立志长大后也要当一名救死扶伤的医生。高考那年，他如愿以偿考入北京医科大学，后来，他一鼓作气读到博士，再后来也来到了阳光医院，成为一名神经外科医生。

每当他踏进医院大楼，穿上白大褂，面对一名名患者的时候，医生的神圣职责便在心中升腾，亦让他找到了人生的坐标。如今，他肩负使命，来到祖国南疆和田地区，只要走进医院，就如同走上战场的勇士，他与科室里的医护人员并肩奋战在手术室里。他们到和田工作以来，先后完成手术三百七十台，共收治住院病人一千二百一十一人，其中由梁海涛带领科室同事共同完成五十二台高难度的手术。这些手术有颅脑外伤、颅内动脉瘤、脑膜瘤、胶质瘤、转移瘤、垂体瘤、胆脂瘤、脊膜膨出、脑膜膨出、三叉神经痛、面肌痉挛、听神经瘤、椎管内肿瘤等。

梁海涛总感觉浑身有使不完的劲，在他的带领下，和田市人民医院神经外科先后开创了多项"第一"的先河：第一例第四脑室肿瘤切除术，第一例丘脑肿瘤切除术，第一例嗅沟脑膜瘤切除手术，第一例颅内动脉瘤夹闭术（并在其后又完成了三台颅内动脉瘤夹闭术）。门诊一百二十余人次，病房诊治八百六十人次，科室内授课二十五次。

让梁海涛深感欣慰的是，每当他遇到专业上的困难，向北京神经外科的专家们请教时，都能及时得到老师们的精心指导和帮助，也更加坚定了他医疗援助和田的信心。因为，在首都北京的阳光医院就是他强大的后盾。同时，他对北京阳光医院的王书记、赵副院长、花老师、神经外科的王主任等同人发自内心地感谢，每次遇到急难症状的患者，他们都能给予指导。

神经外科主任阿木江对梁海涛的医术非常赞赏，两人经常在一起探讨科室的人才培养以及未来的发展，每次阿木江听梁海涛讲高新技术，眼里都流露出敬佩羡慕的目光。

一天，梁海涛突然接到中国医师协会神经外科分会会长、恩师林锋教授发来的邀请函，希望他能抽出时间，赴罗马参加世界神经外科联合会第15届大会，这是神经外科领域很重要的国际学术研讨会。林锋是国际知名的神经外科及脑血管病专家，曾以成功救治国际卫视著名主持人阿一而闻名于海内外。

那几天，阿木江看梁海涛的眼神比以往更充满了敬佩羡慕之意，暗叹还是在大城市工作机会多，见多识广，医术提高得快。为了让梁海涛顺利参加这场大型国际研讨会，阿木江承担了科室里的大量工作，让梁海涛安心在宿舍内写论文。

梁海涛突然有一个大胆的想法：带阿木江一起去参加这次的研讨会！

"我当然想参加啦，但我只是偏远城市的一名普通医生，没资格参加这么高规格的研讨会啊！"阿木江听到梁海涛的打算，连连摆手，眼神里流露出自卑、无奈与渴望。

"你放心，我会给你争取名额的，等我的好消息。"梁海涛安慰着他。

"我还没出过国门呢，要是真有这样的机会，对我也是极大的鼓励，能跟国际神经外科名家交流，是我一生的荣幸啊！"阿木江眼里闪着渴望的神情。

梁海涛向恩师林锋提出再增加一个名额的请求，希望祖国南疆和田地区的医生也能走出国门，开阔视野，增长见识。

林锋教授听了梁海涛的想法后，当即表示，一定要为维吾尔族医生争取参会名额！

经多方协调，神经外科阿木江主任终于有幸成为中国代表团的一名成员。

听到这个消息，阿木江沉浸在激动兴奋中，每天都哼着新疆小曲，仿佛年轻了十多岁。

六月底，梁海涛和阿木江一起飞赴罗马。在罗马开会期间，林锋不仅解决了阿木江主任参会的所有费用，还亲自为他解答医学难题，这让阿木江心怀感激，他知道北京医生为一名普通维吾尔族医生做出的努力，都体现了党和政府对新疆人民的关爱。

和田神经外科维吾尔族医生首次走出国门，参加世界神经外科联合会，更是在和田地区医学界首开先河。此消息一经电视台、地区报纸等媒体报道，立刻在社会上引起轰动，人们都为维吾尔族医生能参加如此高规格的国际性会议而感到自豪。

这件事在北京援疆医疗队中也产生了一系列连锁反应，大家都在暗暗较劲，比学赶超，争取在援疆期间做出不凡的贡献。

梁海涛和阿木江回到和田市后，没有沉醉于参加国际性的研讨会的兴奋中，两人立刻把精力全部投入到工作中，决心携手在主抓后备技术力量上狠下功夫。经认真分析，他们发现神经外科现有的医生在救治脑外伤、脑出血方面，经验比较丰富，但仍存在着理论基础薄弱、缺乏现代神经外科理念、只能处理简单病种等问题，有些医生连基本功都不太扎实。

梁海涛决定在每周四下午采取全科讲课方式，让科室所有医护人员都参加，他利用从北京带来的大量的PPT、电子书及手术录像等资料，从解剖、生理、病理、病种、体位等入手，一点一滴讲解，在科室里营造着浓厚的学习氛围。

多年来，梁海涛在姜媛的眼里就是"工作狂"，只要梁海涛主动打电话，就说明此刻的他有空余时间了。他来和田后，同样如此，不过，姜媛很善解人意，她把时间用在教学上、陪伴儿子写作业上，把对爱人强烈的思念都压在心头。她知道爱人工作忙，除非特殊原因，才主动给梁海涛打电话，直到他接听电话为止。但这样的情况很少很少。

梁海涛去罗马参加研讨会回来后，姜媛主动打来电话，说妈妈最近身体不太好，暗示他，工作再忙也要给老妈打个电话，问候一下。

梁海涛的心猛然缩了一下，一种莫名的担心在心头泛起。

三

南疆和田地区即将进入七月份，让炎热的夏季又平添了几分燥热，不过，跟三月到六月份的沙尘暴天气相比，已经明显好了很多。

早在六月中旬，指挥部就向和田市、县及建设兵团、牧场下发了将在"七一"表彰一批优秀党员的通知，从所有援疆的党政干部、专业技术人才、援疆医生和援疆教师的党员中评选。大家都是所在单位的重点培养对象或业务骨干，这些共产党员都克服了孩子小、父母或爱人身体不好等不同的实际困难，还有援疆医生、教师主动放弃了出国进修等发展机会，义无反顾参加援疆。共产党员必须时时刻刻起到模范带头作用，所以大家在工作中都不含糊。

这不仅是一种荣誉称号，更是对援疆工作的极大认可，是一种至高无上的荣誉。梁海涛合计了一下，他们医疗队共有十八名共产党员，只能评出三人，要说大家来援疆的表现都很好，都能认真地为当地群众治病，手把手地教当地医生医学知识，与当地的医护人员相处得都很融洽，但名额有限，选谁不选谁呢？评上了固然光荣，没评上也不能说他表现得不突出。

想到这些，梁海涛把这个通知发到和田市援疆医生党员群里后，主动声明说：我的档案里已经有许多优秀党员的荣誉，这次我主动退出评选。

"那怎么行？您来和田后，肩负的任务最多，平时非常关心大家，处处为我们着想，一定要评您的。"有党员及时发信息。

"是啊，您是我们的领头人，不评您怎么行？"

"我也主动放弃，我的档案里也已装了五六个优秀共产党员卡片呢。"

"我也声明，放弃！"

"……"

梁海涛发现自己的担心都是多余的，于是，他想了一招，让大家在小会议室里讲各自近期的工作情况，然后以无记名投票的方式，评出优秀党员，这样公平公正。

这招果然不错，医生们面对面坐在一起，梁海涛让大家按座位正时针顺序挨个儿发言，讲讲近期的工作成绩。只要一谈起工作上的事，就群情激昂，大家仿佛总有说不完的话。

梁海涛取出提前准备的白纸条分发到每名党员的手里，让他们写下自己想评出的优秀党员的姓名，当然，也可以选自己，不用写落款。同时，梁海涛说："我再次声明啊，别写我的名字，写了也无效！"

十八张小纸条写完后，按照要求折叠起来，摆到桌上，梁海涛用手把所有的小纸条随意地混在一起。然后，一个个再打开，让白洁记下投票最多的姓名。

投票结果，评出的优秀党员是三名年轻的医生，白洁名列其中。

这也许正是大家想要的结果吧，年轻的时候把荣誉看得很重很重，当获得了许多荣誉后，等到年龄大了，阅历丰富了，反而不再那么渴求了。

没有评上优秀党员的援友丝毫不受影响，依然以饱满的热情、昂扬的斗志投入到工作中。

"七一"那天，北京市援疆前方指挥部党委举办了隆重的援疆干部"优秀党员表彰大会"，在大会议室里，红色横幅高挂于主席台上方，指挥部的主要领导坐在主席台上，党委书记王长林热情洋溢的讲话，既表扬了优秀党员在援疆期间做出的成绩，又鼓励他们再接再厉以优异成绩圆满完成援疆任务。

当地电视台的摄影记者不失时机地记录着这一光辉时刻。

援疆和田的各医疗队、党政干部、专业技术人才和援疆教师中共有八十名党员获此殊荣。

援疆和田指挥部党委副书记张强宣读"优秀共产党员"名单，伴随着《颁奖进行曲》，评选出的优秀党员每十人一组走上主席台，接过鲜红的荣誉证书，台下掌声不断，气氛十分热烈。

颁奖仪式后，由五名优秀党员代表登台，分别发表获奖感言。

梁海涛和其他几名援疆干部列席参加表彰大会，他们坐在台下，见证着这一光荣时刻，当他看到白洁作为代表第三个登台发言的时候，眼里流露出赞许和喜悦的目光，他曾聆听过白洁"五四"青年节的演讲，如今她也定能博得大家的赞赏与认可，由她代表医疗队的优秀共产党员发言，非常恰当。

果然，白洁上台后，神情自若，一口标准的普通话，语言朴实、逻辑缜密，讲述着她连续工作八个小时做了四台手术，最后一台手术成功救治了一位危难产妇的感人故事，深深感动了在场的北京市援疆干部人才和记者。

最后，白洁在结束语中讲道："当维吾尔族老乡竖起大拇指对我们说'北京专家亚克西'的时候，一种自豪感会油然而生，因为我们代表着北京，我们用行动展现着援疆精神！"

无疑，白洁真情实感的讲述，再一次彰显了北京援疆医生真情服务当地群众的风采。话音刚落，台下响起阵阵热烈的掌声。

陆浩是预备党员，他不在本次评选范围内，此时他也坐在台下，静静地看着白洁走上主席台，听着她的发言，眼里流露出敬佩与喜爱的目光。

这一切，梁海涛都看在眼里，他给陈丽虹发了条信息：他俩有戏！

陈丽虹心知肚明，回复了一条：明白。同时还回了一个露出牙齿的笑脸表情。

晚餐的时候，边振平主动约梁海涛到院子里的葡萄架下散步。梁海涛很爽快地答应了，但他也暗自思忖着：这是什么意思呢？这可是到和田四个月以来，他头一回这么主动约自己。

两人吃完饭，把餐具、碗、筷及勺子分类放到收餐具的柜子里，乘电梯来到一层，走出"京和大厦"，来到院子的葡萄长廊下，两人放缓了脚步。

最近工作比较忙，梁海涛已好几天没到葡萄长廊散步了，发现葡萄叶更绿更厚实了，结满的一串串葡萄比前几天又大了许多。

边振平连声感叹着："时间过得太快啦，刚来的时候，这里还是一片枯枝烂叶，如今已结满了果实，再过一段时间，这里将是硕果累累啦。"

"这是大自然的规律，不经历风霜又怎么能展现出它顽强的生命力呢？"梁海涛对生命有着很深的感悟，如果展开来讲，能侃一天，但此时，他很想了解边振平有什么想法。

自从梁海涛找律师朋友帮边振平把那场医患官司摆平后，边振平的态度明显好了很多，说话的时候，一改往日严肃神情，脸上开始带了笑意，工作上也非常主动，前段时间，一名维吾尔族患者在出院的时候还特意送了他一面锦旗，上面写的是维吾尔族文字，经本科室当地医生翻译，意思是："救死扶伤的大恩人，北京医生亚克西！"

虽然不是用汉字表达的，但只要有这份心意，对北京援疆医生来说就已经足够了！

边振平没有把这面锦旗带回指挥部，也没有将其归为己有，而是放在了医院科室的办公室里，他对科室的医护人员说："等我回北京后，还会有其他援疆医生来接我的班，这面锦旗就当作对后来者的激励吧。"

梁海涛对他的大格局、长远眼光很赞赏。

此时，边振平聊了一会儿工作上的事，话锋一转，略有些不好意思地说："我想咨询个事啊，我能不能在援疆期间入党呢？是向北京援疆和田指挥部党委交申请书呢，还是向我们原单位交申请书？"

"这是好事，因为援疆干部大部分都是党员，这个我问问指挥部党委再回复您吧。"梁海涛打心眼儿里为他的变化感到高兴，因为边振平和过去那几个月相比完全变了样。

记得有一次，大家在探讨什么样的人思想品德高，什么样的人在困难面前不低头，什么样的人敢于和坏人坏事做斗争。最终的答案是：共产党员。

边振平听了这些话，不屑一顾地说："哈，我是非党人士，是普通群众，照样认真工作，什么苦活累活我从不逃避，平时还替家庭困难的同事值班，遇有急难危重病人，我想尽一切办法抢救。是不是党员都无所谓，同样思想品德高尚。"

他发过几次这样的论调后，梁海涛曾跟其他几名共产党员交换过意见，有人说："他有他的想法，人各有志，顺其自然吧。"

此时，边振平真诚地对梁海涛说："过去医院领导曾找我谈话，让我入党，但我觉得只要把业务搞上去，医术水平高，能为患者治病就行。那时，我对入党认识不深，总认为那是沽名钓誉，目的性太强，我也没什么野心。通过来和田这几个月，我真是看明白了，共产党员确实不一样，做的事非常让我感动，我过去对入党的事认识太片面了。"

这番话让梁海涛有些出乎意料，他鼓励着边振平："我会尽快给您答复的，希望您能尽早加入党组织！"

不知不觉，夜幕已经降临，他俩抬头望着深蓝的天空，一轮圆月高高挂在天上，很圆很亮。

四

按照和田援疆指挥部的安排，北京援疆各医疗队分批到各县乡镇村进行义诊。

其实梁海涛刚到和田地区两个月后，就曾经带着医疗队员到和田县所属的村庄进行义诊。那天，早已弥漫好几天的沙尘依旧没有散去。

梁海涛突然想到了北宋文学家、政治家王安石所写的一首七言绝句《登飞来峰》："不畏浮云遮望眼，自缘身在最高层。"这句诗巧妙虚写出在高塔上看到的旭日东升的辉煌景象，表现了诗人朝气蓬勃、胸怀改革大志、对前途充满信心。而如今，他则把这句诗改为："不畏沙尘遮望眼，难挡义诊志更坚！"此言一出，立刻得到大家的赞许与积极响应。

"我们来援疆，在这里待一年就可以回北京了，而常年在这里生活的和田群众，从没有哭天喊地，也从没有抱怨过什么。如果大家都贪图安逸的生活环境，都去大城市工作生活，那我们祖国国土面积将大大缩水，我们要把这里当成自己的第二故乡，为故乡的亲人解除病痛是我们应该做的事。"梁海涛把这番话发到群里，朴实中带着真诚，充满了正能量，没有半点儿说教，很快引起了大家的共鸣。

"是啊，当年古丝绸之路在这里曾铸就过辉煌，我们的祖先都有那么高尚的品德，有着大无畏的精神，如今，我们的条件比前辈们好多了，思想上可不能比古人差！"

那一次去下乡义诊，梁海涛和援友乘车穿行于弥漫的浮尘中，为当地维吾尔族群众进行义诊与普查。每到一处，都能在村口看到早已等候的男女老幼，眼睛里充满了期盼。

陈丽虹、白洁等几名女医生观察能力比较强，她们发现在和田市区的女性除了戴小花帽之处，在服装穿着上基本和汉族女性没什么区别。当到达县城村庄的时候，以维吾尔族人口居多的村庄街头，随处可见戴着盖头的维吾尔族女子，盖头从上套下，披到肩上，扣在额下，将头发、两耳、脖颈遮掩起来，只有双眼或面部露在外面。在这里，才能真正感受到当地的风土人情。

义诊结束后，就在车子返回指挥部的途中，突然刮起了沙尘暴，狂风裹挟着沙尘在整个大地上肆无忌惮地横冲直撞，沙石"噼里啪啦"砸在车窗上，好像整个世界都处于漫天的黄沙中。

司机师傅凭借多年的驾驶经验，硬是在能见度极差的天气里，把所有援疆医生安安全全地送回指挥部，指挥部领导们听到他们的说话声，那颗悬着的心才算放下来。

"这场面堪比美国大片！"

"太震撼啦！感觉到了世界末日。"

"有人拍视频了吗？刚才我没来得及拍。"

"我有，一会儿发群里，供大家欣赏！"

援友们回想着刚才那可怕的那一幕，仍保持着乐观的心态。

距离上次义诊快两个月了，根据指挥部的安排，梁海涛医疗队七月初将去平山县为当地群众义诊。这个县城距离和田市区最远，距离大漠最近。去之前，梁海涛与在平山县人民医院挂职副院长的王吉庆沟通过，据说，这个县的 GDP 在和田地区是最少的，相对来讲，经济比较落后，许多村民患了不是很严重的病，基本上不到医院诊治，有的患者把病拖到很严重了才来救治，反而花费更多，有的人干脆不治，选择回家，过着活一天算一天的日子。

为当地群众义诊、普查很有必要，不用他们坐车去县城或市区看病，还能节省一笔交通费、挂号费和简单的治疗费，义诊可以说是一件深得民心的事，也深受当地群众欢迎。

和田地区生活着二百多万人，其中的绝大部分是维吾尔族同胞。因语言交流不畅，尽管医疗队员们都学过简单的维吾尔族问候语，仍不能进行更多的语言交流，每次下乡义诊，各科室能讲维汉两种语言的医护人员都主动报名，为下乡义诊的医疗队员当翻译。梁海涛在选人的时候，先确定去哪个县、乡、村义诊，再确定来自这些地方的医护人员，这办法解决了交流上的难题。

进入七月后，天气明显好了许多，梁海涛提前查看了天气预报，打算选一个晴朗天去乡下义诊。

近些年，北京援疆和田道路规划正在实施中，面向整个地区，投入的资金非常多，但涉及的面比较广。平山县的公路虽然已经有了较大改善，但还没有完全实现棚户改造，至今仍有部分村民住在土坯房内。

一路上，那宽敞的柏油路，很明显是近一两年新修建的，沿途的村庄，长长的围墙上面都写着红色醒目的"感谢共产党""永远跟党走"等标语，有的学校、工厂的建筑上也标有"北京援建"字样，可以说，到处都能看到北京的影子。

这次担任翻译的是住院部护士长帕丽达，她看上去三十五岁左右，在医院住院部工作了二十多年，她原本就能说些普通话，近些年，因为每年都能结识一批北京援疆医生，她经常跟北京医生练习口语，居然能说一口足可以假乱真的北京话，而且"儿化音"说得恰到好处。帕丽达很活泼，一路上给大家讲当地的传说，她给大家介绍说，有个村子种的大红枣非常好吃，村民每年能有不少收入，正逐渐摆脱贫困，向着小康生活迈进。

一句话，调动了援友们的兴趣："我们能买点儿带回去吗？"

"当然可以啦，不过今年的大红枣还没熟，只能买去年产的，许多村民都在地窖里保存着，现在吃，口感也很不错呢！"说完，帕丽达笑着对梁海涛说，"梁副院长，看我像不像推销员啊？"

"像！而且很称职！"梁海涛向她竖起大拇指，笑着回应道。

两个小时后，载着二十多名医疗队员的车子驶进平山县人民医院。平山县副县长买买提，在平山县人民医院挂职副院长、神经外科主任的北京援疆医生王吉庆早早在县人民医院大门口等候着。

副县长买买提、副院长王吉庆和大家见面后，彼此寒暄着，梁海涛谢绝了王吉庆邀请他们去医院办公室休息的好意，随后王吉庆便陪着医疗队前往三个自然村义诊。

汽车从县城往乡村驶去，柏油马路逐渐变成高低不平的土路，汽车在颠簸中行进着，一路上荡起了阵阵尘土。

到达第一个自然村的时候，村口站着三名村干部模样的人，语言不多，脸上带着笑容，他们的上衣都佩戴着一枚党徽。村干部高兴地把这群身穿白大褂的医生带到村委会的大院内。只见许多衣着朴素的村民规规矩矩地坐在大院里等待着，眼睛里流露出信任和期盼的眼神。

所有医疗队员振作精神，立刻投入了"战斗"，把带来的一些简要医疗仪器摆放在桌子上，很热情地为每一位前来就诊的老乡解疑释惑，详细了解每个人的病情，发现有问题的人及时安排住院治疗，并在笔记本上做了登记。

阳光有些强烈，照在人们身上有些热，医生们额头上的汗从帽檐边渗了出来。

两个小时过去了，还有部分村民陆续向村委会走来。有些维吾尔族老乡为了表示谢意，特意从家中带来自产的葡萄、核桃和馕饼。礼轻情意重，医疗队员们不仅深深感受到了维吾尔族老乡们发自内心的感激之情，也近距离感受到了维吾尔族老乡们的善良、朴实与真诚。这种朴实的温情，让北京医生的内心感觉很温暖。

当消化内科主任医师陈丽虹给最后一名维吾尔族老汉诊断完后，老汉面露笑容，对她说："谢谢！"

陈丽虹每次来义诊，当地老乡基本上都用维吾尔语交流，很少有会说汉语的，当她听到老汉能说出这么标准的普通话，感到很惊奇，她笑着问："您会说汉语？以前在内地工作过吗？"

谁知老汉听了陈丽虹的问话后，一脸茫然，他尴尬地与担任翻译的帕丽达用维吾尔语说着什么，这让陈丽虹很纳闷儿。

帕丽达笑着对陈丽虹解释说："这位老汉去年十月份去和田医院住院时，是北京医生给他做的手术，术后恢复得很快，如今，干体力活都没问题，他打心眼儿里感谢北京的医生。从那时开始，他一直让懂汉语的人教他说'谢谢'两个字。大前天，他接到村干部的通知后，就想当着北京医生的面说一声'谢谢'。他只会说这两个字，没想到，一紧张就露了馅儿。"

原来是这样啊，引得周围的医生都发出善意的笑声。

"谢谢"两个字说出来很简单，却有着沉甸甸的分量，因为它包含着一批批援疆人努力和付出的结果。

结束了对这个村的义诊普查后，大家立刻收拾简单的医疗仪器，准备向下一个村庄进发。就在车子准备启动的时候，一辆警车路过这里，车内有两名警察，坐在副驾驶座的警察下了车，笑着跟村干部打招呼。

这名警察五十岁左右，身材魁梧，仪表堂堂，深凹的眼睛，高挺的鼻梁，两道浓眉如利剑般威严，不怒自威，看相貌就是维吾尔族人。

"阿力江队长啊，你怎么来这里啦？"帕丽达似乎跟这名警察是老熟人，她高兴地打着招呼。

"你又带着北京的医生来义诊呀，真是辛苦啦，我们今天到这边办点儿事，顺便回家看看父母。"阿力江警官回复道。

"那你就在前面给我们带路吧。"帕丽达开玩笑地说。

阿力江警官笑着对车内的医疗队员招招手，说："好啊，我为你们保驾护航。"

"这警察是谁呀？"车上的几名女医生好奇地问帕丽达。

"他呀，是我们县刑警大队队长阿力江，大帅哥一枚！跟你们透露一下，阿力江队长的父母就住在大红枣产量高的那个村子。"说这话时，帕丽达眼里流露出喜悦之情。

五

车子又行驶在前往下一个村子的路上，梁海涛把装在车上的两提矿泉水打开，分给每人一瓶，又给每人发了简易的午餐：一个大面包、榨菜、火腿肠、卤鸡蛋。

梁海涛笑着说："还有多余的午餐，谁要是不饱，要及时说啊！吃饱了饭才不想家，不想妈！"

"吃饱了也想妈！"有人开玩笑地说。

忙碌了一上午，还真有些饿，援友们打开包装袋，取出面包，吃一口面包，喝一口矿泉水。大家一边吃一边说笑，感觉这顿饭很香。

车上的人把话题又引到了和田大红枣上，帕丽达在几名医生的询问下，又开始介绍当地的大红枣了。

"和田的自然条件与内地差别很大,这里地处大漠边缘,常年气候干燥,一年到头很少下雨,日均长达十小时的充足日照,使枣树光合作用更充分。这里还有最适合红枣生长的无污染碱性沙化土壤,这样的地理环境促使红枣无病害、虫害、草害,不需要对枣树喷洒任何农药,创造了一个天然的无公害栽培环境,自然成了绿色食品。"

除了建设兵团种植这种大红枣,再就是这个村庄了。

几名医生连连点头赞同:"早就听说新疆和田的红枣很好吃,看来这独特的地理位置很重要啊。"

"是啊,虽然这里气候干燥,但还有万年昆仑山冰雪融化后的水来浇灌,使得红枣矿物质含量更丰富,营养价值极高。可以生吃、熟吃、熬汤吃,怎么吃都行。

"我们这里的大红枣个儿大、皮薄、核小、肉厚、颜色好,又圆又红,又香又甜,干而不皱。维生素C含量高于苹果七八十倍,碳水化合物含量比各种蔬菜和其他水果都高,是极佳的营养滋补品。

"这些年,平山县政府采取多种形式,把当地的大红枣打出了品牌,面向全国销售,销路一直很好呢。只要一提到是正宗的和田大漠红枣,就很受人们的欢迎。"

帕丽达把当地的大红枣好好地夸了一通。几名医生关切地问:"什么时候丰收呢?等援疆结束的时候,一定多买些大红枣带回北京让家人尝尝,而且作为和田特产,送给亲戚朋友同事也很合适。"

"我们到了。——等秋天大丰收的时候,欢迎各位援疆专家来品尝最鲜的红枣。"

说话间,他们终于到了盛产大红枣的村子,前面的警车停了下来,那位帅气的维吾尔族警官阿力江下车后,径直来到梁海涛的车窗旁打招呼。梁海涛笑着说:"阿力江警官,谢谢您啦!"

阿力江警官笑着说:"我代表村民表示感谢啊,欢迎你们的到来,我去看望一下父母，也欢迎到我家里做客，祝一切顺利！"

梁海涛笑着双手抱拳行礼："感谢！祝您父母身体健康！"

"谢谢，谢谢！"阿力江警官转身回到警车上，警车驶向村子里。

他们不是一个方向，梁海涛和医疗队员的车朝村委会大院驶去。

这个村子跟刚才那个村子的义诊情况一样，得到通知的村民们早早在村委会等候着，同样的装束，同样的面孔，同样的表情，有的妇女怀里还抱着睡着的小孩儿。

所有医生立刻又进入新一轮的为村民义诊的工作中。

一群小男孩儿嬉戏打闹着，有的小男孩儿上身只穿一件又脏又破的背心，下身赤裸着，还光着脚满地乱跑。这要是在北京，是万万不可能发生的事。

如今，全国已经开放了二孩政策，但有的"九〇后"却不想要孩子，因此，家中的小宝贝显得格外珍贵，不能受半点儿委屈。而眼前的这群小孩子，生活环境相对较差，卫生条件跟不上，但他们无忧无虑地奔跑着，高高兴兴地享受着属于他们自己的乐趣。

许多医生看到这情景很是感慨。

"白医生，你好，这么巧啊！"一名三十多岁的女子领着一个五岁左右的小男孩儿兴奋地大声跟白洁打着招呼。这让正在忙碌的白洁一下子愣住了，这么偏远的地方，怎么还有人能认出自己呢？她曾给很多维吾尔族妇女看过病，但她们的容貌看上去都差不多。白洁怔怔地看着眼前的年轻女子，一时想不起来她究竟是谁，于是，她好奇地问："请问，您是？"

"怎么，忘记我啦？再好好想想！"

白洁认真地想了想，又摇了摇头。其他医生看到这一幕也觉得不可思议，病人能记住医生，但医生不一定能记住病人，这是很正常的事。

青年女子有些着急地说："怎么你忘记啦？我可清楚记得，今年春节大年初八那天，我们在乌鲁木齐地窝堡机场时，我儿子被大红枣卡住了喉咙，是你救了我儿子。"

"哦，我想起来啦，你是阿米娜！你怎么在这里呀？你们就住在这个村子里吗？"白洁看着年轻女子，很快想起来在乌鲁木齐地窝堡机场救的小男孩儿，没想到竟然在这里又相遇了。人生如戏，这么巧合的偶遇，就像老天爷安排好的一样，这真是意外的惊喜。

白洁拉着小男孩儿的手，高兴地说："哇，小家伙越来越帅啦！"

阿米娜对儿子说："快，跟白医生说谢谢！"

"谢谢医生！"小男孩儿羞涩地低下了头，咬着小手指，不知道如何是好。

"这孩子不爱说话。"阿米娜的脸上洋溢着笑容，高兴地跟周围接受检查的村民用维吾尔语说："就是这位医生在机场救了我儿子！多亏了恩人啊！"

如果不是在这里偶遇这母子俩，估计白洁很难想起来，曾经还有这么一桩事。她跟阿米娜说了两句客气话，又开始为其他村民诊断。

从村民的神情中看得出，他们对北京医生充满了信任与感激之情。

没多久，阿米娜扛着一只足有三十多斤重的编织袋来到医疗队员面前，真诚地说："我们这里也没什么好吃的，这是我妈妈去年收的新疆脆灰枣，很好吃，给你们带回去尝尝吧。"

白洁有些急了，说："这可不能收，我们来村里是为大家义诊的，不能收老乡的任何东西，我们不能违犯组织纪律啊！"

"不行，你必须收下，难道你嫌弃我们的大红枣？"

"不嫌弃，但我们有纪律。"

"唉，什么纪律不纪律的，是我自愿让你们品尝的，又不是你们主动要的。"

就这样，这袋子大红枣在阿米娜和白洁之间推来让去的。

梁海涛过来解围说："既然老乡这么真诚，你就收下吧。"

白洁睁大眼睛疑惑地看着梁海涛。她看到梁海涛在给自己使眼色，立刻明白了几分，她不再推让，对涨红脸的阿米娜说："好的，恭敬不从命，那我就收下啦，谢谢啊！"

阿米娜把那袋大红枣扛到车上，这才放心地笑了。

一会儿义诊结束了，阿米娜高兴地看着医疗队员们收拾仪器，她恋恋不舍地跟援疆医生们告别，看着所有医疗队员上了车，一直目送着车子向村外驶去，她才转身拉着儿子准备回家。这时，她才发现儿子不知什么时候手里拿着一个信封，她看到里面装着三张崭新的百元钞票，她想去追，才发现，车子已经驶出很远了。

在车上，白洁夸奖梁海涛真聪明："既吃上了当地的大红枣，还不违反纪律。"

梁海涛不以为然地说："我从袋子里取出几颗红枣，用手机很快能查出它的价格。我们既可以吃上帕丽达介绍的这款大红枣，还不让老乡受损失，这样岂不是两全其美的事。"

帕丽达笑着说："这里的老乡很朴实，你当时如果不收下，会被她误以为你们瞧不起她，她会很生气的。"

"牛，还是梁队厉害，真有你的。"其他援友赞同地说。

大家坐在返程的车上，忘却了旅途的劳累，开心地聊着当天的收获。

天空格外晴朗，蓝天白云，人们的心情也清爽了许多。

第七章

一

下乡义诊回来的第二天，梁海涛和医疗队员们又投入到了正常的工作中。早餐时间，梁海涛习惯地观察着队友，他发现肿瘤医院医学影像科副主任医师肖玲没来吃早饭。大家快吃完的时候，梁海涛收到肖玲发来的一条微信：梁队，我今天有些不舒服，请假一天，我跟科室主任已经说过了。

梁海涛想起去乡下义诊的那两天，身材消瘦的肖玲少言寡语，一路上大家有说有笑，唯独她坐在靠车窗的位置，双眼一直盯着窗外，似乎有看不完的风景。

自从来到和田后，梁海涛就注意到他负责的八名女医生，性格迥异，但相处得都很愉快，生活中彼此能互相关心，也让梁海涛不再为"三个女人一台戏"的说法而担忧。梁海涛观察、了解过肖玲，她虽然不是党员，但她主动要求参加援疆，在医院工作表现很积极，专业技术过硬，待人热情。但唯独一点，肖玲似乎喜欢独处，不爱多说话，总是满怀心事的样子。梁海涛召集其他几名党员开党小组会议的时候，谈及此事，大家都对肖玲有好印象，对于眼前的情况，都表示要进一步了解，这让梁海涛也放心了许多。

梁海涛记得，在来和田之初，一场沙尘暴突然来临，风沙狂舞，和田地区原本晴朗的天空瞬间变黑了，气温迅速降到零下十二摄氏度。肖玲可能因为受凉，患了感冒，但她不想因此影响工作，硬是挺了两天，实在扛不过去了，才开始吃药打针，一周后才算好利索。那些天，肖玲无法去餐厅吃饭，几位女队员轮流给她打饭吃。

但是这一次肖玲病得不轻，陈丽虹是全科医生，也是女援友心目中的知心大姐，经她诊断，肖玲患了感冒引起的重症肺炎，高烧咳嗽不止，四肢无力，这下可急坏了在和田市人民医院工作的二十一名援友。

"我们来援疆，为当地百姓提供好的医疗服务的同时，自己也要确保有一个好身体，这样才能圆满完成援疆任务。"

"绝不能让一个队友掉队！"

在梁海涛的安排下，由医疗队的几名女医生轮流照顾肖玲。

肖玲担心白天影响大家在医院的正常工作，她强打精神坚持去医院输液，一天要输三次液，因为所输药液里有青霉素，担心药物有不良反应，需要有医护人员时刻观察，白天还好说，最难熬的就是夜晚了。工作忙碌了一天的医生，晚上很需要好好休息，以确保第二天精神抖擞地面对来就诊的维吾尔族患者。

肖玲提出晚上在指挥部的宿舍里输液，梁海涛担心她睡过头，坚持必须有人守在她身旁，时刻观察输液情况。

陈丽虹对梁海涛说："我是全科医生，给病人配药输液技术过硬，晚上我来照顾肖玲吧！"于是，她主动承担了夜晚给肖玲输液的任务。

肖玲比陈丽虹小两岁，陈丽虹已是有着十五年党龄的共产党员了，在她看来，党员的身份可不是用来唱高调的，同事遇到困难，就必须及时伸手相助。

已是凌晨 1 点钟了，在远离京城的南疆和田市，夜晚很宁静，人们都已进入了梦乡，宿舍里只有她俩在轻声聊天。

"滴答滴答",输液瓶里的液体顺着肖玲的血管一滴滴融进血液内,困意袭来,她的上下眼皮开始打架了。

　　"你若困了就睡吧,有我看着呢,不用担心!"陈丽虹盯着输液瓶,精神十足。

　　肖玲对她露出歉意的微笑,渐渐地发出轻轻的鼾声。

　　平时,大家在各自的科室里都很忙,聊天的机会也有限,这两日,肖玲一直陪着陈丽虹输液,两人情同姐妹,彼此讲着自己的往事,又因年龄相近,更是聊得来,聊的话题也越来越多。从当初为何报名参加援疆,到出发前家人的不舍,讲自己的孩子还在上学,讲家人很注意观看天气预报,同时,都喜欢了解与南疆和田有关的一切知识。

　　两天后,肖玲的脸颊恢复了原有的红润,她对一直守护自己的陈丽虹感激地说:"虹姐,谢谢你啊!这几天耽误你休息了。"

　　陈丽虹真诚地说:"不用这么客气,在医院里,咱们是同事,回到宿舍,咱们就是姐妹,只要你的病能尽快好,我们就放心啦!"

　　泪水顺着肖玲的眼角淌下。

　　人与人之间相遇相识,真是一种缘分,尤其在生病的时候,是情感最脆弱的时候,能得到别人的关怀与呵护,则是最幸福的时候。缘分真的很奇妙,如果她俩不来和田援疆,彼此在北京所属的医院各忙各的,那么像现在一样聚在一起、相识相知的机会则微乎其微。

　　两人聊到起兴处,肖玲却不由自主地唉声叹气,陈丽虹不解地问其原因。

　　肖玲皱起了眉头,长叹一声说:"唉,别提了,这几年,家里运势不好,我家先生过去做生意,确实挣了不少钱,我拿出一笔钱给两个儿子先后各买了套房子。我家先生把剩下的钱全投进股票了,如今股市行情太差,整整近两百万元全被套牢了。"

　　"唉,真不想说这些烦心事,闹心啊!"说完,肖玲沉默了。

"没事，你有心事，别憋在心里，咱做医生的都明白，病从口入，病由心生，你说出来，心里就会好受一些。"

"唉，劝人的时候，都会说，但事情临到自己头上，真要命呢。"

"说吧，看看有什么办法能解决。"

"我家先生前些年与另外一家公司签订了工程合同，先期垫付了三百万，如今工程已经竣工两年了，对方却还有两百万没有还给我们，我先生多次讨要也没结果。现在我先生的公司资金周转遇到了困难，甚至还拖欠了员工三个月的工资，员工天天喊着要工资，还声称要把我先生告到法院去。你说我们该怎么办？真是急死人了！"

肖玲把家里的事一股脑儿全说了出来，眼泪润湿了眼眶。

陈丽虹赶紧递给肖玲一块湿巾。

肖玲擦净眼泪，接着又说："现在生意不好做，最近有几个长期合作的公司想跟我先生签单，但他手头资金困难，必须先讨回这笔欠款，公司才能正常运营。您说，遇到这么大的事，我只是医生，不会做生意，也帮不了他，这么大的数额，该怎么办呢？"

"可以找梁队想想办法，据说，他有朋友是律师，在北京很有名气。"

"别给梁队添麻烦了，他每天已经很忙了，前段时间我曾给他讲过此事，但他一直没回复我，估计这事很难办吧。"

原来肖玲患这场病，与心病有很大关系。

第二天一大早，陈丽虹及时把这个情况跟梁海涛说了，梁海涛忽然想起了前段时间肖玲跟自己确实说过此事，那段时间他已经把肖玲提供的资料传给律师朋友了，因为工作忙碌，没有及时追问此事。

梁海涛对陈丽虹说："你跟肖玲说，我那律师朋友正积极办此事呢，让她放心。"

律师很快给梁海涛打来电话说："梁主任，我最近一直在分析您同事的那些资料，按法律程序走，合同没问题，最起码能要回拖欠的尾款。

但对方是一家大型国企，实力雄厚，很有背景，我上网查过对方的相关资料，他有好几个私营公司都有拖欠尾款的案子。"

梁海涛不解地问："既然这家公司实力雄厚，合同上白纸黑字写得清清楚楚，工程竣工了，为什么不及时把尾款打到我朋友的公司账号上？为什么不按合同来执行？他们就不怕付违约金吗？"

律师听了梁海涛的话，哈哈笑出了声："梁主任，别看您被患者尊称为医术精湛的'一把刀'，您对商场是一点儿也不了解啊。商场如战场，有些生意人可是把微末利益也放在眼里的，能追回尾款就不错了，要违约金就很难了。"

"这样的大公司就如此不讲诚信吗？"

"这算什么？有的公司简直就是死猪不怕开水烫，能拖一天是一天，那钱放他们账上每天还能产生不少利息呢！"

梁海涛无奈地说："那就辛苦您啦，帮帮我这同事，她主动报名来援疆，思想好，她先生也是做生意的本分人，这世道，不能让好人受委屈啊！"

律师笑着回复："放心，梁主任，我会把这事放心上的，只是追尾款的过程比较艰难，最好别打官司，那样时间会拖得很久，而且还要花一笔费用，毕竟律师事务所也有规定，我只能以朋友的名义，想想办法。"

梁海涛真诚地说："好的，我替我的同事先谢谢您了，等我回北京，一定请您喝酒！"

为了眼前那点儿利益，不惜撕下诚信公道的假面具，相比之下，作为援疆医生不图名不图利来到边疆工作，思想是那般崇高，如同昆仑山上的雪莲，圣洁无比。

梁海涛身兼医院挂职副院长、挂职科室副主任医师以及援疆和田市人民医院医疗队队长，他时刻注意着每一名医疗队员的工作与家庭情况、个人情绪，每天总感觉有干不完的事，每件事都要兼顾到。在来和田之初，他还建立了党员微信群，有什么事大家可以商量着来。

每天睡觉前，梁海涛都要把每一件事在脑子里捋一遍，还要想好下一步该如何做。但愿肖玲的事能办好！但愿白洁和陆浩能够有情人终成眷属！但愿能尽快找到妈妈的好友江阿姨！

明天，明天的明天还有别的事，先做好当下的事吧。

二

周凤琴脸色苍白，气喘吁吁，张着嘴巴说不出话来，用力抬起右手伸向梁海涛，而梁海涛手里拿着妈妈的那张合影，不好意思地说："妈妈，南疆太大啦，我托好多援疆医生帮忙，却还是没有找到您的好朋友江红霞，对不起。"

周凤琴眼里流露出无奈与遗憾的神情，梁海涛捧着一大把红枣向妈妈大步走去，高兴地说："您尝尝和田的大红枣吧。"话音刚落，他脚下忽然踩空，向下坠落着，一直坠落着。他大声喊叫着，却无人应答，他举起双臂，向上奋力伸着，似乎想抓住什么，却又什么也抓不住，耳旁只有呼啸的风声。

梁海涛一直向山下坠落着……他猛然惊醒，原来是一场噩梦，他大口大口地喘息着，额头上渗出许多汗珠。

宿舍内静悄悄的，柔和的月光透过窗帘，洒向屋内的桌椅、地面和一对沙发上，还有他躺的床上。梁海涛睁大双眼，回想着刚才梦中的情形，心里感觉不安，时针已指向凌晨 2 点半，这个时间正是家人熟睡的时候。他不能打这个电话，免得影响家人休息。

也不知妈妈近日身体如何了，听姜媛说，妈妈每周由原来只做一次透析发展成两次了。

他最近工作太忙了，很少跟妈妈通话，跟姜媛语音，也只是简单讲讲最近的工作情况。就在半个月前，梁海涛还给妈妈发微信说，让她做好准备，他要接全家人来和田，让妈妈到建设兵团多走走，多看看，没准儿，妈妈的磁场强大，有吸引力，或许在某个时间、某个地点，能吸引来江红霞阿姨偶遇呢。梁海涛的这个设想，明知道可能性不大，但妈妈还是抱着这么一丝希望。

但愿妈妈来和田后，她俩心有灵犀，真的能遇见。梁海涛还设想着，当她俩见面的那一瞬间，毕竟久别重逢，场面一定很感人，一定要多给她们抢拍几张照片，留下新世纪的合影，简直是完美的大结局。

梁海涛已经跟指挥部请了假，回北京的机票也已经定好了，全家人都期待着十天后团聚的日子。

困意袭来，梁海涛不知不觉又进入了梦乡。

清晨，梁海涛还在睡梦中时，手机铃声骤然响起，他到和田工作以来，手机全天二十四小时保证畅通，做好了随时听从召唤的准备，确保遇有突发事件能及时处理。之前，他曾接听过三次这样的电话，这一次他以为还是医院打来的。

他仔细看清来电显示，才发现是爸爸打来的。这么早打来电话，有什么急事吗？这还是第一次在清晨接听家人的电话。

梁海涛接通后，纳闷儿地问："爸爸，有什么事吗？我过些天就回北京啦。"

手机里传来爸爸低沉的声音："你妈妈最近体检，结果不太好，你尽快回来一趟吧。"

听到这话，梁海涛心里一沉，他最放心不下的就是妈妈了。在他的印象中，妈妈退休前，在单位工作认真积极，多次被评为优秀共产党员，退休后的第八年，她突然感觉身体不适，在一次体检中，意外检查出患有尿毒症、膀胱癌。

这个结果不啻一枚炸弹，在家中轰然炸响。

这怎么可能？妈妈是医生，性格温厚，很注意饮食、养生和保健，全家人都不敢相信妈妈已被病魔缠身。周凤琴也由开始的不相信到慢慢地接受再到配合治疗，开始了长达十二年的透析，每一次透析治疗，都要经受一次痛苦的折磨，但她从没有说过一句抱怨的话。

爸爸退休后，常年陪伴妈妈去医院做透析，精心照料着体弱多病的妈妈，这让梁海涛内心很愧疚。

梁海涛在北京的时候，每天忙于工作，每个月和父母只见两面，逢年过节，全家人才能聚在一起吃顿团圆饭，妈妈总会做梁海涛最爱吃的"鱼香肉丝""菜盒子""爆炒鱼花香"。每次看到妈妈露出慈祥的笑容，看到妈妈面对疾病的坚强神情，他打心眼儿里佩服。

梁海涛来和田援疆的前几天，妈妈特意赶到儿子家里，当着姜媛和外孙梁一凡的面说："好男儿志在四方，当年我刚满十八岁，就响应党中央号召去支边，一待就是四年，在那里度过了宝贵的青春年华。而你只去那里工作一年，时间短，交通也比以前方便多了，祖国各地都有了变化，虽然和田属于边疆，但经济条件一定有了很大改善，比我们那时强多了。"

周凤琴说这些话的时候，眼神里充满了期盼与赞赏。

梁海涛安慰着妈妈："看你儿子每天忙于工作，也不能好好陪陪您，我不在家的日子，您一定要好好照顾自己，等我回北京休假的时候，哪里也不去，就在家里陪您。"

周凤琴微笑着说："你有这份孝心就够了，我是共产党员，绝不会拖你后腿的，既然你选择了医生这个职业，就要把工作放在第一位！哪里有病人需要你，你就应该去哪里。放心吧，我会等你回来的。"

出发前的一天，周凤琴将那张合影交给梁海涛。这是妈妈有生以来，唯一一次对儿子提出的请求。他知道，妈妈是重情重义之人，她想在有生之年，重温青春记忆，了却一生的遗憾。

梁海涛拿着照片，暗暗发誓："一定要想尽办法，帮妈妈实现这个心愿。"

到和田的那几个月里，梁海涛每周跟妈妈通话，都会及时汇报寻找江红霞阿姨的情况，每次妈妈都是抱着希望倾听，带着失望挂了电话。妈妈说："我的病虽然感觉挺严重的，但只要每周坚持去医院做透析，就没什么事。医院还有做二十年透析的患者，至今还活着呢。我觉得吧，人来到这个世界上，就要有一场精彩的体验，等到走的那一天，认为自己不枉来世上走一遭，就满足了。"这话听起来很轻松，但让梁建涛的心里感觉很不是滋味。

每次听到这些话，梁海涛很想回到青少年时期，可以陪伴在妈妈身边，经常看到妈妈微笑的眼睛。然而，早晨爸爸打来的电话，让他坐立不安，他迅速拨通了姜媛的手机。

姜媛语无伦次地说："海涛，建议你尽快回来吧，妈妈昨晚已经送进医院的 ICU 了，医生说，前几天妈妈做透析后，有不良反应。"

听到妈妈已经住进 ICU，梁海涛的心慌乱赶来，心脏"突突"狂跳着，一种不祥的预感在全身涌动着，他想起晚上做的噩梦，让一向持"无神论"观点的他，也有些把持不住了。这些年，梁海涛就害怕妈妈出现意外，他是家中的独子，是家中的希望，也是妈妈眼中的骄傲，他还想着等援疆结束后，一定抽时间多陪陪妈妈。

事不宜迟，梁海涛及时跟指挥部领导汇报了此事，总指挥批准他回家十天，陪陪妈妈。梁海涛又跟神经外科主任阿木江讲明情况，阿木江急切地说："你尽快回北京吧，这里的事有我呢。"

指挥部办公室主任张文武得知此事后，问梁海涛："您几点的机票，我现在就给您派车！"

每天只有两班从和田飞往北京的航班，上午 10 点半和下午 3 点，梁海涛看了看时间，已经上午 8 点半了，探母心切，距离飞机起飞还有两个小时，他就把前段时间已经购买的机票立刻改签到当天上午 10 点半。他快速地在宿舍衣柜内翻出一个黑色双肩旅行背包，将身份证、手机、手机充电器和几件简单的衣服放了进去。

去往机场的车子已经在楼下等候了，梁海涛匆忙下楼，张文武主任表情凝重，一再叮嘱："梁主任，路上注意安全，祝一路顺利，回家后，看有什么需要帮助的，尽管说啊。"

"好，好。"梁海涛连声答应着，小轿车迅速驶出指挥部大院，平时外出，就是小车班的王师傅开车，他的驾驶技术很娴熟，车速掌握得很好，既快还不超速。

一定要赶上上午的航班！一定不能误机！梁海涛在心里不停地念叨着，遇到红灯，他着急得双脚不停地打着节拍，脑子里突然迸出一串成语：心急如焚、归心似箭、心急火燎、火烧眉毛、迫不及待……这些词语形容他此时的心情，最恰当不过了。

仅用三十多分钟，就到了和田机场停车场，梁海涛匆忙向王师傅道了一声谢，抓起双肩背包，脚下生风似的向候机大厅跑去。

此时，距离起飞还剩一个半小时。

梁海涛大步走进候机大厅，到自动取票机前办理值机，取到登机牌，因为他没有大件行李，不用办理托运手续，直接去安检。和田机场不算大，但安检过程比较烦琐，机场安检人员检查得非常认真、非常仔细，就连皮腰带、皮鞋都要脱下来检查。

他心里一直默念着："千万别误飞机，千万别误了飞机！"

通过安检口，梁海涛匆忙赶到登机口，乘坐的航班已经开始检票登机了，他是最后一名乘客。

终于坐到机舱内，梁海涛给爸爸打去了电话，却无人接听。空姐提醒他："飞机马上起飞，先生，请您关闭手机。"

梁海涛看着手机，无奈地将手机调为飞行模式。

这一切，发生得太突然了，妈妈怎么突然就进医院了呢？难道病情严重了？既然家人让他尽快回北京，他别无选择，也做好了最坏的打算，只要她有一口气在，自己援疆结束后，回到北京一定要敬一份孝心。

飞机飞越沙漠，跨过一座座高耸的积雪山峰，到乌鲁木齐地窝堡机场降落，梁海涛随乘客来到乌鲁木齐地窝堡候机大厅，他将在这里重新换登机牌，停留一个小时后，转飞北京。

他再次拨打爸爸的手机，这次终于接通了，他的心激烈地狂跳着，着急地问："爸爸，我妈妈现在情况如何了？"

手机里传来爸爸低沉哽咽的声音："你妈妈……你妈妈……情况不太好。"

这句话如同晴天霹雳，梁海涛大声问爸爸："什么？您说这话是什么意思？"

"你妈妈……已经……已经快不行了。"

顿时，梁海涛的脑海里一片空白。

候机大厅内，传来播报去往北京的航班正在检票的温柔女声。

梁海涛跟随乘客缓步再次走进机舱，他目光呆滞，全然不顾周围乘客投来的异样目光，泪水湿了眼眶，在脸上恣意流淌着。

空姐关切地问："先生，您需要帮助吗？"

梁海涛面无表情地摇了摇头，目光移向窗外，飞机在形态各异的白云中穿行，一路向东，向着北京飞去。

三

人生中，总会有离别的时候，但最让人难过的是，最亲的人在生命尽头时，却没有机会看他最后一眼，没有机会跟他说一声再见。时光不能倒流，所有的遗憾都已无法弥补。

一路上，梁海涛顾不得周围人投来的惊诧目光，流着泪哭着回到北京，当他赶到阳光医院太平间的时候，看见妈妈静静地躺在那里，面容慈祥，从容淡定，微闭双眼，仿佛睡着了一般，身上盖着白色单子。

爸爸早已哭红了双眼，疲惫地站在旁边；姜媛也哭红了眼，泪水不停地流着；儿子梁一凡站在那里，睁着一双眼睛呆呆地看着这一切，泪水止不住地流淌着，嘴里哭喊着："奶奶，您再睁开眼睛看看我们吧，我不要您离开我们！"

北京阳光医院的领导、周凤琴生前的同事都站在那里默默流泪。

梁海涛的心如同被利刃挖空了一般，他"扑通"一声，双膝跪在地上，泪水奔涌而出，大声哭喊着："妈，儿子来看您了，您不能走啊，您睁开眼再看儿子一眼吧！"

撕心裂肺的痛哭，是他四十五年的人生中，哭得最彻底的一次，他双手握拳使劲捶打着自己的前胸，不停地喊着："妈妈，儿子不孝啊，没有守在您的身边，也没能看您最后一眼……"

哭到伤心处，梁海涛的心如同被尖刀扎得千疮百孔，整个身子俯在地上，双手不停地拍打着地面，泣不成声地喊着："妈妈，妈妈，儿子来迟了，儿子来看您了！"

两名男同事用力把梁海涛拉起来，安慰着："节哀，要节哀顺变。"

泪水模糊了双眼，梁海涛浑身无力，任由同事架着他站立着。

"妈妈临终前，说丧事一切从简，别给医院和同事们添麻烦，别惊动大家，谁家都有事，都很忙，这是她的原话。"姜媛默默陪伴在梁海涛身边。

周凤琴在医院妇产科工作过二十多年，曾经带过的徒弟如今已走上领导岗位，如果大办丧事，加上梁海涛的同事，爸爸原单位的同事，一定会有许多人来悼念。但是，梁海涛的父亲遵从了老伴的遗愿，从殡仪馆火葬场，再到墓地，整个过程一切从简。

自从周凤琴开始做透析后，她就开始为自己提前选墓地了，这事只有老伴儿知道，最后选了北京西郊的公共墓地。而梁海涛从未过问此事，也从未想过，妈妈有一天会真的离开自己。他作为医生，在医院里也经历过重症病人死亡的场面，可他始终觉得妈妈虽然体弱多病，但能一直陪伴着家人度过一天又一天。

在梁海涛心里，妈妈永远那么乐观、坚强，即使有病魔侵袭，也奈何不了她。但那只是他一厢情愿的想象，事实面前，就是那么残酷。人死不能复生，走了，就永远走了，即使有再见的那一天，也是在天堂了。

从墓地回到家里，梁海涛如同丢了魂一样，目光呆滞，恍如梦中。坐在餐桌前，仿佛妈妈仍坐在那张椅子上，慈祥地看着他们一家三口吃饭；仿佛又看到妈妈得知自己援疆的那一刻，脸上流露出的自豪神情。

姜媛轻抚着梁海涛的后背，安慰着他："节哀吧，其实，今年年初，妈妈的病情已经恶化了，只是她没让我们跟你说，妈妈一直不让给你打电话，怕影响你的工作。你是医生，应该明白生死是自然规律……你这次回北京待几天呢？哪天回和田？"

姜媛的话瞬间把梁海涛拉回现实生活中，他怔怔地说："我明天就回吧！"

当张文武主任得知梁海涛在北京只待了五天就回到和田，他关切地询问梁海涛："你怎么这么快就回和田了？家里的事情办好了吗？"

梁海涛不知如何表达内心的悲伤，只是摇了摇头，面无表情地说："走了！妈妈永远走了！"

"节哀顺变吧！"张主任安慰着他。

援友们看到梁海涛面容憔悴，仅仅几天时间，他的头发就有了一缕缕白丝，瞬间苍老了许多，都极力安慰他，希望他能尽快度过人生中与亲人生离死别的最痛苦的日子。

面对周围同事的关心，梁海涛只是点头回应，不想多说一句话。夜晚，他不想吃饭，躺在宿舍里，两眼盯着天花板，脑子里仍浮现着妈妈躺在太平间、送到火葬场和墓地的无声画面。妈妈走了，她永远离开了这个人世间，梁海涛一想到再也见不到妈妈，酸楚的泪水就忍不住落下，浸湿了枕巾。

边振平给梁海涛打来晚餐，安慰着他："人啊，有生就有死，走的人永远走了，活着的人还要好好活下去！我爸爸十年前在一起车祸中因抢救无效去世了，那一年，他才六十五岁。我爸年轻的时候当过兵，退伍后转业到一家大型国企工作，退休后，仍坚持锻炼身体，即使发烧感冒，他不吃药也能扛过去。我妈的身体也不错，老两口儿的退休生活安排得很好。但是，我爸遭遇车祸离去后，让我无法接受的是，肇事逃逸者至今都没有抓住。这些年，我妈妈因无法承受这种打击，身体越来越不好，多亏我妹妹经常陪着老妈，毕竟还要坚强地活下去！"

边振平讲到伤心处，泪水已经止不住流下了，梁海涛听着边振平的诉说，才得知，原来边振平不多言笑，还因为他的家庭有过这样的不幸！

"你妈妈的身体还好吧？"

"还行吧，这些年，妈妈身边需要有人陪伴，我妹妹提前办理了退休，把老妈接到她家里住，身边只要有人陪伴，就能度过这段难熬的日子。"

是啊，度过黎明前的黑暗，阳光总会出现的。

自从那天跟边振平聊了许多知心话后，也加深了两人对彼此的了解，边振平经常约梁海涛去打台球，到葡萄架下散步、聊天，讲过去的事。

回到和田后，梁海涛极力调整着自己的情绪，不让其他同事感受到他的悲伤，但他想笑又笑不出来的样子，让别人看了，心里更为他感到难过。

同事们经常约梁海涛去院子里散步，听他默默诉说，以此来分散他的悲伤情绪，只有这样，才能让他从丧亲之痛中一点一点走出来。梁海涛也意识到了这一点，他时刻提醒着自己肩负的责任，一定要坚持下去，不能因为个人的悲伤，影响到工作，一定要以很好的精神面貌完成援疆任务。

几天后，和田地区电视台和援疆和田指挥部宣传部为了彰显援疆医生在和田地区克服困难、坚守岗位做贡献的精神，决定为北京援疆医生拍五集纪录片，同时，还将在北京电视台播出，并推荐到央视，让更多观众了解北京援疆医生们在祖国边疆和田地区、大漠腹地无私奉献的精神。

很快，和田电视台就派出新闻部记者奔赴各医疗队采访，按照和田指挥部宣传部的安排，每个医疗队推荐三至五名医生接受采访。梁海涛所在的医疗队要推荐五名医生，大家第一个就推荐了梁海涛，但是梁海涛还是婉言谢绝了。他的理由是，这半年多时间取得的成绩，都是大家共同努力的结果，自己只是做了分内之事。梁海涛希望把更多的镜头对准表现更优秀的医生，尤其是年轻医生，希望片子播出后，能激励更多的北京医生加入援疆的任务中。

其实，还有一点，梁海涛明白，同事们也明白，他还没有从妈妈离世的痛苦中走出来。

不久，和田电视台邀请不同科室的援疆医生做客《相约健康》栏目，请他们面对镜头为电视机前的观众普及一些常见病的预防治疗。梁海涛接到通知后，他把二十一名医疗队员所在的科室排了序，梁海涛把自己安排在最后。第一期是呼吸科的主任医师根据当地群众常年居住沙漠环境，导致人们容易患上呼吸道感染性疾病，引导当地群众如何在沙尘暴来临之时做好防护。

第二期是根据当地居民爱吃肉的习惯，有些人的消化系统极易患各种病症，由消化科的医生讲解饮食注意事项以及消化系统常见疾病的预防。

接下来是肝胆科、眼科、牙科、骨科等相关保健知识、疾病预防与治疗的介绍和讲解，每一科都有它的必要性和重要性。

之后是给急性脑梗死的溶栓治疗进行了相关卫生宣教节目录制。

节目在本地电视台播出后，很快受到当地干部群众的好评，提高了大家对相应疾病防治的认识。

梁海涛发现大家最近对自己说话很客气，还有一种处处礼让他的感觉，这让他感觉对不起大家，他下定决心要改变这一切。

进入夏季以来，蒙蒙细雨光临着南疆和田大部分地区，浇灌着饥渴的塔克拉玛干大沙漠以及伸入其腹地的和田市。据当地人讲，和田气候很干燥，很少下雨，好久没有看到这么缠绵的雨了。上天眷顾大地，雨水滋润着这片干涸的土地，对和田地区来讲，这场雨下得非常及时有利。

梁海涛顺利做完一台手术后，看着窗外的雨景，雨仍在下个不停，雨点敲打着玻璃窗，这在和田地区是很少见的雨，这雨如同流淌在心里的泪水，让他又想起了妈妈。

雨过天晴，一道美丽的彩虹挂在天边，美极了！

"什么是大爱？什么是无私奉献？什么是思想品德高尚？"其实，许多援疆人都有着不同的困难，但大家一如既往地工作着，用真诚为当地百姓们书写着民族大团结之歌，他们的奉献精神如同雨后的那道彩虹，在和田地区形成一道亮丽的风景线，而这道美丽的风景线是由无数援疆人铸就的。

四

和田街道两旁，随处可见的是高大笔直的白杨树，比起内地的白杨树更加挺拔，就像小伙儿健壮的身躯。每次梁海涛和医疗队员下乡义诊的时候，看到这种白杨树，总是忍不住要多夸赞几句。

神经外科主任阿木江知道梁海涛因为母亲去世，面容憔悴，心情不好。他不忍心看着梁海涛这种痛苦的神情，就和护士长商量，一定要让梁海涛尽快走出丧亲之痛。

于是，阿木江热情地邀请梁海涛带领医疗队成员到他的家乡做客，以好朋友的名义，让他们快乐体验一下当地的风土人情。阿木江特意为这次乡下之行，做了充分安排。

梁海涛在队员的赞同声中，也想让忙碌的医疗队员们缓解一下紧张的心情，答应了阿木江的盛情邀请。

在去往阿木江家乡的路上，阿木江坐在30座考斯特车的前排，面对医生们对白杨树的好奇，他给大家解释着当地人为什么要种植白杨树。

原来，和田地区地处沙漠边缘，生活在这里的维吾尔族人常年都要面对沙尘天气，为了改善恶劣的生存环境，当地人不得不想办法，小规模地种植树木，而早在二十世纪五六十年代，新疆建设兵团的任务就是防风固沙，大力开展植树运动。白杨树适应性强，能在沙漠里生存，生命力特别顽强，还能防风固沙，就成了当地人的最爱，把植树视为最重要的事来做。

阿木江说："你们现在看到的林场，当年兵团人可是付出了很大的代价，每一棵白杨树都是经过几代人的精心浇灌，一天天逐渐长大的。你们看，这些高高耸立的白杨树，都是笔直笔直的，别看树干不粗壮，每年沙尘暴来临，连续四个月的狂风都始终吹不弯白杨树的腰，如同坚强的士兵，默默护卫着当地的居民。"

医疗队员对白杨树的敬意油然而生，有人说："白杨树跟人一样，不卑不亢，一身傲骨，挺立在大漠中，堪比大漠胡杨了！"

司机师傅是阿木江的好朋友，他熟门熟路，半个多小时的路程，载着梁海涛和他的援友们来到了阿里木达村，车子在村头停下。这里是阿木江出生的村子，家乡人都以他能成为市人民医院医生为荣，这里的房屋建筑焕然一新，显然是经过认真规划的，街道也是整齐有序。

两名五十岁左右、头戴小花帽、留着络腮胡子的维吾尔族中年男子，胸前各佩戴着一枚党徽，早早在村口等候着。梁海涛和同事们陆续下车，阿木江亲切地介绍着："这是我们的村干部哈力尔和法尔哈得。"

只见两名村干部把右手抚在左胸前，微微弯腰，表示欢迎，这是维吾尔族的风俗，也是一种礼节。

村干部哈力尔高兴地把大家迎进一个大院子里，敞开的两扇大木门，看上去有些陈旧，门板上红色、黄色和绿色等油漆虽经常年风吹雨淋，已经斑驳脱落，但依稀可辨。

院子里种着五六棵壮实的石榴树，一朵朵橙红色的石榴花挂满枝头，正怒放盛开，色彩艳丽，远远看去就像一只只喜庆的小灯笼，近看如同红宝石一样，惹人喜爱，引人驻足。

几名女医生高兴地举起手机对准石榴花拍着照，惊喜地连声赞叹着："哇，真是太美啦，这花开得太漂亮啦！"

消化内科医生陈丽虹很专业地给大家介绍说："石榴花的药用功效很多，有清热、解毒的效果，花味酸涩，如果晒干了研成末，会有很好的止血作用，把石榴花泡水洗眼，有明目效果，另外石榴花还有止泻的效用。石榴则可以帮助消化，软化血管，降低血脂和血糖，同时也能降低胆固醇，防止高血压等。"

其他医生也围在石榴树旁，兴奋地观赏着，拍着照片。

站在旁边的村干部哈力尔用一口不太流利的普通话说："石榴花代表着成熟的美丽、富贵；石榴熟透后，果实饱满，代表着子孙满堂，兴盛红火，也代表着全国各民族如同石榴籽一样团结。"

白洁高兴地说："太好啦，我们盼望着石榴丰收的那一天。"

村干部哈力尔热情地说："欢迎，欢迎！我们村有好多人家都种着石榴树，估计十月中旬的时候可以成熟，你们一定要来品尝，好吃得很啊！"

"好啊，好啊！太谢谢啦！"医疗队员们高兴地回应着。

院子倚墙有一个长方形的大炕，四面开口的大帐篷为主人们遮挡着阳光，炕上铺着一条长长的、织着漂亮花形的毯子，虽然地毯看上去有些年头了，但很整洁，毯子上面还摆放着几张桌子，每张桌子上都摆满了馕子、馕、葡萄干、奶茶、大红枣、苹果、西瓜等。

梁海涛赶紧吩咐同事把随车带来的两箱饮料和两箱鲜奶以及三大盒茶叶搬下车，送给村干部，他暗想：多亏提前做了准备，咱不能空着手来做客呀。

村干部高兴地对梁海涛连声说："热哈麦特！热哈麦特！（谢谢！谢谢！）"同时，他把右手放在左胸前，身体前倾三十度，向医疗队员们点头鞠躬致意，并招呼家里的一名青年男子手持铜壶和脸盆亲自倒水，请客人一个接一个洗手。

饭前洗手有讲究，女主人端上蜂腰长嘴、紫红泛光的高把铜壶，一弯腰，一抬手，清水就优雅地从仙鹤喙模样的细嘴里"哗哗"流出来了。客人得赶紧双手接住水流，手心手背叠在一起，使劲地搓，因为只给你三次享受的机会。沾了三次水的手一定不能甩！据说如此就要把殷勤好客的主人家的财运给甩走了，那可是重大失误，接过女主人在臂弯里搭着的那块雪白蓬松的大毛巾擦一下就行了，千万注意别甩水！

那名村干部非常热情，随后示意大家脱鞋子，然后，盘腿坐在炕头的毯子上，大家一一照办。落座后，人们抬头看见对面围墙上爬满了葡萄的枝蔓和翠绿的叶子，一串串绿色如珠的葡萄长势喜人，估计再过一个多月就可以吃了。

这时，村干部打开地上的一个旧音箱，看上去很不起眼儿，在大城市里应该是淘汰的物件，然而，当一首欢快的新疆曲子在院子里响起时，才发现这个音箱的音质还不错。

这时，有两名年轻漂亮、面带微笑的姑娘，出现在人们的眼前，她俩身穿一身鲜艳的维吾尔族服饰，头上戴着花色艳丽的面纱，俊俏的脸庞洋溢着笑容，一双大而有神的眼睛闪动着。她俩随着音乐的节拍，大大方方地跳起了新疆舞蹈，动作柔和优美，立刻调动了医疗队员的兴致，大家拍着手打着节拍，欣赏着舞蹈。

不一会儿，两个小伙子用托盘为客人送上新鲜的烤羊肉、烤鹅蛋、烤鸡蛋、羊肺子还有手抓饭，顿时，香味扑鼻，弥漫了整个院子。

面对看一眼就要流口水的美食，医生们有些拘谨，不好意思动手去抓羊肉。

"吃吧，这是村支书让家人一大早现杀的三只小羊羔，非常鲜嫩，管饱啊！"阿木江说完，带头从一个托盘里撕下一块羊肉，放进嘴里，大口大口地咀嚼着，边吃边高兴地对大家说，"哇，真是太香啦，好吃得很！你们都别客气，赶紧趁热吃！"

经不住美食的诱惑，大家开始动手了。两个小伙子很快又端来了热腾腾的馕，摆放在每一张桌子上，把烤羊肉卷进馕里吃，更是妙不可言。香味四溢，真是太好吃了！每个人吃完手中的羊肉，都去拿第二块。

村支书看见大家吃得很香，脸上笑开了花，他又把五瓶伊力特老窖酒分别放在每张桌子上，摆上了酒杯，高兴地说："今天到我这里，就要吃好喝好！"

梁海涛头脑清醒，他问阿木江："当地人的风俗不是不喝酒吗？我们喝酒合适吗？"

"没事，有酒量就多喝点儿，我们村支书是按汉族人的最高礼节招待你们。"阿木江一边吃肉一边回答，并且把每人面前的酒杯斟满了酒。

这时村支书端起了酒杯，面向大家，用维吾尔语真诚地说着话，阿木江站在一旁当翻译："尊敬的梁队长、阿木江主任，还有各位北京知名的医生，我非常感谢大家光临，你们的到来是我们全村的荣幸。昨天，周围的邻居听说你们要来我家做客，今天一大早邻居家的两个儿子主动跑来宰羊，为大家做美味的羊肉。同时，我代表村民感谢你们曾经到我们村子义诊，为我们的村民做手术，感谢你们的付出，这些你们可能不记得了，但我们都会深深地记在心中的。"

村支书看着眼前的北京援疆医生又说道："这次款待有不周的地方，还请多多包涵，祝我们大家身体都健健康康，日子越过越富裕。"说完，他一仰脖，一杯酒便一饮而尽。

梁海涛虽然自知酒量不行，但面对此情此景，他亦举起酒杯对村支书连声道谢，一仰脖，也喝光了杯中酒。

大家纷纷站起身，举起酒杯互相碰杯回敬着、祝福着。

村支书和来帮忙的邻居们热情招呼着大家多吃多喝。这时，有几名男医生情不自禁地下了炕，穿上鞋子跟那两名姑娘一起学跳新疆舞蹈，在歌曲的伴奏下，场面十分热烈。

梁海涛性格偏内向，不善舞蹈，在北京的时候，业余时间就是看书听音乐。此时，他边吃肉边和阿木江喝酒。

阿木江给梁海涛讲当地烤羊肉的做法："把整只的羊宰杀洗净，膛里放进去十几种中药，埋在沙漠里面，在上面再烧上一堆火，完全靠沙子的热量，把整只的羊肉焖熟烤焦。还有一种吃法，是把羊肉切成块，撒上洋葱和孜然，放进切开的羊肚里面，扎紧口，再将包满了肉的肚子直接放在火上烤，肉熟了取出来，特别嫩、特别香。改天我带你去吃。"

不喜欢吃肉的白洁，也忍不住吃了好几块烤羊肉，她和陆浩两人还推杯换盏互相对饮着，一名女医生开玩笑地问他俩："什么时候能喝上你俩的喜酒呢？"

白洁几杯酒下肚，脸颊上飞起两片红晕，口无遮拦地笑着说："说快也快，等着收请柬吧。"

陆浩如同护花使者，村支书来敬酒，他主动为白洁挡酒，表示敬意。

女医生们也不顾减肥了，品尝着美食，大口吃着羊肉，满嘴都是油。

听着一首接一首欢快的新疆舞蹈歌曲，大家都很放松，慢慢地都开始跟着两个姑娘学起新疆舞蹈。

梁海涛接过阿木江递来的盛着新鲜羊肉的托盘，大口吃了起来，阿木江敬酒，他也不再推辞了。

阿木江和村支书看到医疗队员们尽情地吃着、喝着、跳着，他们笑得很开心，无疑，这是一次丰盛而又愉快的宴会。

时间过得很快，转眼三个小时过去了，人们可谓是酒足饭饱，长形桌上的托盘里还剩下不少烤羊肉。边振平在梁海涛耳旁嘀咕着："梁队，时间不早了，我们该回去了。"

梁海涛感觉头有些晕乎乎的，这是他平生以来喝酒最多的一次，他和同事们愉快地跟村支书道别，坐上了返回指挥部的车。

"老乡们太热情了，太淳朴了，真是不好意思。"梁海涛不停地跟阿木江说着，他不知道自己是如何回宿舍的，也不知道如何躺在床上的，只感觉心口火辣辣的，像有一团熊熊燃烧的烈火在心底升腾着。有人在喂他喝白开水，有人把一块温湿的毛巾搭在他的额头上。

此时，他嘴里依旧含混不清地说个不停，在场的人听得最清楚的是，他一直在喊："妈妈，妈妈，儿子不孝啊！"泪水在他的脸上肆意流淌着。

五

进入七月中旬，天气突然热起来，和田地区的气温瞬间高达三十五摄氏度，梁海涛和同事们上班的时候早已换上了单裤短袖，但当地的风俗让几位爱美的女队员深感遗憾，从北京带来的几条漂亮裙子只能压在箱底，偶尔会在指挥部穿穿，到楼下的葡萄架下散散步，展示一下美丽。

梁海涛自那天大醉后，缓了两天，才算清醒了许多，并发誓以后滴酒不沾。他跟姜媛通话时，无意中说了喝酒的事。她没有责怪什么，而是善解人意地说："男子汉一辈子至少要有一次大醉，这很正常。"

边振平、白洁、陈丽虹、陆浩以及肖玲等援友在梁海涛最难过的时候，都在安慰着他。那天，梁海涛应阿木江医生邀请带领大家去做客，原本是想活跃一下气氛，但他还是没能控制好自己的情绪。原本想借酒消愁，不料，那 46 度的酒却把伤痛点燃，升腾为一股烈火，将他的心烧得滴血，如刀割一般的痛。

事后，陈丽虹说，那天把他搀回宿舍，大家看见他哭得一塌糊涂，心里都不是滋味。

那天，梁海涛喝得酒气熏天，还吐了一地没来得及消化的美食，是陆浩帮忙清理的。白洁还特意吩咐陆浩，夜晚一定要陪陪梁队，照料好梁队。小伙子很认真，坐在梁海涛宿舍的沙发上，几乎一夜没合眼。第二天一大早，陆浩去餐厅给梁海涛打来早餐，看到他清醒了许多，才放心回了自己的宿舍。

梁海涛上次回北京，因为办理完妈妈的后事，内心烦乱，没顾得上和姜媛母子多待两天，就匆忙赶回了和田，当时也没顾得上再确定让姜媛和儿子来和田度假的时间。其实，当他知道妈妈永远不能再来和田的那一刻，他也不知道为什么，反而不想让家人来和田了。

妈妈的离去，太突然了，让他有些措手不及。

让梁海涛心生愧疚的是，妈妈今生只委托他办的一件事，尽管想尽了一切办法，却始终没有着落，妈妈是带着遗憾离世的，一想到这个，他的心就很痛。

晚餐时间，梁海涛去餐厅，遇到了在建设兵团医院挂职副院长的刘静龙，他俩用餐盘打了菜和饭，便坐在一起边吃边聊。

刘静龙带着歉意说："梁队，自从我去兵团医院工作以来，一直都在帮你找江阿姨。这期间，我曾到过光荣院、兵团家属区，只要我能想到的地方，都去打听过了，只要见到当年支边的老人和团一代，都会问一问。虽然没有结果，但我与他们交谈时，说实在话，内心很震撼。"

梁海涛表示感谢，同时对他后面的话表示感同身受。刘静龙做了一个深呼吸，接着说道："许多老人当年都是王震手下的兵，还有的老人是二十世纪五六十年代到这里的支边青年，他们把最美好的青春年华都奉献在这荒漠戈壁滩上，许多人因无法回到故乡，就在当地成了家，他们的后代也一直生活在这里。过去我对'献了青春献终身，献了终身献子孙'这句话不太理解，但现在我终于明白了这句话的真谛，想想看，我们来这里工作只有一年时间，与那些前辈相比，我感到内心很不安，只有加倍工作，才不愧对援疆医生这个光荣的称呼啊。"

"噢……"梁海涛听到这里，若有所思地想着。

刘静龙轻声问："听说你妈妈过世了，你还要继续找那位江阿姨吗？"

"找！虽然妈妈无法与江阿姨相见了，但我还要继续找下去，直到找到江阿姨为止，就算是我替妈妈圆一个心愿吧。"梁海涛说着自己的打算，他的话锋忽然一转，问，"你来指挥部有事吗？是开会还是……？"

刘静龙沉默了一会儿，说："走，咱们到楼下慢慢聊。"

夜晚的温度比白天低很多，晚风徐徐拂面，有一丝凉意，闷热的感觉消失了。

梁海涛和刘静龙默默地走在葡萄长廊里。许久，刘静龙语调低沉地说："人到中年，真的会有许多感慨，真不知道明天和意外哪个会先一步到来。前些天，我回北京休假，看到父母身体健康，心里轻松了许多。就在我结束休假即将返回和田建设兵团的前夜，正和我爱人收拾行李，突然接到表弟打来的电话，说我父母发生了车祸，已经由 120 救护车送进医院了。我接到电话，立刻向医院奔去。原来我父母坐表弟的车时，遇到迎面快速驶来的大货车，因躲闪不及，造成侧翻，母亲当场摔断十根肋骨，父亲摔断了四根肋骨，胸腔内伴有大量的出血。"

"怎么会这样？后来呢？"梁海涛听着这些话都感觉揪心。

"据医生讲，多亏及时送医院抢救，让两位老人捡了条命！我走进急救病房后，只见父母同住一个房间，一人一张床，呼吸微弱，身上插满了管子，表弟请了两位护工来照顾。我真是左右为难，一想到第二天一大早就要返回和田，机票早已订好，内心就很纠结，我走出病房的那一刻，眼泪再也忍不住了，'哗哗'地往下流。"

"关键时刻，还是要多陪陪父母的。"梁海涛认真地对刘静龙说。

"当时，我想家里遇到这么大的事，是否该跟指挥部领导说明情况，我想推迟几天再返回和田，但一时又张不开这个口，我知道领导一定会通情达理，让我在家照料父母的，但我怕背负'逃兵'的恶名，毕竟援疆的任务还没有完成，决不能退缩！不能当懦夫！"

梁海涛感慨地说："这是特殊情况，你父母遭遇车祸也是不可预知的事，你应该在家多陪陪父母。"

刘静龙无奈地说："事情巧就巧在，我已经休完假了，真不好意思再续假。不过，正当我犹豫不决的时候，哥哥对我说：'你不是明天就要回南疆吗？爸妈的事，有我呢！你放心去和田工作吧！我这辈子是没机会去援疆了，你参加援疆是咱家的光荣！'"

梁海涛说："你哥哥思想真好，真是个好哥哥！"

刘静龙说："是啊，哥哥最懂我了，你知道吗？当时我内心的那份纠结、那份痛苦，是无法用语言来描述的，当时，我就哭出了声。"

"你父母伤势不轻，最需要有人白天黑夜地陪护了，最近几天情况如何？"

"我坐飞机一路回到建设兵团，完全是凭着潜意识回到了宿舍。那几天，我在单位感觉神情恍惚，原本不想跟任何人说，但还是被建设兵团党委书记国文利看出来了。他很关心我，询问我是否有心事，我忍不住全盘跟他说了，他一听就急了，对我说：'你家里出了这么大的事，你父母正是需要家人照顾的时候，你怎么不跟我说呢？我可以跟指挥部领导汇报此事，你完全可以晚来一段时间。'我跟国书记说：'我父母有我大哥大嫂和我爱人以及家里的亲戚轮流照顾，他们都知道我来援疆，很理解我，这里需要我，我不想给组织添麻烦。'"

梁海涛对刘静龙的遭遇感同身受："我们都遇到了关心部下的好领导！"

"是啊，国书记不听我解释什么，当着我的面拿出手机拨通了指挥部领导的电话，详细讲明了这一切，指挥部领导很快给我批了十天假期，让我明天回北京照看父母。"

此时，梁海涛感觉与刘静龙惺惺相惜，两个人的家里这段时间都遭遇了不幸，人生啊，命运啊，真不知是什么样的无形之手在操纵这一切，愿好人一生平安吧。

刘静龙缓缓地说："我打算回北京看看父母恢复情况怎么样了，我待几天就回来，最近建设兵团医院比较忙，来看病的和住院的患者比较多，医生本身就不算多，我不能一直缺席呀！"

梁海涛打心眼儿里敬佩刘静龙，他怅然若失地说："既然回去陪父母，就安心多陪两天吧，不像我，即使想陪老妈，也没那个机会了！"

刘静龙说："您看看给家里捎东西吗？我回北京，可以去您家看看。"

这句话提醒了梁海涛，他想起来那次下乡义诊，偶遇白洁曾经成功救治的年轻母子，当时她送了一大袋大红枣，而自己不愿平白无故地收当地老乡的东西，特意还给了阿米娜三百元钱。白洁把那袋大红枣分成了二十二份，每人一份，同时她执意把那三百元钱还给了梁海涛，说是她请大家品尝的。

　　和田的大红枣真的很好吃，但是，那天梁海涛思母心切，回北京的时候忘记带了，刚好让刘静龙捎回去。

　　当人们厌倦了大城市的喧嚣，一定想过那种悠闲的慢生活，无论这个地方的风景是否优美，只要幽静就好，让心拥有一份宁静就好！

　　梁海涛盼望着，自己人生中这段最黑暗的光阴能尽快离去。

第八章

一

季夏之夜，轻风徐徐吹来，葡萄架下沉甸甸的果实散发着诱人的香味，指挥部大院由水泥砌成的圆形花池里绽放着朵朵莲花，花香扑鼻，皎洁的月光洒向大地，如流水般，静静地浸染着每一片叶子和花朵，一切都显得那么静谧而美好。

陈丽虹如同大姐姐一般帮陆浩分析着："你看啊，你们俩出身都是工人家庭，职业都是医生，学历都是博士，兴趣爱好也一样，性格相投。再说了，这年头实行姐弟恋，追女孩儿要勇敢。俗语说得好：'女大三抱金砖。'年龄不是什么问题。你俩真是天设的一对，地造的一双啊！"

经陈丽虹一次次的指点，陆浩充满了信心。

人，在心情好的时候，见到的一切都是美好的。近段时间，白洁的心情还不错，她和陆浩两人看上去都比实际年龄小很多，两人聊起了多年从医的经历，都因为长相年轻，常被患者误认为没经验，甚至不被信任。

白洁来和田之初的那段时间，科室主任和其他几名医护人员认为她年轻漂亮，没有真才实学，或许不过是打着援疆的名义来这里待一年，镀镀金，就回北京了。白洁上班第一天，科室代理主任就给她来了个下马威，让她直接上手术台，为一名胎位不正的产妇接生。但白洁只要走到手术台上，立刻就像换个人似的，经验丰富、医术高超，整台手术干脆利落，这让她反而赢得了其他医护人员的赞赏。

那天的事让白洁感到委屈：漂亮又不是我的过错！

在后来的日子里，无论是上手术台、大查房还是会诊，白洁都有独到的见解，同时她利用从北京带来的课件，有计划、有步骤地把最新的医术传授给妇产科的医护人员，严格规范规章制度。

当白洁了解到妇产科还没有引进微创手术时，她很惊讶，毕竟这种手术早已在全国各大医院推广普及。于是，她及时向医院领导提出，应该尽快让妇科的医生掌握全新的微创手术，这样能减轻患者的病痛。从此，妇产科的医护人员再也不敢对白洁以貌取人了。

陆浩也是如此，他身高一米八，身材挺拔，脸庞白净俊朗，戴着一副近视镜，显得温文儒雅，是典型的小帅哥，如此高的颜值，常惹来几名小护士爱慕的目光。自从白洁走入他的心里后，那根爱的琴弦就一直被拨动着，在他的眼里，白洁如同仙子般美丽可爱，她与他过去遇到的女孩儿完全不同。

尤其是随医疗队下乡义诊时，陆浩看到白洁面对穷苦的妇女一视同仁，认真、热情地为当地群众诊断，从而也显示出她善良的一面。还有大家一同去玉龙喀什河的时候，白洁帮助其他援友精心挑选漂亮石头，她自己则给捡到的几块形态各异的石头起了好听的名字，说明她热爱生活，有审美情趣。尤其是前段时间，在梁海涛的带领下，去当地维吾尔族医生所住的村子里做客时，白洁跟两个姑娘很快学会了跳新疆舞蹈，她苗条的身材、美丽的脸庞、优美的舞姿让他看得脸红心跳。那天，陆浩给白洁拍了许多照片，还精心制作了音乐相册，传给白洁。在这期间，陆浩也知道梁海涛和陈丽虹为他们的事一直积极撮合，举办活动的时候，也有意无意间把他和白洁安排在一起。

在陆浩心中，白洁像姐姐一样知心，更像妹妹一样需要呵护，他知道白洁曾经有过一次失败的恋爱，刚开始得知她因此事而痛苦的样子，他反而像个大男孩儿似的暗自窃喜，感觉爱的丘比特之箭向自己射来了。

面对陆浩的爱意，白洁开始有些抵触，慢慢地，她发现这个可爱的大男孩儿是白内障患者的保护神，工作时认真积极，很有思想，来援疆还搞出了一个国家专利，尤其看到陆浩为自己精心制作的音乐相册，打心眼儿里喜欢上了他。后来，她不再避讳和陆浩独处了，两人约好一同去餐厅就餐，一同到楼下等班车，每天晚餐后，两人都到院子里的葡萄长廊谈天说地。

白洁讲自己无忧的童年，讲自己在爸爸的理发店里遭人白眼时曾发誓：要刻苦学习，争取考上名牌大学，当一名让人敬佩的医生！

陆浩睁着一双清澈的眼睛，很认真地听着。

白洁感觉自己最近做什么事都很顺利，其他援友风趣地说："这就是爱情的力量，是神奇的，有魅力的！"

这天下午，白洁和同事们下班后，回到指挥部，简单洗漱后，正要去餐厅，突然接到指挥部大院门口中年男保安的电话："你是白洁吗？你家里来人了，需要你到大院门口接他，才能进指挥部，这是规定！"

"我的家人？会是谁呢？没有人说要来呀！"白洁正想问，保安已经挂断了电话。

白洁疑惑地下楼，一溜儿小跑来到大院门口。

门口站着一名身高一米八、国字脸、身穿名牌休闲服、风度翩翩的年轻男子，他手里拎了个乳白色的拉杆箱。看见白洁，他高兴地喊着："好久没见了，我来看看你！怎么样？感觉很意外吧？"

白洁愣住了，问道："孟然，你怎么来了？"

她万万没想到，五年前，自己因经济条件受限，没跟这个男人出国留学，任凭自己如何解释，他仍不念旧情，执意在美国跟一个美国女人同居并结了婚，如今他怎么突然来和田了呢？

"我来乌鲁木齐参加一个学术研讨会，听说你在和田，我就飞过来了，这些年，我知道你还记恨着我，但你一直不听我解释呀！"孟然笑着解释。

白洁面无表情地反问："还有必要解释吗？"

"我们毕竟爱过彼此，我大老远地来找你，已经到你的地盘了，总不能让我站在大院门口吧？就算普通朋友，也应该以礼相待，给口水喝吧。"

白洁冷冷地看着眼前这个曾经深爱过的男人，心在滴血。为了这个男人，自己付出得太多了，到头来，却是一场空。这几年，她不敢再相信世上还有所谓的爱情，山盟海誓都经不起利益的考验，这几年，面对一些追求者，她都果断拒绝。

大院门口的保安是位维吾尔族大叔，认识白洁，因为每天出入院门，有时散步也能遇见，保安大叔笑着对白洁说："人都来了，总不能在外面站着吧，正好赶上吃晚饭时间，快进去吧。"

"是啊，白洁，你再恨我，也不至于让我饿肚子吧？"孟然边说边自顾自地往院子里走。白洁无奈，只好带他去二楼餐厅。

刚走到餐厅，就迎面遇到刚吃完饭的梁海涛等人。

有医生问："白医生，来客人啦？"

"啊，是啊。"白洁尴尬地回应着。

猛然间，白洁看到陆浩吃惊的眼神，她不想解释什么，径直去拿餐具托盘，往里面胡乱地夹着菜。

孟然跟在白洁身后，来到餐桌前坐下。孟然边吃边说："你们的伙食还不错呀，不像我们想象的那样条件艰苦。"

他见白洁面无表情，一言不发，只自顾自低着头吃饭，就主动说道：

"白洁，你什么时候去美国，我带你好好逛逛，这次我给你特意买了贵重的礼物，名牌包包，还有法国香水，我知道，女人都喜欢这些。"

"你还是送给喜欢名牌的女人吧，我对这些不感兴趣，我又不是还未走出校门的小女生。"白洁冷冷地回答。

陆浩也走过来，坐在他俩对面，微笑着问白洁："白姐，这位大哥是……？"

孟然看着眼前的大男孩儿，他得意地介绍自己："噢，我叫孟然，和白洁是研究生同学，当年我和好多同学去美国留学了，但白洁不想去，我们好多年没见面了，这次我来乌鲁木齐参加会议，特意来看看她。"

白洁仍然面无表情，自顾自地低头吃着饭。

陆浩若有所思地"嗯"了一声，表示敬意地说："原来是前辈啊，向您学习。"

"你也是援疆医生吗？你去过美国吗？如果想去美国进修，我可以帮你联系，如果能留在美国当医生，是非常挣钱的职业。不过人各有志，我父母擅长做生意，他们喜欢把公司搞得很大，而我只喜欢当救死扶伤的医生。"

陆浩笑了笑说："谢谢，暂时没这个想法，以后再说吧。"

白洁看了看孟然，又看了看陆浩，然后微笑着说："给你们介绍一下，这位是我的男朋友陆浩，这位是我同学孟然。"

此话一出，孟然感到有些意外，他再次打量着眼前的大男孩儿，眉清目秀，言谈举止彬彬有礼，就是衣服太普通了，上下没一件名牌，看上去很年轻，像个刚从学校走出来的大学生。孟然眼里流露出不屑的神情，他故意甩了甩左手腕上一只镶嵌着宝石的伯爵手表，很亮眼。又像突然想起了什么，他笑着对白洁说："唉，你看我这记性，我还给你买了一块漂亮的镶嵌钻石的欧米伽手表，这次来得太匆忙，忘记带给你了，你给我一个地址，我快递给你或者下次来的时候，一定给你带来。"

白洁愈发讨厌孟然的做作，她不冷不热、不卑不亢地说："您这阳春白雪，到我们下里巴人这里，实在委屈了，吃完饭，您还是到外面找家五星级酒店住一晚，明天赶紧回您该回的地方去吧。"

孟然不以为然地说："别这么说呀，你们来这里做奉献，我应该向你们学习的。"

听他这么讲话，让白洁一点儿胃口也没了，她放下碗筷，对陆浩说："亲爱的，你查一下，和田市哪个宾馆最上档次，一会儿让这位高贵的客人去入住。"

"好的，我用手机上的高德地图搜一下，噢，查到了，在团结广场附近有一家五星级宾馆，条件还不错。"

孟然的嘴里正嚼着一块羊肉，油水顺着他的嘴角流下来，他用餐巾纸赶紧擦了擦，说："不急，不急，如果能住在你们宿舍里也挺好，让我也体验一下援疆干部的辛苦。"

"我们这里不需要体验，只需要实干。"

晚餐，就这样在不欢而散中结束了。

白洁主动拉着孟然的拉杆箱大步朝电梯那里走去，孟然紧紧跟在后面，悄声对白洁说："你怎么这么绝情呀？当初是我不对，你知道这些年，我是怎么过来的吗？也很难啊！是那个美国妞一直缠着我，后来，她说怀孕了，没办法我才跟她结了婚，但我现在才知道，她根本不能怀孕。我现在才明白，还是你最好！"

白洁一句话也不说，拉着孟然的拉杆箱快步走出电梯，走出大厅，走出大院门口，面无表情地站在大院外，招手拦着出租车。

孟然仍在解释："你听我说，我这次来是想跟你说，我已经决心和美国妞离婚了，咱俩复合吧！"

一辆出租车停在大院门口，白洁二话不说，把拉杆箱放进后备厢里，没等孟然反应过来，她连拉带拽地把孟然塞进出租车后座，使劲关上车门，对司机说："师傅，请把这位客人送到团结广场附近最贵的一家宾馆。"

车子驶离指挥部大院门口的瞬间，孟然摇下车窗，不知所措地对白洁说："亲爱的，你再好好考虑考虑啊。对了，我给你买的名牌包包和法国名牌香水都还在行李箱里，还没给你呢！"

"谢谢，不用了。"白洁说完，转身向大院里走去。

走进大厅后，白洁看见陆浩站在不远处，正默默注视着自己。她鼻子发酸，泪水润湿了眼眶，那一瞬间，她真想扑进这个大男孩儿温暖的怀抱里。

二

孟然的到来，在医疗队中掀起一股不小的风波，梁海涛在餐厅见到白洁身后的男子时，就觉得有一种异样。他把自己的看法说给陈丽虹听，两人都在琢磨这事。当陈丽虹看到孟然坐出租车离去后，白洁和陆浩在指挥部大院的葡萄长廊下散步，她这才放了心。

事后，陆浩问白洁："现在的人都很现实，他看上去很有钱，你怎么就不动心呢？"

白洁反问道："我为什么要动心呢？他有钱是他家的事，和我有什么关系呢？你要是很纠结此事，以后我们不要再继续交往了。"

"人过留名，雁过留声，即使是看不见的风，吹过去，我也能感受到寒意，怎么可能了无痕迹呢？"陆浩说。

白洁看着陆浩，叹了一口气说："唉，你还年轻，应该找个比你年轻漂亮的女孩儿，而我，年龄大，没有魅力，家境一般，父母都是普通人。"

陆浩认真地看着白洁说："你还是不了解我，我的意思是，你如果喜欢名牌包包、名牌香水之类的，我有能力给你买，但你以后不能再说不搭理我的话了。"

"你真是个可爱的大男孩儿！看到你，感觉全世界都亮了。"白洁开心地笑了。

"太阳每天都是新的"，这句话是古希腊哲学家赫拉克利特的名言。这几年，白洁对这句话有了全新的认识。是啊，太阳每天都是新的，生活每天都是新的，生命每天都是新的，人的心灵每天也都是新的。不要用昨天的眼睛看待今天的世界，也不要用今天的眼睛看待明天的世界，活在当下，才能更好地活在明天。

每天准时上下班，医疗队员们已经习惯了这种工作节奏，只要班车驶进医院大门，大家下车后，各就各位，立刻投入到工作中，查房、为患者诊断病情、去手术室或者给医护人员讲课。医院不仅承担着本市患者的救治工作，还要负责救治从各区县转来的患者，一些偏远地区的患者甚至是坐着拖拉机一路奔波三个多小时才赶到医院的。一切都是忙忙碌碌的。

这天上午，医疗队员刚到单位，就看到儿科援疆医生赵迎军发在群里的一条新信息：有一名病情危重的女童，因家庭贫困无力承担近万元的手术以及治疗费用，面临死亡威胁，咱们可否为女童捐款？

梁海涛看到后，第一个报名捐款。

原来，赵迎军到儿童ICU查房时，他发现刚收进来的一个病情危重的两岁女童，双眼紧闭，无力地躺在床上，看上去非常瘦弱，细胳膊细腿，明显营养不良，脸也瘦得皮包骨头一般。她正发着高烧，呼吸急促，身上插着管子，还输着退烧药液，昏迷不醒。有着丰富临床经验的赵迎军为女童做了检查，他吃惊地对身边的几名儿科医生说："怎么这么严重？"

只见女童肚子胀得很高，全身泛着青绿，发出轻微的呻吟。赵迎军急忙查看化验单，发现转氨酶值竟然达到 3000 多，严重超标。他再给女童做探查，发现肝脏严重肿大。旁边的医生摇着头无奈地说：“我们收治时，初步诊断她是肝衰竭。但女娃还不到两岁，体质太弱，我们还从未见过如此严重的肝衰竭病例，情况不容乐观。”

赵迎军查看医学检验报告后认为，这种肝衰竭应该是细菌感染所致，在北京的时候也很少见到这种病例，但凭着丰富的医疗经验，赵迎军认为眼下必须调整治疗方案，应该尽快为女童实施手术治疗，否则女童性命难保。

站在 ICU 病房内的几名医生听了赵迎军的想法后，面面相觑，有人担心地说：“这女童体质太弱，给她做手术，风险太大了，我们还是先征求一下家长的意见吧。”

赵迎军表情严肃、语气坚定地说：“无论如何，我们都要争取一下，不能眼睁睁地看着一个小生命在我们面前消失！我仔细查看了病历，女童除了细菌感染之外，还有之前用药不当，加速了肝脏损伤。面对这种急剧恶化的病情，一定尽快手术，不能再拖延。”

说完，他们走出 ICU 病房。只见一位三十岁左右、脸膛黝黑、身穿粗布条纹黑袍的维吾尔族男子满面愁容地站在门口，看到医生们走出病房，眼里充满希望地问道：“医生，我女儿情况怎么样了？还有救吗？”

“你女儿病情很严重，这位是北京来的赵医生，他打算尽快给你女儿做手术，或许孩子还有救。”

女童的父亲眼里闪着希望的光，他急切地问赵医生：“谢谢，谢谢，救救我女儿吧，我只有这一个孩子啊。”

维吾尔族医生安慰着这位父亲：“你女儿正在输液抢救，但她的病需要做手术，大概需要一万元的手术及各种治疗费。”

“啊，这么多呀？我从家里带来的一千元钱全给孩子救命用了，到现在我还没吃饭呢。"青年男子尴尬地搓着双手，不停地摇着头，双脚在地上来回挪动着，嘴里嘟囔着，"这笔钱让我去哪里凑呢？家里实在没什么钱了，这可怎么办？怎么办呢？"

突然，青年男子像是下了决心似的，他说："我还是把孩子抱回家，生死由命吧。"说完，他大步闯进 ICU 病床，来到女儿的病床前，让在旁边看护的年轻护士把输液管拔掉。

年轻护士诧异地看着情绪失控的年轻男子。

赵迎军和其他医生都进了病房。赵迎军对青年男子说："你把女儿带回去，肯定会没命的，不如我们都想想办法。"

旁边的医生把此话翻译给年轻父亲后，男子摊开双手，面露难色，很无助地说："我一年没外出打工了，去年家里的收成也不好，去哪里找钱呀？"

如今，各大城市医院的诊疗系统都是电脑程序，每一道程序都有着严谨的环节，做不得半点儿虚假。如果患者不缴费，电脑程序就不能下达指令，患者就不能从药房取药，护士也不能随意配药，而医生看不见电脑程序的指令则不能动手术。总之，看病的过程全靠电脑操作，卡在哪个环节，都不能顺利治病，这是体制、这是医院的规定，谁也无权更改！

时间就是生命！金钱就是生命！在此刻体现得淋漓尽致。如果让女童的父亲回家筹钱，就算在一两天内能筹到这笔钱，但女童生命危在旦夕，拖延一分一秒，都是在影响女童抢救的最佳时间！

医护人员的目光都投向了赵迎军，只见他稍加思考，取出手机，紧急编发了一条信息，发送到了援疆医疗队员的微信群里。同时，他对身旁的李医生说："你辛苦一下，负责收捐款，统一交给医院收款处，我先出一千元，事不宜迟，现在就开始做手术前的准备。"

现场的医生、护士看到这种情形，纷纷从衣兜里掏出二十元、五十元、一百元……

此时，陈丽虹、陆浩、边振平、白洁、肖玲等二十二名北京援疆医生纷纷捐款，很快筹集了一万元，再加上儿科医护人员的捐款，短时间内，共收到一万三千元的捐款，远远超出了预计所需的费用。

与此同时，赵迎军带领两名医生迅速把女童推进手术室，熟练地做术前准备。李医生带着女童父亲来到收款处，办理相关手续。

一切准备就绪，手术室内，所有医护人员都屏住了呼吸，看着赵迎军熟练地操作着。

手术室外，穿着一双破旧的旅游鞋的女童父亲，焦虑不安地来回走着，眼睛不时向手术室门口张望着。

一名女护士走出手术室，女童的父亲走上前小心翼翼地问："护士，我女儿的手术情况如何了？"

"手术很顺利，很快就要结束了。"

"噢，太好啦，感谢啊，感谢。"女童父亲面露喜色，激动得不知说什么才能表达自己的感激之情。

手术后的女童被推进病房里，护士为女童输液，在旁边随时观察。

两天过去了，女童安全度过危险期，小脸蛋也有了血色，红润润的，也能吃一点儿流食了。三天后，女童睁开双眼，好奇地看着爸爸和周围的医护人员，她或许不知道到底发生了什么，但她看到眼前的人都和蔼可亲，就像自己的家人一样，就露出了开心的笑容。

这期间，医疗队员们都抽空过来看看这个命大的女童，发现病情好转的小家伙长得还挺漂亮的，一头乌黑油亮的头发微微卷曲，大而深凹的眼睛，高挺的鼻梁，小巧的嘴巴，像个芭比娃娃，很可爱。大家都为自己出了一份力而把女童从死亡线上救回来感到很开心。

女童出院的那天，捐款还剩下两千元，女童父亲执意要退回，但被医生们婉言拒绝了，因为他们家距离市区比较远，在一个偏远的乡村，女童回家后，还需要慢慢恢复，需要补充营养。

这位年轻纯朴的父亲感激地哭了，千恩万谢，冲着赵迎军伸出大拇指，不停地说："北京医生，热哈麦特（谢谢），亚克西！亚克西！"

梁海涛和几名援疆医生也一同来送行，白洁从妇产科也赶来了，她特意送给女童一个玩具，陆浩用手机及时抓拍到了几个感人的画面。

"这小丫头真漂亮，今年她只有两岁，等她长大后一定更漂亮。不知她能否记得在她的生命中曾有过这样的经历。"

"会的，她一定能记得，别忘了人过留名，雁过留声，我们在这里所做的一切，当地群众有目共睹，我们奉献无悔。"

白洁和陆浩的对话，让周围的医生深有感触。

此时，医院里的鲜花开得正盛，花味香浓，这些花都是经历了严冬，经历了花骨朵，一点点长大、绽放的。

花有四季，生命有轮回，心怀善良的人，每天的太阳都是新的，对生活、对未来充满了美好的希望。

三

七月下旬开始，一些援疆医生的家属带着孩子陆续来和田指挥部与亲人团聚，梁海涛也开始忙碌起来，除了工作上的事，还帮着队员们与家人团聚。他让每名医生把家属到机场的时间报上来，他再安排派车接站的事，有时，来队家属时间有变，还要及时调整。

姜媛说最近一段时间，儿子期末考试成绩在班里倒数第五名，照这样下去，他根本考不上重点大学，就连三本也难考上，上不了大学，也就意味着找不到好的工作，未来人生可想而知。于是，姜媛给儿子报了高考强化补习班，等他的学习赶上去了，再到和田看看，免得儿子玩心大了，难收心！

听了姜媛这一番话，梁海涛也只能听她的安排了，自从儿子上一年级开始到现在，大多数时间都是妈妈周凤琴和妻子姜媛负责接送儿子上下学，回家还要陪儿子写作业、检查作业，而自己在医院忙手术、忙会诊，还要值班，基本无暇顾及家中的事。梁海涛暗想，自己一直愧对家人，等援疆结束的时候，一定要给姜媛买成色好的和田玉石手镯、项链和玉坠，也要给儿子买块和田玉坠，以此来弥补一下多年对妻子、儿子的亏欠。

梁海涛每个月都有写总结的习惯，他挂职医院副院长、神经外科副主任医师职务期间，每周还要抽出时间为医院各科室援友出诊、手术、教学以及义诊等方面进行汇总统计，及时鼓舞大家的士气。同时，他每周两次查房过程中，在现场精心指导维吾尔族医生如何对疑难病例做诊疗，如何在电脑上正确填写病历等，让科室的医生在各方面都有了明显提高。当看到维吾尔族医生勤奋好学，在极短时间里就取得如此大的进步时，梁海涛从内心涌起一种成就感与自豪感。

让梁海涛引以为傲的是，他的队友们真不愧是从各个医院选派出来的精兵强将，每一个都很优秀。最让人值得赞赏的是援疆医生邱平，他带领外三科的医师们先后开创性地完成了和田地区医院首例腹腔镜辅助直肠癌根治术、右半结肠切除术、远端胃癌根治术、根治性全胃切除术、胃间质瘤切除术等，这些手术作为新技术的开展填补了地区医院的空白，基本实现了微创技术"传帮带"的预期目标。提高了当地医生的手术操作水平，重点培养了一批新的学科带头人，并且取得了非常好的微创治疗效果，给患者及他的家庭送去了健康和幸福。

尤其是，邱平在外三科重点带领哈达尔、艾力克等几位维吾尔族中青年医生开展了腹腔镜胃肠手术，因为这个手术难度很大，只能先把他们的水平提上来，再全面提高其他医生的水平。这些医生特别好学，他们把邱平做的每台手术都全程录下来，术后再反复观摩，遇到不懂的步骤，及时向邱平请教。如今，这几位维吾尔族医生已能够独立完成部分腹腔镜结直肠手术的操作。

其他科室的医生也把全部精力用在帮助维吾尔族医生迈过一个个门槛上，毫不保留地将知识传授给他们，为他们的医疗水平提升与未来发展树立信心。同时，梁海涛和其他援疆医生还利用自己的资源为本科里年轻医生牵线搭桥，帮助他们赴内地进修学习，拓展他们的视野。

梁海涛把大量精力用在看业务书籍和写医学论文上，每到夜深人静之时，他屋子里的灯依旧亮着。厚厚的一摞资料被他翻阅过无数遍，有时为了查找一个数据，他要翻阅大量资料细细查找，直到找到为止。他先后撰写了五篇科研论文、两篇教学论文，获得院级科研课题一项，申请国家级课题一项。

不虚度此生，不枉来援疆，每当梁海涛取得一项成绩的时候，总是忍不住想起妈妈那慈爱的容颜，而那张泛黄的黑白老照片依然压在书桌的玻璃板下。

时间能淡忘伤痛，却不能抚平忧伤。梁海涛一想到在妈妈最需要当医生的儿子照料时，自己却不能守在妈妈身旁，心中就无比疼痛，这将成为他一生的痛点。他发自内心的叩问：那位让妈妈牵挂一生的江阿姨到底在哪里呢？今生还能找到她吗？

四

时间进入了八月，这是和田瓜果飘香的季节，葡萄、哈密瓜、老汉瓜、杧果、香梨、苹果……各种水果应有尽有，尤其是葡萄干，一年四季都有。

下班的路上，白洁约了陈丽虹、肖玲几名女同事到路边的一个水果摊上买水果，老板是一个满脸络腮胡子的大叔。

白洁看到地摊上摆放着一堆大西瓜，很是诱人，于是她用简单的维吾尔语问："这西瓜多少钱一斤？"

老板用不太流利的普通话笑着说："我能讲点儿普通话的，我们这里的西瓜都又大又甜，好吃得很。"

白洁不想在当地人面前班门弄斧，她又改用普通话问道："西瓜多少钱一斤？"

老板说："不贵，不贵，一元钱。"

白洁想了想，在北京差不多也是这个价，她爽快地让老板给挑个甜的、水分多的。老板看了看地上的那堆西瓜，直接拿起一个，说："就这个吧，现在的西瓜都一样，看哪个顺眼就吃哪个吧。"

大西瓜放到电子秤上，足有七公斤重，白洁掏出二十元钱，谁知老板找给她十三元钱。白洁说老板找错钱了，多给客人钱，是要赔本的。

老板认真地说："没找错啊，这个西瓜是七元钱，你给我二十元，我应该找你十三元啊。"说完，老板突然想起了什么，接着说，"噢，我们这里都是用公斤称算的，现在大批西瓜上市，价格便宜得很啊。"

原来如此，白洁忽然想起妇产科的医生曾跟自己说过此事，这里卖水果，散装的都是论公斤卖的，看来，只有在实践中才有深刻的认识。

老板说："你们现在吃的话，我现在就给你们切开，你们尝尝，看我说的话是真是假。"

天气炎热，面对如此解渴的西瓜自然想立刻尝一尝，她们高兴地说："切吧，现在就吃。"

老板手起刀落，把滚圆的大西瓜一分两半，把其中一半西瓜很快又切成十小块。

几个女医生人手一块，"哧溜哧溜"地吃了起来。

果然名不虚传，西瓜很甜很好吃，水分大，很解渴。陈丽虹边吃边说："西瓜能降温去暑，西瓜皮则有药用价值，可以清热、利尿、降血压。”

“陈姐，真不愧是消化内科的专家，吃西瓜还不忘普及医学常识。”白洁和肖玲赞叹着，其他几名女医生也吃得非常过瘾。

很快，一个大西瓜就被她们吃进肚子里去了。

临走的时候，每人又在水果摊上买了葡萄、葡萄干、哈密瓜、老汉瓜、杜果等，拎着大袋小袋的“战利品”高高兴兴地向指挥部走去。

一行人刚走进指挥部大院，迎面看见梁海涛独自在葡萄长廊里散步，大家跟他打着招呼。

梁海涛问：“你们收获还挺大呀！”

“是啊，在和田工作再忙，也不能亏了自己的胃啊。”陈丽虹快言快语地说道。

“好，好，不虚此行就好。”

梁海涛对影像科副主任医师肖玲说：“肖医生，我跟你说件事，那个律师朋友下午回复我了，我一直在忙，还没顾得上跟你说。”

“噢，怎样了？现在什么情况？”

“还不错，进展还算顺利。”

肖玲眼里闪过一抹喜色，她说：“事成之后，我一定要登门感谢您的朋友。”

援友们看他俩谈私事，就主动离开，朝“京和大厦”走去，正好也走得累了，先回宿舍休息一番，再好好享受一下南疆的水果。

肖玲白天在医院工作精神饱满，可一到晚上，她就陷入了无尽的苦恼中，她想逃避，但现实就摆在眼前，爱人的公司面临破产倒闭，老人需要照料，孩子需要上学，这一切都需要花销，而自己每月的工资根本无法应付。

自从她跟梁海涛讲了爱人公司的事，梁海涛也答应找律师朋友帮忙，可一直都没有什么消息。她每次看到梁海涛，都没好意思张口再问此事，她知道，梁海涛刚经历了丧亲之痛，还没有完全缓过来，怎么好意思再给他添麻烦呢？

此刻，梁海涛对肖玲说："我那律师朋友最近一段时间一直在跟对方公司谈判，没想到这家公司非常有背景，虽然催款的合同齐全，对方也没说不给，但就是找各种理由推迟还款，这样拖下去对你先生非常不利。我那律师朋友说，如果走法律程序，要花一笔打官司的费用，拖延的时间会更长，不利于你先生公司资金周转。最近他跟你老公再三权衡利弊，认为，给对方老总十五万好处费，让对方尽快把一百八十五万余款汇到你先生公司的账户上，这样还能有回旋余地。"

"我对公司如何运营不太懂，但我们有理有据，被他们这样平白无故地坑一笔钱，心里真不是滋味啊。"

"没办法，现在生意不好做，毕竟你家先生还要继续办公司，都是同行中人，也不能得罪对方，况且，那家公司的老总最开始真是狮子大开口，向你先生要五十万，后来，经过我的律师朋友多方协调，才把好处费压到十五万。没办法，以前我只在医院负责给患者治病，没想到，商场真的如战场，都是真金白银的干，太可怕了。"

"以前我先生从不跟我说生意上的事，他挣了钱，很高兴，就主动给我们钱，让我买名牌衣服，给孩子买好吃的。但去年，他做生意投资失败，损失惨重，他每天回家都是唉声叹气的，经我再三追问，他实在瞒不住了，才跟我讲了实情，说他苦心经营的公司要倒闭了，什么都要没了。"肖玲讲到这里，长叹了一口气说，"那段时间，他总说一夜回到解放前，又变回了原来的穷小子，无法再给我幸福，对我这种研究生学历的医生不公平，他甚至动了和我离婚的念头。唉，梁队，我也不是那种只能同富贵不能共患难的人啊。"

梁海涛静静地听着肖玲的诉说："其实，我来援疆，不光是医院的要求，也是我想出来静静心，说得自私点儿，我是想逃避。我从小到大都是过着无忧无虑的生活，没想到家中出了这么大的事。我父母也非常支持我来援疆，主动给我照看孩子。"

肖玲认真地剖析着自己，她看梁海涛听得很认真，不禁问道："梁队，你说我是不是个自私的人？是不是个没有担当、没有责任感的人？"

但她说完这些话，感觉内心似乎轻松了许多。

梁海涛听着肖玲的肺腑之言，他说："如果你是个自私的人，就不可能到这么偏远的地区工作，还要在四个多月的沙尘暴袭击中坚持工作。如果你不是有责任、有担当的人，就不可能到和田后安心工作，主动制订详细的教学计划。我听你们科的医护人员提起你的时候，都非常敬佩你。当初，你为了让当地医生们在较短时间内尽快熟悉科室设备的使用情况，还向科室的医生许诺：'你们一次听不懂，我就讲第二次；第二次听不懂，我就讲第三次，直到你们能听懂为止。'正是因为你有着这种执着精神，有着认真工作的态度，才让大家学习劲头十足。"

肖玲看着梁海涛，惊讶地说："梁队，我发现你不仅是好医生、好的领头人，还是一名侦探。"

梁海涛笑着说："你还少说了一个，我还是红娘呢！"

肖玲想了想，高兴地说："是啊，是啊，听说你和陈姐成功撮合了一对有情人，这在援疆期间也算是一大收获，看来是能吃上喜糖了。"

两人开心地笑了起来。

这时，肖玲的手机响了，原来是她先生打来的："玲，那笔一百八十五万元的欠款已经到账啦，你一定要好好感谢一下梁队长，要不是他的那位律师朋友，那笔欠款还不知道何时能要回来呢。这几天，我想感谢律师，但他始终回避我。等你们援疆回来，我在北京最好的饭店宴请你们队长和他的律师朋友。我说到做到，一定要跟他转达我的谢意！他这个朋友我是认定啦！"

"好的，你要多保重，公司也别搞得太大了，要接受教训啊。"肖玲叮嘱道。

"放心吧，老婆，公司最近又揽了两个上百万的项目，一切都会好转的，你在和田也要注意多休息啊。"

"嗯，嗯，我知道了。"

肖玲在挂断电话的那一刻，眼里闪着泪花，笑着说："我和我先生是高中同学，那时就相处得很好，当年他没考上大学，选择了经商，而我一路轻松考上医学院，本硕连读。我们结婚的时候，他觉得是高攀我，怕我被别人嘲笑，给我举办了很豪华的婚礼，吃的穿的用的，从不让我发愁。他说，这辈子要让我过上幸福的生活。"

梁海涛称赞地说："你先生对你确实很好，他对你只报喜不报忧啊，能扛得起家庭重担，他真是条好汉！人生中不可能一帆风顺，总是要经历风风雨雨的，这种经过考验的感情，会更加牢固。"

肖玲听了梁海涛安慰的话，破涕为笑，她高兴地说："梁队，我发现你还是一名优秀的心理咨询师。"

生活中，总是有苦有甜，有喜有悲，有坎坷有平坦，这大概就是人生来都要经受着不同的考验吧。

葡萄架下的一串串葡萄颗颗都很饱满，梁海涛摘了一小串，剥开其中一颗，放进嘴里："真甜啊，你也尝尝。这里的师傅前些天还跟我说，等葡萄熟了，尽管吃，别浪费了，如果没人摘，葡萄熟透了，就会落满地，还需要找工人来打扫卫生呢。"

"噢，早知这样，我们就不在外面买葡萄啦。"肖玲手里还拎着两袋水果，脸上荡漾着春风般的笑容。

如果不来援疆，还能认识这么多有缘人吗？难道缘分是早已注定的吗？

肖玲独自坐在宿舍里，品尝着香甜的水果，此时，她不想说什么，也不想做什么，只想放空自己，久久地望着窗外。

五

初到和田工作的时候，梁海涛和援友们在上下班的路上，会路过一个拱形的大门楼，上面写着七个大字："和田玉都大巴扎。"据司机师傅介绍说，这个"大巴扎"相当于内地的大型购物市场，以卖玉石为主，同时，还兜售各种物件和美食。每到巴扎日，当地人就一家老小坐着火车、汽车、卡车、三轮车，或者赶着马车，各种你能想到的交通工具都能用得上，从几十公里甚至上百公里外赶来。

这些年，在和田地委行署、市委市政府重点支持下，抓住"一带一路"发展机遇，"玉都国际大巴扎"项目启动后，和田商业迎来了翻天覆地的变化。这里汇聚了上万家大小商户，吸引了众多中高端品牌落户，成为和田地区的一张名片。

随着援疆工作进入倒计时，医疗队员们一直期盼着能有一天体验一下"赶巴扎"的热闹，梁海涛跟队员们商量过，每当工作告一段落，就组织大家体验一下当地的风土民情，因此，"赶巴扎"也被列入考虑的范围。在他们看来，等回北京后，还可以跟家人、朋友和同事详细介绍一下"大巴扎"和"赶巴扎"的感受，不留一点儿遗憾。

八月上旬的一个周末，医疗队确定体验"大巴扎"的消息传出后，大家兴奋激动，迫不及待地想去感受一番，有的人担心微信无法支付，特意准备了一些现金，尤其是几名女医生已做好了"买买买"的准备。周六一大早，吃罢早餐，梁海涛和同事们出了大院，步行朝"和田玉都大巴扎"走去。既然要买东西，语言交流就少不了，他们自知当地语言不过关，特意约了两名维吾尔族医生当翻译。

走进"大巴扎"，纵横有序地排列着许多商铺，此时，已经是上午11点多了，来此购物的人越来越多，很快热闹了起来，这里以维吾尔族群众居多，讨价还价声不绝于耳。

店铺里卖什么的都有，如乐器、衣帽、蔬果、零食、自制肥皂、手工花帽、带有民族特色的钱包、各种纪念品……干什么的也有，如镶牙、针灸、修鞋、理发、修面……总之，既有你能想到的东西，也有你想不到的东西，一切应有尽有。美食摊位上更是有着各种各样的美食：烤牛羊肉、烤鸡、烤鸭、烤鸽子、馕、抓饭、烤包子、拉条子、烤羊肉串、烤鱼、缸子肉、米肠子、面肺子、冰淇淋、西瓜……让人看了直流口水。尤其是，到了大巴扎才发现，这里的店铺都有能用微信付款的绿色二维码。看来，他们的担心是多余的。

陈丽虹连声说："要早知道这里有这么多美食，就在这里吃早餐啦。"

穿过让人流连忘返的美食摊位、店铺，再走就是服装店、布店，在这里购物简直就是女性的专利。不同地域民族的自然生态环境，造就了服饰艺术千姿百态的个性。

新疆民族服饰多种多样，鲜艳夺目。维吾尔族服饰花样较多，非常优美，富有特色。维吾尔族男性服饰讲究黑白效果，这样粗犷奔放；维吾尔族妇女服饰喜用对比色彩，使红得更亮，绿得更翠。维吾尔族是个爱花的民族，人们戴的是绣花帽，身上穿的是绣花衣，脚上穿的是绣花鞋，头上扎的是绣花巾，背的是绣花袋，衣着服饰无不与鲜花息息相关。

陈丽虹摸着色彩艳丽的面料，打量着挂在上面的具有新疆特色的服装，她让老板娘取下一件色彩图案不同、缀着花边的衣服，披在自己身上，问身边的几名女医生："看我穿这件衣服漂亮吗？"

"漂亮，漂亮，美如天仙。"其他几名医生赞美道。

陈丽虹笑着把衣服又递给老板娘说："这里的服装图案和花纹都具有当地民族特色，确实漂亮，但只能穿着拍拍照，臭美臭美，等回北京，就有点儿穿不出来了。"

他们又向皮草店走去，各种男女款式的皮衣挂在衣架上，任人挑选，白洁看中了一款狐狸围脖，毛发非常漂亮，一问价格，两千元，感觉太贵了，只好放弃。

几名男医生看中了皮帽子，戴在头上试了试，还挺威武的，每顶皮帽子价格在五六百至两千元不等。

他们身旁的维吾尔族男医生说："反季节买帽子，价格还便宜些，等到了冬天，就开始贵了。"

一名男医生看着手中的皮帽子说："是很好看，但是回北京后，冬季估计没什么场合适合戴它，花这份钱，还不如给老婆买好看的衣服或围巾呢。"

"对，买几条新疆特产的艾德莱丝绸围巾！"一句话提醒了其他医生，让他们一下子有了兴致。早在一个月前，大家就对这方面的知识备足了功课。

和田在丝绸交易上的历史地位久负盛名，艾德莱丝绸产于和田地区洛浦县吉牙乡，如今这里还有许多手工作坊。早在古代，和田就是重要的丝绸集散地，是西域三大丝都之一。公元前三世纪、前二世纪，和田的丝绸贸易就已兴旺，据记载，南北朝时期一批过境商人，一次就运输丝绸四千三百多匹。大批的中国丝绸主要经丝绸之路南路运往中亚、中东直到地中海沿岸国家。

艾德莱丝绸质地柔软，轻盈飘逸，色泽十分艳丽，与沙漠边缘单调的环境色彩形成强烈对比，突出了维吾尔族人民对现实和未来生活的热恋和追求。

维吾尔族姑娘长得水灵漂亮，又细又黑的弯眉，明亮的大眼睛，高挺的鼻梁，匀称的身材，再穿上艾德莱丝绸制作的连衣裙，越发显得婀娜多姿，女游客们都忍不住开始挑选自己喜爱的艾德莱丝绸。

五颜六色的艾德莱丝绸围巾在选购的物品中最抢眼，经维吾尔族医生跟老板再三讨价还价，终于以理想价格成交。瞬间，几乎所有的援疆医生都人手一条长长的艾德莱丝绸围巾，还有的人一下子买了五六条，想等回北京后送给亲朋好友。几名女医生看着手中的漂亮围巾，脸上洋溢着喜悦的笑容。

此次来"大巴扎"，买玉石也是医疗队员们的首选目标，他们逛到卖玉石的摊位上，发现这里的价格比团结广场附近的玉石店便宜很多，但不是专业人士，还真不好辨别好坏，只能凭价格来判断玉石的价值。

玉是一种有灵性的物质，不仅可以作为首饰、摆饰、装饰，还有养生健体之效，自古以来就有"人养玉三年，玉养人一生"的说法。

"既然喜欢，那就买吧！"医生们有些蠢蠢欲动了，纷纷挑选着玉石项链、手镯和吊坠。有了玉就一定要戴、要摸，越戴越有光泽，越摸越润。

但对维吾尔族人来讲，玉石只是用来交易的物品——"能卖个好价钱就是玉，卖不掉它就是块石头"。

来到食材区才得知，南疆人喜欢并且擅长用香料调味，无论是做菜还是喝茶，总能在里面发现各种各样的调味料，每一家调出来的味道都不一样，这些调味料自然也成为援疆医生们购买的对象。

一路逛着、看着、买着，不知不觉中，梁海涛一行人居然走了两个多小时，他们又逛到了有美食的地方，这里有烤羊肉、拉条子、炒面、马奶子、拉面、煮面、炒面，还有香喷喷的热馕，他们感受着新疆人的豪放。

"走过，路过，不容错过，吃吧，别想着减肥的事啦！"大家起哄着，纷纷坐在不同的美食摊位上，开吃！

用手机扫过微信付款码付款后，很快就可以大快朵颐了。在这里能吃到新疆大半的美食，甚至比夜市还丰富，而且价格比起内地来低到让人们无法想象。

肖玲也放开了肚皮，吃了两串烤羊肉，看着老板将粗粗的、带着劲道的面条捞出锅，再放进炒锅里，加上肉和韭菜大火爆炒，煸干后出锅，再撒上芝麻，香味扑鼻，立刻买了一碗，坐在低矮的长条板凳上美美地吃了起来。

回指挥部的路上，大家纷纷称赞着这神奇的、已经升级为国际化的"大巴扎"，千年传承的民族商贸形式，随着时代的进步，在这里呈现一片繁华景象，造福着当地百姓，同时，又给人们无穷的魅力，充满着诱惑，喜迎八方来客。

即使离开和田，一定也不会忘记"大巴扎"给他们留下的深刻记忆。

第九章

一

在"大巴扎"遍尝美食，吃饱喝足后，援疆医生们如同凯旋的士兵回了指挥部，每个人都拎着大袋小袋，袋子里是花花绿绿的围巾、小花帽，还有新疆特色的茶垫，还有人买了漂亮的手工地毯，一回到宿舍，就迫不及待地拍照发给家人看。

陆浩买了五个图案别致的茶杯垫，还买了两条色彩艳丽的艾德莱丝绸围巾，他很想去白洁的宿舍，亲手为白洁围上，但每次走到白洁的宿舍门前，总担心自己太唐突了，怕被白洁拒绝。在陆浩心中，白洁就是自己的女神，而女神是神圣而不可侵犯的。

他每次约白洁散步，都要提前到楼下的葡萄长廊里等她，在自然的环境里，心态平和而轻松。

面对陆浩每一次真诚的邀约，白洁那颗冰冷的心逐渐融化了。

女人的心是很敏感的，白洁原本想拒绝这个执着的大男孩儿，但又怕伤了他的自尊心，只好先以好朋友的方式相处。

白洁听陆浩介绍过自己的家庭，他的父母都是普通工人，因感情不和离婚，儿时的他跟着妈妈在外租房度日，后来，妈妈因病早逝，他从小寄养在姨妈家里，或许是过早失去了母爱，让他极容易对年长的女性

170

产生一种依赖感，渴望得到年长女性的关爱。当然，陆浩坦然地对白洁讲了自己的过往情史，在他读研的时候，班上有许多女生大胆地向他求爱，都被他拒绝了，因为他无可救药地喜欢上了班上一名比他年长两岁、学习优异的漂亮女生。这名女生面对陆浩的追求，很直白地说："两人交往要现实，你在单亲家庭长大的，经济条件一般，还在学校勤工俭学，连哄女孩儿买礼物的钱也不舍得花。况且你还比我小两岁，你做事不成熟，不会给我美好的未来。"

陆浩喃喃地对女生说："其实，我家中有钱，但我不愿意花父亲的钱，我想通过自己的努力去争取，我一定会给你幸福的。"然而，他却被那名漂亮的女生嘲讽了一番。直到有一天，女生被一辆开宝马的大叔接走了，他才极不甘心地低下了头，宣告第一次恋爱失败，这段经历也在他心里留下了阴影。从此，陆浩不敢再正视爱情。研究生毕业后，他在医院当了一名眼科医生，工作的同时，又考取了在职博士。

周围同事曾给陆浩介绍过女友，但他都一笑了之，他极力回避着"爱情"，一路小心翼翼地走来，转眼就三十岁了。爱情，对他来讲可遇而不可求，如果不是来和田援疆，如果没有遇到白洁，陆浩很难想象这世上还有单相思，还有爱情……或许过早缺少母爱的呵护，让他对比自己小的女性始终持排斥态度，外人很难进入他内心的领地。

真爱是无法装出来的，不爱也是无法隐藏的！

白洁看到陆浩送自己艾德莱丝围巾后，又从衣兜里掏出一个装有玉石的精致盒子，里面是一只羊脂白玉手镯，颜色均匀。在和田玉石中，白色最受欢迎，它代表纯洁，显得高贵大方，尤其上面还有一点籽料，一看便知价格不菲。

这只手镯显然不是在"大巴扎"买的。白洁想起来，有一天她们下班途中，相约去了团结广场的和田玉石精品专卖店，只见满眼的玉石手镯、项链、吊坠，大小规格、图案不一，非常齐全。店老板是一名维吾尔族中年妇女，她说经营这个玉石店有五年了，绝对货真价实，假一赔十。

女老板很会察言观色，从她们的言谈举止中就判断出这不是一群普通人，在热络的聊天中，得知她们是援疆医生，更是热情有加，满脸笑容地把自己的名片送到来店里的每一位医生手里，还让店里的两名服务员给她们端茶倒水。之后，女老板热情地给大家讲解如何分辨真假和田玉、如何辨别和田玉的好坏以及不同种类的和田玉之间的区别。这一番热心的免费讲解，说得几名女医生非常动心，但一看标价，有十万的、二十万的，最便宜的小吊坠也要六千元，她们不禁面面相觑。

女老板见状，非常爽快地说："这样吧，我给你们个开场价，一律按七折，以后你们是回头客，再给你们便宜些。"

这一番话让陈丽虹动心了，她看上一块吉祥如意的吊坠，戴在脖子上，镜子里的自己真是太漂亮了。这块吊坠成色好，她看着就喜欢，爱不释手，但标价六万元，而她看到微信里只存有两万元，只能忍痛割爱了。

女老板真不愧是生意人，她像是下了狠心似的，大声说："好，今天算我们有缘分，你看上了这块玉，说明你和这块玉有缘，这样吧，我看你是真喜欢，一口价，两万八，就收个成本价，我们就算是交个朋友。"

陈丽虹还在犹豫着，在手里轻轻摩挲着那块吊坠。

女老板认真地说："喜欢就拿着吧，这个价已经非常值了，如果在北京，低于六万是买不到的。"

"好吧，稍等啊。"陈丽虹说完，掏出手机走到店门口，好像在给她老公打电话。等她再走进店里的时候，带着满面春风般的笑容对老板说："给我戴上，我扫微信付款。"

同事们都露出羡慕的眼神，啧啧地赞叹着。

白洁也连续挑了几款手镯，服务员帮她一一戴在手腕上比较，她举起手腕在灯光下、阳光下看着，最后，她看中了一款羊脂白玉手镯。这款羊脂白玉手镯戴在自己白皙的手腕上好漂亮呀，爱了，爱了，太喜欢了。但白洁一看价格，慢慢收敛了笑容，标价是五万三千元。她缓缓放下了那只手镯。

那时，陆浩不知什么时候站在了她身旁，默默地看着那只羊脂白玉手镯。

……

没想到，陆浩居然在自己不知情的情况下，将这只羊脂白玉手镯买了下来送给自己。她的心猛然颤了一下，把手镯戴在手腕上，莞尔一笑，问："怎么？送我这么贵重的礼物，是在向我求婚吗？"

陆浩羞红了脸，显得手足无措，全然没有在医院为患者做手术时的那种从容果断。

那天之后，陆浩的精神状态就一直非常好，每天如同吃了蜜般喜滋滋的，比起以前来也爱说话了。近几天，来科里做白内障手术的人比较多，有维吾尔族患者看到眼前的年轻汉族医生还能说一些简单的维吾尔语，交流起来很愉快，就主动给陆浩讲当地发生的有趣的事。

也有患者认为只要是身穿白大褂的医生，就对什么病都了解，做完了手术，经常咨询陆浩一些医学方面的知识，而这些并不是陆浩的专业，多亏他在学校时有着扎实的医学基础知识，能回答一些简单的问题，偶尔也给他们讲讲医学保健常识。

当然，还有患者做完手术没什么事，只想坐下来跟医生们聊聊天。有一次，陆浩为一名中年维吾尔族男子做完手术后，没有着急离开，中年男子知道陆浩来自北京，用一口比较流利的普通话亲切地说："五年前，我还去过北京，还在天安门前拍过照，那地方真好呀！"他怕周围人不相信，说完，打开手机相册，找到两张在天安门广场的留影，得意地说:"看, 我没骗人吧。"

陆浩笑着问:"去过几次北京呢, 是去打工还是旅游呢? 有空再去逛逛吧, 看看变化是否大。"

中年男子笑着说:"这辈子能去一次北京就很知足啦, 我们村还有好多人没去过呢。八年前, 我在村里待着无事可干, 家里经济条件也不好, 就想着到大都市里去挣钱, 先是去了乌鲁木齐, 后来又去了兰州, 再后来有朋友介绍就到北京的牛街清真餐馆干了两年。因为家里有老人需要照顾, 我还要娶媳妇, 后来就只好回和田啦。"

陆浩对眼前健谈的中年男子产生了兴趣, 好奇地问:"你在和田成家啦? 如今还外出打工吗?"

"我结婚后就不出远门了, 已经有两个孩子了。这些年, 我们家乡的变化真是大啊, 中央给新疆出台了许多帮扶政策, 昔日乡村的小土路, 也修成了跟大城市一样的宽敞柏油马路, 过去家家户户都住在低矮潮湿的小土坯房里, 现在也住进了砖瓦房。我承包了三十亩枣树林, 每年收的红枣还销往内地, 那些年我与汉族人做生意时学会了汉语, 现在都用上了, 这也是一种优势吧。前年, 我在沙漠景区开了一家饭店, 雇了三个年轻人帮忙, 生意好得很, 欢迎你来做客啊!

"现在我们每个村子里都安装了健身器械, 跟城里人一样, 也有了锻炼身体的场所, 每周末大家聚在一起还可以唱歌跳舞, 快乐得很。如今一些年轻人也不用外出打工了。"中年男子说这些的时候, 脸上流露出自信朴实的神情。

看着这位维吾尔族老乡朴实的笑脸, 听着他发自内心的感谢的话, 陆浩心里很欣慰, 他想这也是北京人在和田这么多年共同努力的结果吧, 北京援疆人时刻牢记援疆使命, 以实际行动践行北京精神, 功劳簿里都有着他们的精彩记录。

当陆浩把中年男子的话讲给白洁听, 又讲给其他援友听的时候, 大家都露出欣慰的笑容，有人提议，等哪天有空去沙漠的时候，一定光顾他开的餐馆。

二

夜色渐浓，窗外繁星点缀着星空，夏末初秋的季节，不再炎热，不再让人内心产生躁动。心静如水，正是梁海涛此时的心情，在母亲刚刚离世的日子里，他把伤痛深埋心底，忙碌的工作把白天的时间充满，而到了夜晚，就感觉疲惫不堪。

难以割舍的思念，如同千万条蠕动的小虫在一点点噬咬着他的心乃至整个躯体，陷入了难受又无奈的折磨，梁海涛把这种感觉倾注于笔端，他把电脑笔记本当成倾诉的对象，一个人的痛苦不能让两个人承担，他不想成为鲁迅笔下的"祥林嫂"，不想跟任何人重复诉说自己的丧亲之痛。

姜嫒每到夜晚跟他语音的时候，总是不断安慰他："不要因为母亲去世影响自己的情绪，尤其是你作为医生为患者诊断的时候，千万要专注，别分心，做手术的时候更要集中精力。"

梁海涛的语气很坚定："放心吧，只要走上手术台，我就是一名合格的医生，不会分心的，你不要担心，照顾好自己，也要注意儿子的学习方法。"

在和田，写日记成为梁海涛的一种习惯，他把自己的所感所思所想，都跟电脑诉说着，对人生的价值都有了全新的认识。来援疆不仅是来丰富自己的人生经历，如果上升到思想品德、精神层面，那就是来奉献，来为祖国边疆建设贡献力量。这种过去在他看来很高大尚的文字，此时，就是他的心声："在和田工作、生活的一年里，我们不仅与当地维吾尔族医生加深了感情，还与援友们如同兄弟姐妹般相处，在异地感受着别样的亲情，而脚下的这片热土就是我的第二故乡，无论我走到哪里，都不会忘记这里，我仍会关注这里的一切。"

善于不断总结的人，才会不断取得进步，医疗援疆的目的就是要培养一支永不流动的医疗队。梁海涛充分利用北京医疗队专家们学历高、科研能力强、有较好科研背景的优势，针对和田地区人民医院医务人员普遍科研意识淡薄，自身科研能力弱的特点，发动援和专家的强大实力，举办了多期科研系列讲座，从文献检索到论文撰写，从课题设计到基金申请，大大增强了医院的科研氛围，为医院的八大专业中心建设打下坚实基础。

大查房是医生每天最基本、最重要的医疗活动之一，针对重点病例，他都要一一对徒弟认真讲一遍。他原以为包括ICU重症病人在内，病例也就五十个，一两个月就能讲完，正发愁以后还要讲什么内容时，他发现自己讲病例的时候，现场的维吾尔族医生都认真点头，就以为他们都听明白了，结果第二天再遇道这些病人，让他们讲的时候，他们都不好意思地摇头。显然，对这些病例他们并没有搞懂。为此，梁海涛针对一个病例反复讲，让他们反复练，直到他们能熟练掌握。

梁海涛针对特殊病例专门制作了教学幻灯片，并开展三级查房。在科室，梁海涛开展专题讲座、查房教学、病例讨论，同时还进行专家门诊、查房、神经外科专业讲座，并在手术过程中向其他观摩的维吾尔族医生详细讲解操作步骤和要点，帮助大家掌握类似病症的诊断和处置方法。梁海涛的每次手术都是当地医生观摩学习、实操提升的契机，他想方设法让医生亲自操刀，自己则站在他们的背后进行现场指导。在他的精心指导下，科室里已经有两名维吾尔族医生能够独立完成中等难度的脑肿瘤手术。

"做一万台手术和做一百台手术是不一样的，现在技术更新很快，越来越超前，也更加尽善尽美。"

梁海涛在帮教的同时，经常给他们灌输最新的医学理念，神经外科住院医师乃比江·亚哈力和另外三名维吾尔族医生进步很快，可以独立开展一定难度的颅内肿瘤手术。

梁海涛为科室培养了两名副主任医师、两名主治医师和数名住院医师，团队的整体理论和技术水平普遍得到了规范和提高。在他的指导下，科室医生完成了十多篇学术论文，有的科研项目首次为自己的医院赢得和田地区科技进步一等奖。

神经外科主任阿木江深切感受到了科室医生医术的飞速进步，在面对当地媒体记者的采访时，他感动地说了许多，讲梁海涛如何认真工作、如何带徒弟学习前沿医学知识，讲他如何全心全意为当地患者提供医疗服务……他所举的每一个例子，都很感人。

几天后，当地主流报纸都先后发表了《北京援疆医生甘把热血洒和田》的报道，引起很大轰动，当地的许多患者来医院点名让梁海涛做手术。每次遇到这种情况，梁海涛都热情地跟患者解释；在手术台上，他主动站在助理位置上，负责现场指点主刀的维吾尔族医生。

日子就这样一天天过去了。

八月中旬的一天晚上，梁海涛坐在电脑前准备写日记，突然接到爸爸的电话，爸爸用颤抖而激动的语气说："小海，你知道吗？今天我收拾你妈妈的遗物时，在她最喜欢看的一本书里找到三封信，都是写给你的，我拍照传你。"

"好的，我看看写的什么。"意外收到母亲写给他的信，这是一种怎样的心情呢？激动、兴奋、难受、期望……心头五味杂陈。

在梁海涛的印象中，在政府机关工作的爸爸非常忙碌，据说他经常跟着领导下基层搞调研、写材料，很少顾及家庭，甚至很少接送他上下学，更没有在学习上给予他什么帮助。梁海涛和妈妈在一起的时间比较多，从情感上讲，他对妈妈的感情更深些。

梁海涛从爸爸发的微信消息里下载了妈妈临终前写给他的信，字迹娟秀，文笔流畅，每一句话都流露出母亲的温柔与坚强。

小海吾儿：

见字如面！知道你援疆期间身兼数职，工作一定很忙，我也不能经常给你打电话，怕影响你工作。

我离开南疆四十多年了，时间过得真快啊，我在那里工作了三年多时间，那里的一草一木都已经深深留在我的记忆中了。退休前，我因为工作忙，没时间重回南疆。退休后的近二十年，我又身患重病，无法远行。我曾多次想去从前工作、生活过的地方再看一看、走一走，不知如今那里变成了什么样，最好奇迹能发生，让我找到当年的好同学、好朋友江红霞。见面后，好好叙叙旧，不知她现在变成了什么模样，我们都已不再拥有从前的年轻容颜，那里的条件很艰苦，她的脸上应该也有许多皱纹了，我会送她护肤品，我会带着她到北京，陪她看望她的亲人。

说起来，让我今生最遗憾的是，对不住她的亲人。

我经常看电视，想了解那里的变化，但这方面信息很少。遗憾啊。今年年初，当我得知你放弃去美国的进修机会，主动报名参加援疆，我真为你感到高兴啊！好男儿志在四方，不愧是妈妈的好儿子，我为你感到骄傲与自豪。

真是太巧了，一切仿佛都是上天的安排，你去南疆工作，让我又看到了希望。我去你家为你送行的前夜，把我和你江阿姨的合影给了你，也是抱着一丝希望，万一有缘，你能找到她呢！如果真的能找到她，我说什么也要去看望看望她。

很多年过去了，但她一直活在我的记忆里。

我给她写了很多封信，但她从没回复过我，估计她一定是记恨我了。当年我离开和田的时候，以为过段时间，还能再回和田，我跟你江阿姨信誓旦旦地说，过些天，看望父母后，仍回南疆，扎根边疆！但我食言了，回北京后才知道你姥爷让他的老战友，已经给我安排好了工作。人啊，总是会随着环境变化而变化的，那时，我犹豫了几天，最后还是留在北京了，北京的环境明显比和田好很多。

多年来，每次想到这事，心中就很惭愧啊！希望你能找到她。

妈妈留笔于 3 月 29 日

梁海涛看到写信日期，是妈妈在自己离开北京一个月后写的。他迫不及待地又看了第二封信。

小海吾儿：

近来可好，你在和田一定很忙吧？今天我是鼓足了勇气写下这封信的，连续十多年的透析，我感觉身体越来越差了，有时在想，也不知哪一天就离开人世了，如果不说出来，上天也不会饶恕我的。

当年我离开南疆的时候，江红霞夫妇特意从兵团弄来两袋大约十斤的大红枣，一袋给我，另一袋给她的父母，袋子里还装着她给父母的信，讲了她在南疆成家的事，她是当着我的面写的信。

在那个经济匮乏的年代里，食物对于每一个人来讲都是至关重要的。我那天没买到回北京的座位票，车厢里旅客很多，我只能在两个车厢的过道里，坐在行李包上。一路上，我始终抓着那两袋红枣，时刻提醒自己，唯恐把那两袋大红枣给弄丢了，或是被人偷走了，那样我将无法面对她的家人。

经过七天七夜的颠簸，几经辗转，我终于顺利到达北京。那天，列车上的旅客很多，我提着行李出站的时候，突然发现那两袋红枣不翼而飞，顿时慌了神，急得我在原地大声喊："谁看见我那两袋红枣啦？谁拿了我那两袋大红枣啦？"车站工作人员询问后，说我也可能放在车上忘记拿了，他们帮我照看随身的包，让我返回车厢里去找。

当我匆忙返回那节车厢，到我曾经坐的过道上看，那里空空如也，什么也没有。我当时真的很绝望，出站后，我哭出了声，惹得你姥姥、姥爷来接站的时候，以为我受了天大的委屈。

后来的事，你也知道，我从小身体就不太好，再加上在南疆那三年多营养跟不上，体质很弱，当时也拗不过父母，只好选择留下来，但江红霞给我的大红枣袋子里还有写给她父母的信，都被我给弄丢了，我也没记住她家的地址。那些年，我曾找北京昔日的同学了解情况，试图找到她的父母，登门看望她的父母，但一切都是徒劳的。这件事让我陷入深深的自责中，每次看到我俩的合影，我的内心就难以平静，这辈子我也不能原谅自己的过失。

希望你在南疆，能出现奇迹，能帮我找到你的江阿姨，她是我非常好的姐妹。如果能见到她，我一定去南疆看望她！

妈妈留笔于 5 月 16 日

这封信的日期是妈妈离世前一个多月写的，看完整篇内容，才让梁海涛明白妈妈这么多年来，内心一直被这件事煎熬着。唉，他深深叹了一口气，接着又看起第三封信。

小海吾儿：

不知你看到我这三封信的时候，我是否还在这人世间，总感觉属于我的日子不长了。身体弱，病情严重已是不争的事实。这么久了，你都没有找到江阿姨，我也不抱什么希望了，你已经尽力了。

即使你找到她，我每周的透析也很影响远行。

其实，我很想问问她，当年，父母是如何知道我的身体情况的？这些年，我一直在想这件事，或许是在我们聊天中，说者无意，听者有心，她记住了我家的地址。她年长我三岁，世上的事比我看得明白，如果我们都留在南疆，未来前途渺茫，如果我们两人同时离开南疆，上级肯定不给批假。后来，我回北京后，听父母说曾收到南疆的一封信，说我在南疆如何吃苦，身体如何无法适应，所以才有了后来的事情。

我始终为自己当年没能重新回到南疆感到羞愧，时常问自己，这是不是自私的表现呢？这是人的劣根性吗？

你说等一凡放暑假，带我们一起去南疆看看，其实，我一直盼望着这一天，但是，我担心等不到那一天了。希望你真的能找到你江阿姨，一定要替我好好待她，就写到这里吧，你爸一会儿带我去医院做痛苦的透析，还要去排队，我真想回到从前，回到年轻的时候，我真的不想离开这美好的人世啊，想你，不知何时能见到你。

妈妈于 6 月 23 日

每一封信都够扎心的，梁海涛的心被深深刺痛着。他真后悔，作为儿子，他在妈妈人生的最后时刻，却没能守在她的身旁；作为救死扶伤的医生，却没有能力抢救至亲的妈妈。

这一夜，梁海涛哭得双眼通红，无力地躺在床上，泪水浸湿了枕巾。

三

　　进入秋天后，梁海涛和医疗队员们在去和田市人民医院的路上，看着街道两旁高大笔直的白杨树，不禁心生感慨。刚来的时候，在他们眼里，一切都是陌生的，一场又一场的沙尘暴为整个城市披上了一层厚厚的尘土，楼房、店铺、光秃秃的树枝以及街道都是灰头土脸的。随着春夏秋季的转换，眼前的一切如同换上了不同的新装，尤其是枝繁叶茂的白杨树，进入秋季，嫩绿色的叶子也开始渐变为浅黄色了。

　　大家坐在去医院的班车上，面对路过无数次的街道，不知从什么时候开始，不再像以前那样爱说爱笑了，而是静静地看着车窗外一闪而过的街景，似乎在问：冬季，这里又会是什么样子呢？再有三个月就要告别这座熟悉的城市了，这里有着他们难忘的记忆，每当那些被治愈的患者出院的时候，听到他们高兴地称赞"北京大夫，亚克西"的时候，手术室紧张的气氛、浸湿的手术衣，还有一身的疲惫也就算不得什么了。

　　梁海涛好久没去健身房了，每天总觉得有干不完的事。前些天，姜媛跟他微信语音的时候说，儿子最近成绩好转，终于在全班排名中前进了二十名。这让梁海涛内心轻松了许多，这全是妻子付出的结果，他不禁有些内疚，暗想，等援疆结束后，回到北京，一定抽出时间好好陪陪家人，人生短暂，要珍惜每一天。

　　这天晚餐时间，医院中医科骨科医生王宝锁特意跟梁海涛坐在一起，边吃边说，然后转入正题："梁队，最近看你气色不太好，是不是太疲惫了，我给你开几服中药调理调理吧，别看你是西医外科医生，有时用中医的方法更妥当。"

　　梁海涛知道，王宝锁只要谈起中医知识，就算两天两夜也讲不完。他是中医世家传人，医院派他来援疆，也是想把中医的治疗方式在南疆进一步推广。从大环境上来说，南疆当地西医和维医的历史已久，中医进入南疆地区时间较晚，在和田地区基础相对薄弱。和田市人民医院中医科建立仅有五年。近几年每年都从北京派来中医援疆，虽然这里的中医科有了一定发展，但是总体发展相对缓慢。

王宝锁说，他第一次查房时，发现中医科住院患者很少服用中药治疗，经过了解才知道，原来中医科是由肿瘤科部分医生和康复科医生合并组成，对中医这门学科本身理解不够，辨证施治和中药使用不太规范，再加上当地群众对中医了解不足，一定程度上影响了中医药普及率。改善当地中医药大环境，让中医治标、治本、调理的理念逐步进入当地群众生活中，让当地居民进一步了解中医是当地中医药发展的首要任务。

王宝锁认为不能坐在医院等病人，必须走出去，扩大中医药影响，因此，每次下乡义诊，他都积极向当地群众宣传中医理论，现场用中医方式为患者号脉、诊断，每次诊断结果都是八九不离十，让他们很是信服。

这一切，梁海涛都一一写进了季度总结中，他要把每一名援疆医生做出的成绩全部呈报给上级领导。每次他向援疆医生收集相关信息时，大多数医生都不好意思说自己的成绩，都认为，这一切都是自己应该做的事，没必要宣扬。

王宝锁为人热情，性格活泼，在来和田之初，一位援疆技术干部工作期间不慎崴了左脚，刚开始没当回事，没想到几天后，左脚肿得很高，连走路都很困难。正当大家为这名技术干部担心着急的时候，被王宝锁看到了，王宝锁主动扶他回到宿舍，采用推拿正骨方式帮他治疗，没多久，这名干部的左脚竟然奇迹般的消肿止疼了。从此，王宝锁在援疆干部中有了名气。有的人看到他就让他帮忙号号脉，或者让他帮忙做推拿，只要有人求他帮忙，他从不推辞。

此时，王宝锁看到梁海涛神色疲倦，颇让人心疼，晚饭后，他执意为梁海涛做推拿，并笑着说："能在和田相识，也是缘分，我们还指望你的身体棒棒的，带领大家去看沙漠胡杨呢。"

被他这么一说，梁海涛也不好再推辞。果然，经过几天的推拿，梁海涛感觉经脉通了，身体也轻松了许多，大脑神经也不再那么紧绷了。

都是同一战壕的援友，王宝锁每次看到援疆干部经过他的中医理疗，精神、心情都变得很不错，心里就感觉很欣慰。别人向他表示感谢，他则笑着说："在这里还能为大家服务，等回北京，各忙各的，就很少再有机会相聚了。"说这话的时候，让援疆人有一种难以割舍的心酸的感觉。

发生在骨科医生王宝锁身上的故事还有许多。一次，王宝锁正在值班，看到一对中年维吾尔族夫妇抱着一个一岁的孩子慌乱地跑进中医科，急切地喊着："医生，快给看看吧，孩子把黄豆塞鼻孔里了，我们用镊子夹不出来，这可怎么办呀？"

王宝锁看到小孩儿哭得小脸通红，经过检查，他认为应该反其道而行之，如果一味地往外夹，反而很难取出来。于是，他取出一截胃管，在上面涂上润滑剂，把胃管伸入鼻腔内，借滑润作用，黄豆顺着孩子的鼻腔滑入口腔，很快就取出了黄豆。

孩子终于停止了哭闹，夫妇俩激动地直伸大拇指，用不太流利的汉语说："谢谢，谢谢！太神啦，太神啦！"

这件事不知怎么传了出去，没过多久，门诊又来了一位留着大胡子的维吾尔族老大爷，他大张着嘴巴，无法闭合，吃饭困难，给他的生活带来极大的不便。经王宝锁诊断，原来是老大爷的颞下颌关节掉了，经询问得知，老大爷的颞下颌关节曾经脱落过，就诊时没有完全治好，导致后来他只要大笑或是张大嘴，颞下颌关节就会自己脱落，唾液外流，吞咽困难，这让老大爷很是痛苦。

王宝锁是骨科医生，他对骨关节的各个部分都很感兴趣，过去没事的时候就喜欢琢磨，刚好他也曾给类似的病人治好过，所以很有信心。

医院其他大夫都没见过这种病症，很是好奇，纷纷围过来观看。

只见王宝锁左手按着老大爷的头部，右手抬着老大爷的下颌，经过按摩和复位，不到二十分钟时间，老大爷的下巴就恢复了正常。

看到眼前神奇的一幕，周围观看的医生都大为赞叹，眼睛里露出敬佩的目光，当地几名维吾尔族医生表示："太神奇啦，一定要把中医医术学扎实。"

这位老大爷小心翼翼地问王宝锁："我以后能笑吗？能张大嘴吗？"

旁边的维吾尔族医生把老大爷的话翻译过来后，王宝锁安慰他说："放心吧，已经复位了，遇到高兴的事，你可以尽情地笑，再也不用担心笑掉下巴了。"

这句话，引得老大爷和周围的医生都笑了。

王宝锁把此事说给医疗队友听，有人赞叹说："若能把中医学在南疆广泛推广，你也算是有功之臣啊。"

"要是有作家来这里采访就好了，把中医学在南疆为当地群众治疗的事写成小说，一定能出彩。"

四

因为紧邻茫茫的大沙漠和戈壁滩，导致和田地区气候干燥，昼夜温差相对较大，却让当地的瓜果更甜、更香，让蔬菜富含更多的营养。人的身体健康与日常的营养息息相关。

中国古代历代帝王都曾寻求长生不老灵药，均以失败告终。而医生的职业是救死扶伤，人究竟能活多久，生命的极限在哪里，至今仍是未知的研究领域。

梁海涛来和田之前，就听说南疆有许多长寿老人，他们每次下乡义诊，确实能看到一些八九十岁的高龄老人，他们坐在家门前晒太阳、聊天，看上去无忧无虑。因此，他们萌生出好奇心，想探讨一下长寿之乡的长寿之谜。

他们品尝当地水果，味道简直鲜美极了，有援疆医生说，也许正因为和田有着温暖充足的光照，才使绿色蔬菜一年四季都生长得旺盛，这些优质的瓜果蔬菜含有大量的维生素，这可能就是和田人健康长寿的原因之一。

长寿，已成为所有人追求的目标，当地电视台《相约健康》栏目曾邀请北京援疆医生录制关于常见疾病预防与治疗的节目，而援疆医生的专业范围涵盖了急救、麻醉、神经外科、消化内科、特检、中医、骨科、心内等领域，只要谈其中的一门医学常识，都能与长寿联系上。

每个人来到世间，仿佛都被注定了所要肩负的使命，而医生的使命就是救死扶伤，确保人类的健康，它是一种非常受人们尊敬的职业。

转眼，到了8月19日，这一天是属于中国所有医师的节日——中国医师节。对于援疆的北京医生们来说，将在远离家乡的边疆度过人生中很有意义的、特殊的一天。

2017年11月3日，国务院通过了卫计委（今卫健委）关于"设立中国医师节"的申请，同意自2018年起，将每年的8月19日设立为"中国医师节"。北京援疆和田地区指挥部、地区卫生局非常重视这个节日，为了加强维吾尔族医生对"中国医师节"的了解，也为了表彰当地医生坚守岗位做贡献的精神，召开了隆重的表彰大会，表彰和田地区所属各市、县以及建设兵团的医院评选出的一批优秀医师。

大礼堂内，卫生局局长艾合麦提在致辞中说："近年来，一批批援疆帮扶医疗队员，带着亲人的祝福，带着医者的使命，奔赴南疆，以精湛娴熟的诊疗技术和不畏艰险的满腔热血，全心全意为和田地区群众进行医疗服务。他们用实际行动书写着一个个点亮心灯的感人故事，诠释了医者'敬佑生命、救死扶伤、甘于奉献、大爱无疆'的崇高精神，为实现健康中国做出了积极贡献。"

在雄壮的进行曲中，在一片热烈的掌声中，一批神采奕奕、精神饱满的医生，登上主席台领取荣誉证书，并合影留念。在表彰的这批优秀医师中，神经外科主任阿木江也名列其中。梁海涛和其他医生看着他手中的红色证书，纷纷表示祝贺。

阿木江谦虚地说："我能取得这些进步，都是因为有梁海涛主任的大力帮助啊！"

有人笑着说："阿木江主任，您今年的喜事太多啦，梁主任还带着您出国参加了世界神经外科联合会第15届大会，您可是和田地区第一位走出国门的维吾尔族医生啊，您应该请客了！"

阿木江满脸笑意地说道："好呀，我早就有这个意思啦，再跟你们说一件让我也感觉很惊奇的事。"他说这话的时候，表现出很神秘的样子。

"什么事？这么神秘！"这句话勾起了梁海涛和其他医生的好奇心。

"连我自己也觉得不可思议，知道吗？今天不光是中国医师节，还是我的生日呢！"阿木江说这句话的时候，脸上露出激动兴奋的神情。

"哇，今天是您的生日，这也太巧啦，一定给您过一个意义特殊的生日！"

阿木江很真诚地对梁海涛说："是啊，今年我被评上了优秀医师，明年我要主动放弃参评，把机会让给其他年轻的医生。"

"思想真好！不愧是优秀共产党员！"梁海涛伸出大拇指表示赞赏，同时，他召集本科室的医护人员，除了留下值班医生外，大家利用中午时间到外面找一家酒店为阿木江庆贺生日。

科室的医护人员表示赞同，尤其以女性居多。大家一听说出去聚餐是为了给科主任过生日都很开心，因为平时阿木江主任对大家非常照顾，刚好借这个机会表达一下心意。

梁海涛是个很细心的人，他看到值班男医生和一名女护士露出遗憾的表情，笑着说："放心，我会让人给你俩打包送午餐的，每人都有一块生日蛋糕！"

"太好啦，谢谢梁主任的关心啊！"值班的医生和护士几乎异口同声地说，两个人的脸上立刻露出笑容，像个孩子一样高兴。

正当阿木江、梁海涛和科室的医护人员脱下白大褂，换了便衣向医院的大门走去的时候，迎面遇到了刚下班的边振江、陆浩、王宝锁、陈丽虹和白洁五名援疆医生。阿木江和援疆医生们比较熟悉，基本上还能叫出他们的名字，他高兴地跟他们打招呼说："太巧啦，今天我请客，咱们到外面吃午饭吧。"

梁海涛也发出热情的邀请："走吧，今天是阿木江主任双喜临门的好日子，一起聚聚。"

"那太值得庆贺啦！一定要好好庆贺一下！"几名援疆医生积极响应。

一行人在阿木江的带领下，穿过街道，向着比较繁华的地段走去。据阿木江说，附近有一家他叔叔开的酒店，环境还不错，菜系也比较适合汉人口味。

来和田半年了，梁海涛和其他医疗队员每天的工作都安排得比较紧凑，基本上都在医院、指挥部度过，很少外出逛街，更没有走街串巷感受一下当地民俗的机会。

此时，在阿木江主任的带领下，一行二十余人沿着一条能容纳两辆小轿车过往的小巷走着，只见两侧都是独门独户的院落，院子挨着院子，每户人家的院门上都有新疆特色的图案。有的院门很是高大气派，有的院门则显得比较简单，显然，根据院门就能判断这户人家的经济实力。

阿木江看到梁海涛和其他援疆医生对院门感兴趣，于是，他边走边给他们介绍在和田地区具有悠久历史的木雕工艺："这里的院门都很有当地特色，许多院门都有木雕装饰品——门压缝条，通常装在大门左侧门扇合缝处的一根通长雕花木柱。大多用刻线、浅浮雕、圆雕在通体做出各种图案，旋木加工后破分固定在门扇上。"

梁海涛和其他援友认真观察着门压缝条，好奇地问："安装门压缝条主要是为了美观吧？"

阿木江说："也不完全是为了装饰，它还兼有功能性的作用，不仅可以起到闭合门扇防止前后交错移动的作用，还可以防止外人向院内窥视，又为单调的门板增添了艺术效果，体现出和田地区民居大门装饰重点突出、构图简洁、崇尚自然的古朴风格。"

"哇，今天才知道阿木江主任不仅是一位出色的医生，还对院门有如此精深的研究啊！"

"真是博学多才，我们今天真是长见识了。"

阿木江听着大家的赞扬，得意地笑着说："我们家祖辈就是做院门的，如果当初我不选择当医生，也就从事这个职业了。"

噢，原来如此啊，人的一生总会面临着各种选择，就看跟什么事物有缘分了。

很快，他们走出街巷，来到一个比较繁华的地段，走到一家标有维吾尔语和汉语两种文字的酒店前。一个大约六十岁、体格健壮、戴着小花帽的维吾尔族男子笑容满面地站在酒店门前等候着。

阿木江给大家介绍着："这位是酒店老板，也是我的亲戚。"

"欢迎，欢迎各位医生朋友的大驾光临。"酒店老板边说边把右手抚在胸前，行了一个标准的新疆问候礼。

这种礼节，梁海涛和其他援友早已习惯了，他们也用此方式回礼。

酒店老板给他们安排了装饰最漂亮的包间，内有两张很气派的大圆桌，每张圆桌能围坐二十多人。

这时，陆浩提着一个大蛋糕走进包间，立刻有了仪式感。这是他们在路边看到一家蛋糕房时，梁海涛特意吩咐陆浩去买的。

大家一一落座，每隔两名维吾尔族医护人员就坐一名援疆医生，这样的安排也有梁海涛的想法。

阿木江拿着菜谱问梁海涛和其他援疆医生："你们有忌口的吗？"

得到的答复是："没有。"

客随主便，阿木江早已让酒店老板准备好了菜，所以上菜速度很快，十多道飘着热气的美味佳肴一一摆上桌子，都是新疆特色菜，除了烤羊腿、炖羊肉、大盘鸡等硬菜以外，还有被新疆人称为"皮芽子"的洋葱等新鲜蔬菜。

陈丽虹看着一桌子丰盛的菜，风趣地说："看来减肥又要失败了！"

她的说法很快得到其他女医生、女护士的认同。

周围的男医生笑着说："别减肥了，身体好才是最重要的。人活着，就是要吃好喝好，做自己喜欢做的事。"

点燃生日蜡烛，阿木江戴着寿星帽，双手合掌，在大家的注视下，默默许愿，睁开双眼后，在大家齐唱《生日快乐歌》中吹灭了蜡烛，包间内响起一片热烈的掌声。

阿木江主任端起盛满饮料的杯子，激动地对在座的同事说："这是我有生以来，第一次过这么隆重的生日，非常感谢梁主任的提议，感谢他带我走出国门去参加那么重要的会议，更感谢各位同事对我工作的支持。今天是我今生最难忘的日子，我用饮料代酒敬大家，大家今天一定要吃好喝好！"

"好！"包间内又响起了热烈的掌声。

大家纷纷举杯，向阿木江表示祝贺，气氛很热烈。

这家厨师的手艺非常好，又因着这种欢快的气氛，大家愉快地品尝着美食，吃得很开心。

中午的宴请快要结束的时候，阿木江情绪激动地对大家说："感谢大家给我过生日啊，今天是我最高兴的一天。哪天我们再聚聚如何？我备上好酒，在座的每一位都要到场，我们再好好地痛饮一番。"

"援疆"是人生中的一段重要历程、一种别样体验，也是一种奉献精神，更是一种精神传承。过去，梁海涛认为那种高大上口号式的说法非常假大空，但当他真正感受到这些话的意义时，心中的那份自豪感油然而生。

有时，梁海涛跟其他援疆医生交流来和田的感受时，大家都有一种共识：援疆医生比起那些"献了青春献子孙"的兵团人，比起那些长期在新疆艰苦奋斗的边疆干部，所做的奉献还是太少了。援疆，能磨炼一个人的意志，艰苦环境为生活在优越环境里的北京医生提供了锻炼成长的舞台。

他们相信，多年以后，当有一天再回想起这段经历的时候，一定会很自豪，因为在南疆这片热土上，有着援疆人的风采，无论得与失、喜与忧，还是感与悟，都将受用一生。

五

进入九月份的第一个周末，整个天空都雾蒙蒙的，好像要下雨。按照原计划，除了因为有手术留在医院的五名援疆医生外，梁海涛和十六名医疗队员吃罢早餐，要去距离和田市最远的县城平山县义诊。早在六月份的时候，他们曾去平山县进行过一次义诊，平山县是个贫困县，也是北京援疆干部重点扶贫的县。

为了响应党中央号召，打响扶贫攻坚战，在这里工作的援疆干部需要待三年，有的人似乎跟这里摽上了劲，下定决心：这里一天不脱贫，一天就绝不收兵！

这些事也是梁海涛听和田援疆指挥部的援疆技术干部说的，这些干部太令人敬佩了，他们抛家舍业，不图名利，在这里认真工作。这种高尚的品德是在这个环境里铸就的，无疑，他们是这个时代的楷模！

这次义诊，与往常不同的是，梁海涛和援友们早就商量好了，不仅提供医疗上的服务，同时还主动为当地老年人捐赠衣物，购置一批小收音机供老年人丰富文化生活，为青少年捐赠文化用品以及名著书籍，还买了水果慰问住村工作组的干部。因为他们上一次来这个县义诊的时候，看到村子里的村民生活水平较差，刚刚满足温饱，但驻村干部不畏艰苦，仍然坚守岗位，在奔小康的路上，齐心协力帮扶村民脱贫。跟他们的每一次交谈，每一次打交道，他们那颗赤诚的心总让援疆医生们的心灵如同受到洗礼一般，被深深震撼着。

去往县城近三个小时的车程里，沿途能看到从城市到郊区再到荒凉的大沙漠和戈壁滩渐次变化的景致，这种景致他们已经看到过好多次了，由最初的惊奇到慢慢地适应，再到习惯，大家手机里已装满了不同时期拍摄的照片。

白洁依窗而坐，陆浩很自然地坐在了她的身边。当然，这也是其他医疗队员有意安排。

这时，白洁突然想起了前些天发生在科室的一件事，她跟陆浩说："知道吗？以后跟科室的人打交道的时候，说话要多过过脑子，我和妇产科主任之间差点儿发生误会。"

这句话引起其他医生的好奇，纷纷问道：

"怎么了？"

"能有什么误会呢？"

白洁看大家挺感兴趣，提高了声音说："其实，我刚到科室工作的时候，我从几名维吾尔族医生的眼神里能看得出，她们对我并不信任，可能因为我看上去比实际年龄小许多，她们以为我来和田援疆，只是来镀金混日子的，也没什么真本事，所以她们打心眼儿里有些瞧不起我。第一天上班，妇产科代理主任就给了我个下马威，让我接手正在手术中的工作，但这对我来讲，轻车熟路，很快就做好了收尾工作。还有……"

"你还是说说，最近差点儿发生什么误会吧？"肖玲着急地催问道。

白洁笑着说："本想给你们把过程讲得再仔细些呢，好吧，我长话短说，因为在这大半年时间里，我在工作中一次次证明了自己的实力，她们早已对我的能力比较信服。说起来，初来和田，我和代理主任曾为一名患者在手术中应该是仰面平躺做还是侧着做手术争论起来，代理主任认为仰面平躺做手术比较保险。但我在北京遇到过这种情况，认为根据患者病情需要侧着做，这样效果会更好些。后来，按我的要求做了手术，患者少受了罪，效果也很好。后来，许多熟悉我的护士说，那天，我俩那阵势跟吵架一样。这样的事情又发生过几次，我以为和她的关系比较僵，一直在努力改善关系。就在前几天，我随口说了一句：'再过三个多月，援疆就结束了。'谁知她对我发了脾气，让我以后不要再提醒大家，说完，她抱着我就哭了。这事很让我感动，毕竟在一起大半年了，我们工作配合默契，也有了感情，其实，她是舍不得我们离开啊。"

这一番话让医疗队员们若有所思，是啊，时间能证明一切，人非草木，孰能无情？也许多年以后，当地群众已记不住他们的名字，但他们都不会忘记，曾有一批批北京医生为他们治疗，让他们重新扬起生活的风帆，让他们重新拥有健康的人生。

汽车行驶在乡村的土路上，车身布满了灰尘，经过一路颠簸，终于来到县城最偏远的那个村庄，三名戴着小花帽的村干部早早在村口等候着。

一名本村干部和两名驻村干部高兴地把医疗队员领进村大队的院子里，这里的院门虽然陈旧，院子里没有铺砖，但打扫得很干净。

许多想要接受诊治的维吾尔族村民站在院外，排着长长的队伍，还有一群在院外打闹的孩子，看到医疗队员从车上搬下几个纸箱子，纷纷围了上来。

陆浩笑着对孩子们说："你们别着急，排好队，大家都有份儿。"

孩子们听到随车来的医生翻译此话后，都听话地排着队，满脸的期待与喜悦。

经典书籍、写字本、碳素笔、铅笔盒等图书文化用品，一一分发到了每个孩子的手中。他们欢呼雀跃，驻村干部提醒他们说："这些学习用品都是医生们自己掏钱给你们买的，你们要对医生们说些什么呢？"

孩子们不好意思地用不太流利的普通话说："谢谢，谢谢叔叔阿姨对我的关心！"有的孩子还举起右手行军礼，一个个高高兴兴蹦着跳着跑远了。

"这些孩子太可爱了，也不知是谁教他们学会行军礼的？"白洁看着跑向远处的孩子，自言自语地说。

这次义诊和往常一样，给村民们做简单的诊断和普查，为村民普及医学常识。

有村民听说肖玲是医院放射科医生，就拿着在其他医院拍的片子让她帮忙看片，一位懂汉语的维吾尔族医生主动站在她身旁当起了翻译。一位八十岁的老太太说，她在当地乡镇医院拍完片后，那里的医生无法准确判断是什么病。老太太身体很瘦弱，她说总是感觉胸口刺痛，还一直咳嗽，她曾吃过一些止痛止咳的药，但已经过去半个多月了，胸口刺痛依旧不见缓解，还是不停地咳嗽，无法休息，每天都很难受。她从没想过去大医院诊治，担心花钱太多，如今看到北京的专家来义诊，也省掉了去医院挂号之类的费用，她抱着一线希望让肖玲帮忙看看片子。

肖玲看完片子后，又用听诊器为老太太诊断，初步判断她患了肺结核，建议老太太尽快去县人民医院做CT确诊，同时安慰老人，现在的医学很发达，县级医院肯定能治好这个病。

他们从上午一直忙到下午，天空的乌云始终没有散去，这次义诊共为全村两百多名村民进行了诊断，一切都很顺利。

将要告别这个村庄时，一些村民自发来到车前为他们送行，车子驶出村口，回头望去，还能看到送行的人，那些人影变得越来越小，最后形成了一个点，直到再也看不见。

在回指挥部的路上，大家都很兴奋，司机还特意为大家播放着新疆欢快的歌曲。医者仁心，不忘初心。所有的医疗队员因为有着共同的信念，都为在人生旅途中所经历的这道风景而感到自豪，为能收获因援疆而与当地维吾尔族同胞建立的纯真友谊而欣喜。

车子途经沙漠公路的时候，突然一声巨响，车身猛然抖动了一下，然后缓缓停在了路边。

"什么情况？"梁海涛和其他援友问司机。

司机师傅下车检查车况，原来，右后轮胎被公路上散落的铁钉扎破漏气了，而车上没有备胎。司机急得出了一身冷汗，他用手机跟指挥部联系，希望再派一辆车来接人，并要求带来一只新轮胎。

茫茫的沙漠，荒凉的戈壁，前不着村后不着店的，大家只能站在原地等待，估计指挥部派来的救援车辆需要一个半小时才能到达。有人下了车，饶有兴致地以沙漠为背景用手机拍着照，打发着无聊的时间。

天空的乌云似乎越来越低，黑压压的，预示着将有一场暴雨。起风了，雨点开始滴落在地面上，大家回到车上，耐心地等待着。

时间一分一秒过去了，雨越下越大，瞬间，整个苍茫大地一片昏暗，若是往常这个时间，天还大亮着。

这时，公路上驶来一辆载客数量18人的考斯特车，司机师傅迅速从车上取出手电筒，站在马路边打着灯光。那辆车渐渐停了下来，原来这是指挥部的另一辆车，是接援疆的技术人员去县城施工地检验质量的，但现在这辆车上已经有五个人了，最多只能再上十五个人，如果十七名汉族医生和一名担任翻译的维吾尔族医生全部上车，则属于严重超载，司机很为难。

"让女同胞先走，我留下来。"陆浩在医疗队员中最年轻，他主动要求留下来，之后又有四名男医生也主动要求留下来等待接应的车。

雨"哗哗"地下着，"噼里啪啦"砸在车身上，谁也没想到会有这么大的雨，出门的时候大家穿的都是短袖，现在气温骤降，冻得人们直打哆嗦。

梁海涛看着大家，果断地说："我们不能都耗在这里，让所有女同胞和年龄大的男士先走，我、陆浩还有消化科的康海强留下来等车。"

他边说边安排大家换乘那辆车。

这时，梁海涛发现白洁还坐在车上，着急地说："你快出来，换坐指挥部的车辆回去。"

白洁笑着说："谢谢您了，还是您上那车吧，我们三人还年轻，能扛得住，刚好我和陆浩还能多说会儿话。"

梁海涛没多想，只说了一句："好吧，我们先回去了，指挥部的车估计再有一个小时就能到。"

看着远去的车，陆浩有些埋怨白洁，不该陪自己在大雨中等候，但想到能和她在一起多待一会儿，这也是一种幸福。

雨，越下越大；天，越来越黑。大漠在风雨中饱受折磨，形成一个又一个新的沙丘。

梁海涛回到宿舍，冲了一个热水澡，坐在桌前想写点儿什么，却又无从下笔，他想，也不知陆浩他们三人何时能回来。突然，他的手机响了，是白洁打来的，她可能已经回指挥部了，给自己报个平安。

不料，话筒里却传来白洁急切的声音："不好了，梁队，陆浩出事了！"

"啊？！"

第十章

一

如果不去那个偏远的贫困乡村义诊、送捐赠物品，如果不下这场大雨，如果车子安然无恙，一切会很顺利，但，这世上，没有那么多如果，也没有那么多假设。

听到白洁这么说，梁海涛坐立不安，他立刻赶往医院，查看陆浩的伤情。

医院急诊室，只见陆浩躺在病床上正在输液，头上缠着绷带，右胳膊和右小腿都打着石膏，似乎已经睡着了。

白洁看到梁海涛，如同见了亲人一般，眼睛通红通红的，她讲述了车祸情况。

当时，白洁、陆浩、康海强三名年轻医生和司机师傅在原地等候，当指挥部新派的车赶到时，司机师傅需要给原来的车辆更换新轮胎，陆浩下车帮忙，因雨太大，路面太滑，迎面驶来一辆速度非常快的大货车，陆浩躲闪不及，被撞倒了。肇事司机见势不妙，当即逃跑，是指挥部的车直接把陆浩送进和田市人民医院的。

梁海涛看到陆浩俊秀的脸上有些瘀青，感觉很痛心，这是多好的一个小伙子啊，有才华，有担当，有事业心，怎么会遭此不幸呢？

急诊室值班医生是维吾尔族人，他安慰梁海涛："梁主任，放心好了，已经给陆医生做了 CT 检查，他头部受了轻伤，右胳膊和右腿轻微骨折，已经用石膏固定了，养一段时间就好了。不过，他淋雨后，着凉了，目前有些感冒发烧，需要住院观察，在医院治疗也方便。"

梁海涛对这名医生点点头说："辛苦你了！"

这件事发生后，指挥部领导非常重视，命令交警部门严查肇事者，但那个路段没有电子监控，查起来难度比较大，只能调取这条公路上关键路口的电子眼，交警大队队长立下军令状：一定要严查肇事者，重点整改交通问题。

白洁已经一天没合眼了，一直守在陆浩的病床边，看着昔日这个阳光开朗、一跟女孩儿说话就害羞的大男孩儿，此时安静地躺在床上，一言不发，很是心疼，盼望着他能尽快恢复健康。

那段失败的恋情让自己太受伤了，虽然已经由最初的撕心裂肺慢慢变为心如止水，但她已不想触及所谓的爱情了。如今，面对陆浩的追求，她不忍心拒绝，但又不想伤害他，想等他成熟后，再让他理智地看待此事。可是此时，白洁有一种发自内心的说不清的情感，她看着陆浩一遍又一遍地问自己，难道陆浩已经彻底占据了自己的心？难道自己真的能再次遇到爱情吗？

这几天，陆浩的伤情明显好转，指挥部领导和医院领导多次来看望他，还买来了许多营养品。白洁在妇产科不忙的时候，就跑来照顾他，旁边的护士会很知趣地主动回避。

陆浩笑着对白洁说："我真是因祸得福啊，还能享受到姐姐喂我吃饭。"

白洁佯装生气地瞪他一眼说："这不是看着你的胳膊不方便吃饭吗？等你好了，看谁还这么伺候你？"

"好吧，以后不用你伺候，不过……"陆浩卖了一个关子。

"不过什么？"白洁追问着。

陆浩双眼盯着白洁，很认真地说："以后，我来伺候你，一辈子，如何？"

白洁没说话，但，从她的笑容里能看得出来，爱，是藏不住的！

几天后，由北京各大医院及医疗器械公司组成的慰问团，到达和田地区，开展一系列的活动，重点是开展京和医疗机构"一对一"结对帮带活动。

和田市卫生局对这种做法非常认同。

座谈会上，双方就合作方式、时间、未来成效达成了共识。慰问团领导是北京市卫计委领导，他向和田卫生局相关领导介绍这种结对子的方式："一对一或多对一，开展为期三年的结对帮带。以提升管理水平，帮带专业科室为主，全面促进机构能力提升。首批确定了肿瘤医院、佑安医院、胸科医院、丰台医院、石景山医院、潞河医院六家医院与和田地区的六家医院形成帮带关系。"

以后，针对双方业务开展，将分步骤、分层次制定帮带方案；分专业对口建立了联络沟通机制。围绕管理水平、技术水平，发展规划，管理制度、诊疗秩序，人员培训，教学查房、手术带教、病例讨论，科研活动，设备检修，开展远程会诊、远程影像诊断、远程培训等内容，启动了帮带工作。

这些举措如同助推器，对促进当地医疗事业发展有着极大的促进作用。同时，还将选拔一批医疗卫生骨干到北京进行六至十二个月的培训进修，采取"导师制"开展"一对一"临床技能培训。

这种模式是为响应北京全面援助和田、医疗队精准帮扶和田地区的号召：留下一支永不流动的医疗队。这些举措极大鼓舞着当地医生队伍的士气。

慰问团成员还特意与部分援疆医生在指挥部大会议室召开座谈会，

让大家谈谈感想。在和田市人民医院工作的援疆医生属于"近水楼台先得月"，除了陆浩还在养伤以外，剩下的二十一名医疗队员全部参加，而分配到其他县和建设兵团的援疆医生只派了代表来参加。

第二天，在医疗队员中突然出现一条爆炸性新闻：此次慰问团成员之一、医疗器械有限公司老总陆天鹏，竟然是陆浩的父亲！

梁海涛是最早知道此事的，座谈会结束后，陆天鹏特意找到梁海涛询问关于陆浩的情况。当时梁海涛还不知道陆天鹏与陆浩的关系，如实地把陆浩在这里的表现说了，但说到他最近出了车祸，正在指挥部休养时，陆天鹏的脸色立刻沉了下来，摇了摇头，自言自语地说："这孩子，不听劝，非要当医生，还执意来……"说到这儿，他话锋一转，对梁海涛说："你带我去看看他，我是他父亲。"

这事让梁海涛一时没回过神来。在大家眼里，陆浩衣着朴素，生活节俭，全然不像富二代，与这家上市公司、拥有上亿资产的总裁更挂不上钩。陆浩在来和田之初，给大家做过简要的自我介绍，援友们只知道他父母早年离婚，他是跟母亲一起生活、度过童年的，母亲又去世得早，是姨妈把他带大的。父母离婚后，他就很少见到父亲。而如今，陆浩却突然冒出个富豪爸爸，看来，他另有隐情，把大家都"骗"了，这让海涛感觉很意外。

陆浩宿舍的门虚掩着，室内播放着轻音乐，白洁坐在沙发上正给陆浩削苹果，两人开心地聊着天。

陆天鹏的到来，让陆浩有些吃惊，他立刻收敛了笑容，变得沉默不语。

白洁也认出来，来人正是开座谈会的公司老总，没想到，他会突然出现在陆浩的宿舍，她有些不知所措，请他们进屋。

梁海涛对白洁说："白医生，我有点儿事想跟你说一下。"

白洁跟梁海涛走出宿舍，她好奇地问："梁队，什么事啊？怎么感觉神神秘秘的？"

"白洁，是这么回事……"

一切都太突然了。白洁听了梁海涛的解释后，顿时愣住了。

是陆浩有意欺骗自己，还是他在寂寞难耐中想要寻求情感关爱，还是他在玩弄自己的感情，却没被她识破？

她回想着能接受陆浩的原因，是他生活一向俭朴，事业有成，年轻有为，积极阳光，尤其是对自己一片真心，两人门当户对。

白洁以为自己遇到了真爱，没想到又遇到一个富二代，而且，陆浩还隐藏得如此之深。

想到这些，白洁苦笑了一下，曾经和孟然那个纨绔子弟谈了一场所谓的恋爱，好不容易从那段失败的恋情里走出来，没想到又将落入同样的陷阱。

到了晚饭时间，白洁没有一点儿胃口，她把自己关在宿舍里，把手机调成静音，打开电脑找到一部喜剧片看着，但剧情是什么，她全然不知，只是看着屏幕上晃动的画面愣神儿。

这时，响起了敲门声，白洁去开门，来人是陈丽虹，手里还端着一个饭盒，饭菜的香味从里面飘了出来。

"陈姐……"

"怎么不去吃晚饭，今天的菜特别香！"

"我现在没有胃口吃。"

"怎么了？我知道了，是因为陆浩的父亲吧？大家都在说你太有福气了，没想到陆浩这小子竟是钻石王老五，真是深藏不露啊！"

"现在想想，我真傻，我坦诚相待，而他却骗取我的信任，多亏今天的事让我及时醒悟了，否则，又将是在劫难逃！"说完，白洁的眼泪流了出来。

"没有你想的那么复杂，陆浩对你可是一片真心啊，你看看手机，他刚才给你发了许多信息，你也不回一条，陆浩急得只好找我来问问你。"

白洁打开手机，果然上面有二十多条陆浩发来的微信，她不以为然地笑了笑。

"好啦，我的任务完成了，你赶紧给他回信息啊！他的腿还没完全恢复，现在下地走路不方便，就不来你的宿舍了。我还有事，先走了。"说完，陈丽虹笑着向门外走去。

梁海涛站在楼梯拐角处，陈丽虹走过来，得意地对他说："放心！警报解除！"

两人相视一笑。

宿舍内，白洁从第一条微信开始读起，陆浩每一条微信都在跟她解释：

我原本想找机会告诉你一切，但每次话到嘴边，又不知如何说起。我小时候，父母感情不和，他们离婚后，我就跟着母亲生活，但她的身体不太好，在我八岁那年，母亲就过世了。父亲忙于生意，也组建了新的家庭，后妈无暇顾及我，是姨妈抚养我长大，后来，我很争气，上学后成绩一直在班里名列前茅，本硕连读。

爸爸跟后妈只生了一个女儿，但不久这个孩子就夭折了，后妈又因为一些事失去了生育能力。爸爸的上市公司越做越好，他多次来找我，想让我经商，但我喜欢从医。这些年，我痛恨父亲的无情，曾发誓不再叫他一声爸爸。

我的姨夫姨母都是普通工人，或许因为我在这样的家庭里长大，也让我养成了生活节俭的习惯。上大学时，我曾喜欢一个女生，但她很现实，看我没有经济实力，就离开了我，对我打击很大。参加工作后，有同事朋友给我介绍对象，我把衣着普通、生活节俭的状态展现出来，结果可想而知，一个个都离我远去。来援疆，我意外发现你与众不同，有着非常好的品德，待人真诚，不虚伪，正是我想找的理想伴侣。

你要相信我，我对你是真心的……

看到这里，白洁脑海里浮现出与陆浩相识、相知、相爱的过程，心里不停地问：陆浩和孟然属于同一类人吗？他到底是什么样的人呢？唉，真是一朝被蛇咬，十年怕井绳啊！怎么办呢？

夜色已浓，厚厚的云层遮挡了月亮，让人感觉很沉重。白洁心乱如麻，突然，她听到门外响起了敲门声。

二

九月，相较于炎炎夏日，秋高气爽的天气让医疗队员们感觉很舒适，大家期待的秋天终于到来了，他们在和田刮沙尘暴的日子里就曾约定，等到秋天来临，一定去看看大漠胡杨。

距离援疆结束的日子，越来越近了，梁海涛和其他援友都有一种依依不舍的情愫，都在琢磨着剩下的日子，一定要为援疆生涯增添更加亮丽的光彩。

晚饭后，梁海涛、边振平、陈丽虹、肖玲等十多名医生又来到熟悉的葡萄架下，交流着几个月以来的感想，一串串熟透的葡萄早已被院子里的人享用了，偶尔还能从葡萄藤的枝叶中看到剩存的一两串葡萄，或许有人特意手下留情，只为着葡萄的生命情结吧。

这时，一个壮实的小男孩儿高兴地向陈丽虹跑来，原来是她认的干儿子王笑。

王笑好奇地问道："干妈，你们什么时候回北京呢，以后还会来看我吗？"

陈丽虹想到干儿子在自己的帮助下，学习有了很大进步，还真有些舍不得，于是安慰着王笑说："当然会回来看你了。以后你也可以经常给我发微信或是打电话联系，等你学习有了大的进步，我带你到北京去玩。"

听到这些话，小家伙脸上露出了笑容，高兴地说："我一定好好学习，早一天去北京看你。"

那天，陈丽虹特意回宿舍取来自己心爱的相机送给王笑，鼓励他说："你用相机多拍一些身边美的东西，你要学会发现生活中的美。"

小家伙在陈丽虹的指点下，很快学会了如何拍照，他认真地说："干妈，你放心，等我拍出好的照片，一定传给你看。"

陈丽虹看着王笑天真灿烂的笑容，发自内心地笑了。

几天之后将是伊斯兰教重要节日之一古尔邦节，让大家感到巧合的是，这一天也是汉族的传统节日——中秋节，也不知多少年才能有如此巧合的一天。

这真是值得庆贺的日子！如何度过这难忘的一天，成为医疗队员们热烈讨论的话题。

早在古尔邦节的前两天，神经外科主任阿木江就对梁海涛真诚地说："那天给我过生日的时候，我就说过，一定邀请医疗队员到我家做客，古尔邦节如同你们汉族过春节，我们村子里热闹得很，你约上同事，来我家感受一下伊斯兰教过新年的气氛吧。"

梁海涛征求大家意见，认为去阿木江主任家中做客，晚上聚在一起吃月饼，这样两全其美。大家都称赞这真是个好主意。

三

这一天，即将来临，来医院就诊的患者明显少了，出院的患者多了，住院部只剩下一些重病患者。援友们突然明白了：这里是新疆，当地群众将要度过一年中最重要的节日！

有援疆医生主动对梁海涛说："我们科室里的维吾尔族医护人员比较多，看着他们都想跟家人团聚，我们还是留医院值班吧，只是机会难得，太可惜了！"

"我们虽然不能到现场感受，但你可以多拍照片传给我们看看，也不错啊！"

听着援友们真诚的话语，看着他们对工作认真积极的态度，一种别样的滋味涌上梁海涛的心头，多么好的同事啊！平时大家都在忙工作，能有机会在南疆体验这样的节日，真是可遇不可求啊！

古尔邦节当天上午，医疗队员吃完早餐，乘坐阿木江朋友的车，再次前往阿木江的家乡。

从市区向乡村行驶的一路上，能看到街道两旁的小区、独门独户的院落前都收拾得很干净，维吾尔族老乡皆身穿新装，脸上都洋溢着笑容，彼此打着招呼。

很快，车子来到阿木江的村庄，两个月前，梁海涛和其他援友曾经来过这里，感受过维吾尔族人的真诚与热情好客，今天再次来到这里，看到熟悉的街道，都有一种久违的亲切感。只见街道上来来往往的维吾尔族老乡都身穿崭新的民族服装，满脸笑意，彼此问候着。

村干部哈力尔就像看到老熟人一样，他给大家行维吾尔族礼。白洁看到院子里那几棵壮实的石榴树，惊喜地喊道："快来看啊，石榴都裂开嘴巴欢迎我们呢。"

大家这才看见昔日挂满枝头、美艳动人的石榴花，如今已经长成颗粒饱满的大石榴。

这时，村干部哈力尔让两个巴郎子（小伙子）端来五个大圆盘，里面盛着果皮鲜红或粉红的大石榴，他高兴地笑着说："我上次就跟你们说过，等石榴丰收的时候，一定请你们吃石榴，你们先尝尝，味道好得很啊。"

恭敬不如从命，大家手里都拿着一个大石榴，裂开的石榴里结满了晶莹如宝石般的籽粒，香甜多汁，美味极了。

这时，梁海涛和其他同事看到院墙上都写着醒目的标语：

"各民族人民和睦相处，像石榴籽一样紧紧抱在一起。"

"深入推进民族团结进步事业，共同维护新疆安定团结的大好局面。"

"加强各民族交往交流交融，促进各民族和衷共济、和谐发展，像石榴籽一样紧紧团结在党中央周围。"

这些标语让他们心中萌生出一种故乡的情愫，手中的石榴不再是普通的果实，而是被赋予了一种情感、一种使命，让无数援疆人甘愿燃烧青春与热血，在这片神奇的热土上无怨无悔地奉献着。

一轮皎洁的明月，光亮圆润，像一块晶莹剔透的玉盘缓缓升起，行走于深蓝色的天空中，静静地俯瞰着大地。

身在异乡过中秋，感受着美景，吃着月饼，欢快的歌声响起来，奔放的舞步跳起来，一盘盘丰盛的美味佳肴端上桌，人们大快朵颐，尽情享受着节日的快乐。

举头齐赏月，天涯共此时，家乡的亲人们是否也在观赏圆月？可知否，远方，有着一颗牵挂的心。

四

和田秋季的清晨，天朗气清，比沙尘暴天气真是好太多了。

在"京和大厦"七层专门为援疆干部设有健身房，但梁海涛不愿意在室内锻炼，自从沙尘暴过后，他就坚持在院子里锻炼了。今天他像往常一样，洗漱完，穿戴整齐，在大院里跑了半个小时。在他看来，室外空气新鲜，呼吸通畅，不憋闷。

梁海涛在去二楼餐厅的通道上遇到了边振平，两人彼此打着招呼，并肩走着。这时，梁海涛发现边振平双眼红红的，关心地问："昨晚你赶到医院救治的那个病人情况如何了？"

边振平揉揉眼睛说："昨晚那名病人病情严重，连夜送到医院，我和几名专家会诊，多亏采取紧急抢救措施，这个人才算保住了一条命，我们一直忙到凌晨四点。"

梁海涛说："要多注意休息啊！"

边振平说："只要看到那些危重病人命悬一线，我们作为医生就必须全力救治，责无旁贷。"

餐厅一直都采用自助方式，有羊肉、猪肉、牛肉、鱼以及各种新鲜蔬菜，荤素搭配合理，每天的主食和各种汤都不重样，适合南北方人的口味。餐厅经理也是北京援疆干部，厨师都拥有一、二级证书，餐厅的服务员大多都是年轻姑娘。他们竭尽全力做好后勤保障工作。

梁海涛用托盘打了两样素菜和一个馒头，自从妈妈去世后，他的体重就由一百六十斤迅速降到一百二十八斤，一米八五的个头，让他看起来更加消瘦了。那时，周围的医生都安慰他："节哀吧，你还有自己的家庭，挺过这段时间就好了！"

决不能让自己的身体垮了，梁海涛暗下决心，每天都强迫自己多吃一点儿，努力让自己振作起来。

每天喝一碗鸡蛋汤是梁海涛的习惯，今天当他去盛鸡蛋汤的时候，突然感觉站立不稳，一阵眩晕，汤洒在了衣服上，滴落在干净的地板上。

难道自己的身体真的出现了什么症状？梁海涛脑海里闪过这样一个念头。

这时，梁海涛看到餐厅里的桌椅猛烈晃动起来，就连盛菜的餐锅也左右晃动着，还有几名男医生也跟着摇晃，差点儿从椅子上摔倒在地。梁海涛使劲睁大双眼，再一次暗想：难道自己产生了幻觉？

餐厅里的人们开始慌乱起来，几名二十多岁的女服务员吓得大叫起来。

所有就餐人员都睁大双眼看着对方，突然意识到，是地震！对，刚才的晃动就是地震！

忽然，地面又开始左右晃动起来，大家面面相觑，露出惊慌失措的神色。

很快，出于医生本能的反应，梁海涛和援友们几乎同时都在问：震中在哪里？震情如何？地震发生后，那些还没来得及完成棚户改造的村庄，房屋会不会倒塌？是否有被砸伤的人员？是否会转到和田市人民医院？医院可以接收多少伤员？

梁海涛来不及吃刚刚打好的饭，果断跟其他援友说："快，到楼下集合，马上去医院！"

有人嘴里还在嚼着食物，有人从餐盘里抓起两个馒头，还有人匆忙喝了两口汤，都向餐厅外跑去，很快跑到楼下。

负责接送援疆医生上下班的班车已经在楼前停着。每天司机都按时将车开到这里等候。今天司机提前把车停在楼前，他仿佛也受到了惊吓，看着从楼里跑出来的医生，大声问："刚才好像是地震了，还去医院吗？"

"去，当然要去！"

梁海涛和援友们快步进入车内，坐稳后，他开始清点人数，加上自己共有二十人，怎么少了两个人？他突然起来，肖玲和陈丽虹两个人一大早就去机场了，她俩结伴回北京休假，还是自己给她俩派的车，怎么就忘了呢？梁海涛看了一下手表，这个时间，她俩应该已经通过安检登上飞机了。

"王师傅，我们去医院，提前做接收伤员的准备。"梁海涛对司机说。

王师傅平时还挺爱说话的，此刻，他满脸严肃，很快发动班车，一打方向盘，踩了油门，向指挥部大院驶去。

街道上，有一些神色慌张的行人。

陆浩高声说道："梁主任，我刚才用手机登录网站，看到一些关于和田地震的消息。"

"地震具体方位在哪里？"好几个人问道。

"是和田市以西的平山县，上午 9 点 10 分发生了大约 6.9 级的地震，距离和田市有一百六十公里，消息称，那里已有多处平房倒塌，暂时还没有人员伤亡统计。"

事情发生得太突然了，身处和田市区都能感觉到这么强烈的震感，地处震中的平山县城震感一定更加强烈！

车子驶出指挥部大院，向左行驶到第二个红绿灯路口，正好遇到红灯，车子刚停稳，就听到有人在猛烈敲车门，梁海涛和其他援友从车窗向外看去，发现有两个女子在不停地敲着车门。

大家惊喜地喊："你俩不是回北京了吗？怎么回来了？"

王师傅打开车门，肖玲和陈丽虹一前一后上了车。坐在座位上，她俩大口大口地喘着气，陈丽虹跑得满脸通红，她急切地说："我们已经通过安检，正准备登机的时候，得知地震了，我们判断震级不会小，估计还会有伤员，在这样的关键时刻，我们作为医生，不能缺席啊！"

"是啊，我们可以推迟休假，但不能推迟抢救伤员！"肖玲掷地有声地说。

"对，在关键时刻，我们不能回避，我是后天休假，现在就退机票。"一个援友说。

"我赶紧告诉老婆孩子，不让他们最近来和田休假了，没时间陪他们。"又一个援友说。

"刚才我又刷到新消息了，说这是平山县百年以来遇到的最大一次地震。"陆浩又向大家传递着新消息。

梁海涛的手机不停地响着，原来是姜媛打来的，手机里传来她急切的声音："你怎么不回我短信呢？给你打了好多电话也不接！我看央视新闻报道说，你们那里发生大地震了，情况如何？安全吧？"

"没事，没事，我们正去医院的路上，回头再给你解释。"梁海涛说完就挂了电话，并把振动调成有声状态。

几乎同一时间，大家都接到了家人打来的电话，都在询问和田地区的地震情况。

一人援疆，全家光荣，却时刻牵动着远方亲人的心，他们关注着与和田地区有关的一切新闻，哪怕是当天的天气预报也不放过。

大家群情激昂，热血沸腾。在去往医院的路上，梁海涛跟大家展开了紧张的讨论，他高声问："如果医院组织医生去抗震一线，谁报名？"

"我参加！"

"我也参加"

"我是党员，必须参加！"

……

"我也参加！我要加入党组织！"边振平和另外两名非党人士也主动报名，这让梁海涛感到很欣慰。就在几个月前，他跟边振平以及与边振平在同一个医院的人私下聊过，从中了解到边振平工作二十多年，医术精湛，工作认真负责，但始终没写过入党申请书，来和田后，曾跟他提过入党的事，这一次，他提出火线入党。

"好的，我们全部参加！"二十二名在和田市人民医院工作的北京援疆医生，全部主动报名。

此时，所有医生的表情都很严肃，似乎是即将奔赴战场的勇士，在随时等候指挥员下达命令。

梁海涛从随身带的包里掏出塑料皮笔记本，撕下一张纸，取出一支碳素笔，迅速在纸上写道："请愿书：我们自愿到灾区最严重的地方，参加救治工作，请党组织接受我们的请求！"写完后，他率先签上了自己的名字。

这份请愿书在北京援疆医生的手中传递着，尽管上面的签名在车身的晃动下显得有些潦草，但每个姓名都能认得清。

很快，班车驶进医院大门口。热吾力提院长早已在门诊大楼前焦急地等候着，他眉头紧皱，来回踱着步子，当看到指挥部那辆熟悉的班车时，不禁露出惊喜的目光，急切地问："今天的大地震，不知有多少伤员会运到我们医院，我们需要做哪些工作？我们要提前把工作做充分些。"

"放心，这也是我们想到的事。根据震况，住院部要尽快腾出三十多张床位，把住院部所有的床位都利用起来，能合在一起的就合在一起。我们再征求一下指挥部党委和医院党委的意见，看看是否需要派我们到灾区一线参加救治工作，还有，要查看一下血库的备血情况。"梁海涛说。

梁海涛又对其他援友说："我们不要慌张，大家都要做好心理准备，在保障治疗原有病人的基础上，同时做好接收灾区伤员工作，手机保持二十四小时畅通，随时听从组织上的安排。"

热吾力提院长连连点头。

一声令下，大家向医院楼内走去。

一个小时后，梁海涛接到医院党委决定：所有医疗队员暂时在医院里坚守岗位，做好接收救治重伤员的准备工作，随时听候安排！

五

面对险情，医疗队员们立刻意识到，这是援疆和田以来的又一个严峻考验，这如同一张紧急应答的考卷，在没有任何先兆的情况下，一定要给当地群众留下一份圆满的答卷！

当天下午，从两点开始，和田市人民医院陆续接收了二十一名从灾区转运来的重伤员，他们有的被震塌的建筑物砸伤胳膊或腿，有的伤及骨头，有的被钢筋楼板砸得骨折。

时间紧迫，梁海涛和援友们早已做好了充分准备，这或许是他们援疆生涯中面临的一场空前考验。

积水潭医院骨科三十五岁的主治医师朱明，从下午5点开始，就站在手术台上，连续为五名骨折伤员做上肢或下肢畸形矫正的大手术。当他为最后一名伤员做完手术时，已是清晨8点。

朱明望着窗外，太阳升起的地方，一缕曙光渐渐从地平线上升起。这时，他那颗绷紧的心才算落下来，他伸出双手揉了揉酸疼的腰，露出了胜利的笑容。

在手术室门前，梁海涛看到朱明疲倦的神情时，很是心疼，嘱咐他回宿舍要好好休息。

朱明拍拍胸膛，充满豪气地说："放心！我年轻，在办公室休息一会儿就没事了，如果还有骨科伤员转来，请立刻通知我！"

听到此话，梁海涛很是感动，真诚赞赏道："兄弟，你真是好样的！"

梁海涛一直在跟热吾力提院长安排紧急抢救伤员的工作，之后他又到每个科室都走了一遍。安排妥当后，回到办公室，坐在椅子上，他才发现口渴、腿酸，好在当天神经外科没有做手术的病人，还可以喘口气。

下班时间到了，梁海涛把工作全部梳理了一遍，准备和援友们乘坐班车回指挥部。突然，一名维吾尔族年轻护士神色慌张地对梁海涛说："梁主任，刚才接收了一名从平山县转来的头部受了重伤的警察，正在重症监护室抢救，院长让你快去看看。"

听说有重伤员，梁海涛二话不说，拔腿就向医院ICU跑去。

ICU重症监护室外站着几名穿警服的人，有市局领导、医院院长热吾力提以及平山县领导，他们神情凝重，偶尔有医护人员走出急救室，大家立刻上前打听："护士，他情况怎么样了？"

"正在抢救！"说完，年轻护士匆匆走向另一个监护室。

梁海涛认识站在 ICU 重症监护室门前的平山县领导，以前去平山县下乡义诊时，他负责接待他们，名字较长，只记得名字里有"买买提"三个字。对，他是平山县副县长买买提。

买买提看见梁海涛，一把拉住他的胳膊，如同看见大救星一样，眼里满是期盼的目光，大声说："梁主任，你一定要救救他啊，他是我们县刑警队大队长，是一名优秀的警官！"

旁边一名年轻的警察也急切地说："地震发生后，我们县的全体警察都出来值勤巡逻，昨天晚上，我们正在县城一家玉石商店附近巡逻，接到报警电话称，有五名歹徒趁地震大家慌乱之际，砸开一家玉石店的门窗，盗窃了价值上千万的和田玉。恰好在那里巡逻的阿力江队长迅速带另一名警察赶到现场，与正欲逃跑的五名歹徒展开了搏斗，当场抓住两名歹徒。或许是因为队长两天两夜没合眼了，一不留神，被一名歹徒手中的锤头砸中头部，队长流了很多血，倒在地上便昏迷不醒。医生，求您一定要救救我们队长！"

"放心，放心，我会尽全力的！"梁海涛一边安慰着他们，一边大步向 ICU 重症监护室里走去。

梁海涛走到受伤的维吾尔族中年警察身旁，只见他身上的警服染着鲜血，脸色苍白地躺在病床上，双目紧闭，昏迷不醒，头部和小腿都用绷带包扎着，床边的监护仪发出"嘀嘀"的响声。一看这情况，就知道伤势较重。梁海涛查看着各种监护仪器上的曲线与数字，又翻看了伤者的病历。

室内站着三名神情紧张的医生。这时神经外科维吾尔族医生、梁海涛最得意的徒弟哈力买提，手里拿着刚拍的片子，紧张地对梁海涛说："梁主任，这名患者的血压下降得很快，颅内出血不止，已经休克，您看是否需要立刻做开颅手术呢？"

梁海涛把片子对准灯光迅速看了一眼，果断地说："对，若不及时抢救，短时间内就会出现生命危险，要尽快手术！"说完，他又转身对紧张等候命令的护士长说："快，做好手术准备。"

有着丰富临床经验的梁海涛，此时心里也很紧张，时间就是生命，就是拼了命，也要把这名尽职尽责的好警察从死亡线上拉回来。

第十一章

一

手术室内，无影灯下，医护人员熟练地准备着手术器械。

梁海涛看着躺在手术台上的警察，有一种似曾相识的感觉，他突然想起来，这不正是前段时间下乡义诊时，遇到的那名热情、开朗、帅气的警察阿力江吗？那一刻，梁海涛感到身上的担子很重。

情况危急，刻不容缓，为了争取时间，他快速制订了手术计划，跟身边的助手和护士说话的语速也很快：尽快止血，清除血肿……

虽然事情发生得太突然，但梁海涛非常镇定，他时刻提醒着自己："一定要把这名优秀的警察抢救过来！"

手术开始了，锋利的手术刀刚划开头颅皮层，突然，意外发生了，他在清除头骨内的碎骨时，由于部分碎骨刺入血窦，引发了大出血。见到窦出血，梁海涛心里一惊，如果跟往常一样采取填塞止血的方法，虽然相对简单，但止血效果并不稳定，而且容易阻塞血管，导致术后病人再次出血，或静脉引流受阻导致脑水肿。

手术室内非常安静，几名医护人员屏住呼吸，仿佛能听到彼此的心跳声，同时都把目光集中到梁海涛的身上。梁海涛稳住心神，在第一时间找到被骨头碎片扎破的血窦，并果断地在显微镜下迅速进行高难度缝合，以达到彻底止血的效果。

时间一分一秒地过去了，阿力江队长的血压渐渐趋于稳定。

手术一直进行到深夜 12 点，顺利结束后，阿力江队长的心脏发出有节奏的跳动声，病床前的各种监测仪器上呈现的线条见证着病人的体征从危险到恢复正常的惊险过程，梁海涛终于把受了重伤的阿力江队长从死神手中夺了回来。他的额头上渗出密密麻麻的汗珠，被身旁有眼色的女护士用湿巾及时擦净了。

手术室内，医护人员都松了一口气，向梁海涛投来敬佩的目光。

梁海涛走下手术台，给负责护理的护士交代完注意事项后，这才感觉浑身疲倦，他看见一张椅子就一屁股瘫坐在上面，汗水早已浸湿了手术衣。这时，他听到肚子开始"咕噜噜"不停地响起来，住院部护士长帕丽达给他端来泡好的酸辣方便面，眼里闪着泪花，感激地说："太谢谢您了，把我们县这么优秀的警官抢救了过来，辛苦了！"

梁海涛接过泡面，说了声"谢谢"，就风卷残云般吃了起来，瞬间就把泡面吃了个精光，他感到这是今生吃到的最香最好吃的方便面！

肚子填饱后，梁海涛走出手术室，立刻被守在门口的平山县领导、县里的警察围住，他们激动地拉着梁海涛的手说："梁主任，谢谢，太谢谢你啦，北京大夫，亚克西！"

这时，一位七十多岁、身板硬朗的维吾尔族老汉伸出双手，紧紧地握住梁海涛的手，眼含热泪，用一口流利的普通话连声说："感谢救命恩人啊！你保住了我儿子，就等于保住了我的命啊。"

眼前的维吾尔族老汉身材健壮，双目炯炯有神，不像其他维吾尔族老汉那样留着长长的鬓毛和大胡子，或许地震这几天，他没来得及刮，嘴唇上有些浅浅的胡子楂。老汉的眼角和额头上有着岁月留下的痕迹，但仍给人一种干净利索、精明能干的感觉。

"不客气，不客气，这是我们应该做的。"

维吾尔族老汉看见梁海涛神情疲倦，不忍心再打扰他，很真诚地说："我的家乡就在平山县，等地震过去了，你一定要到我家里做客！我们要好好感谢你的救命之恩，汉族医生都是好样的！"

"客气了，客气了。"梁海涛说。

梁海涛的双眼在打架，努力睁着双眼，当他看到指挥部的小车司机向他招手时，这才快步向楼下走去。他想回宿舍好好睡一觉，高强度的工作量，让他实在太困了，如果再年轻几岁，或许不会出现这种情况，真是岁月不饶人啊。

这场突如其来的大地震，第一天震级高达 6.9 级，之后的几天都有余震，平山县城还没来得及棚户改造的房屋和一些偏远的村庄，不同程度被震得塌陷。受伤的群众数量也基本稳定了。平山县人民医院接收了一部分受伤较轻的伤员，还有一部分伤员被转移到周边的县城医院，伤情最严重的则全部被送到和田市人民医院，因为这里就医条件比较好，能得到较好的医治。像阿力江警官这样的重伤，如果送到县级医院，医疗条件不太好，或许就没有这么幸运了。

梁海涛经过短暂的休息，很快恢复了体力，他到医院的第一件事就是看望阿力江警官。

迎面走来的年轻女护士满脸笑容地对梁海涛说："阿力江警官生命体征已经恢复正常，人也苏醒了，今天早上，已经转到普通病房了。"

梁海涛点点头，这场惊险万分的手术，至今想来都有些后怕，万一手术中阿力江警官遇到什么意外，不仅会成为平山县警察队伍中的一大损失，也会成为他的家庭最大的痛，更是自己行医多年来，绝不允许发生的事！但愿阿力江警官能尽快恢复健康，尽快重回工作岗位。

这几天，住院部原有的病人，加上新转来的地震灾区的伤员，让原本就忙碌的护士们更加忙碌了。梁海涛带着神经外科的几名维吾尔族医生开始查房，每走进一间病房，都让所带的徒弟按照规范，讲解每一名病人的病情。他在带徒弟上，坚持严格要求，严格把关，让跟着自己学习的医生表述更加规范，能尽快提高对病人诊断的准确性。

让梁海涛最满意的是维吾尔族医生哈力买提，他勤奋好学，经常主动跟自己探讨脑神经外科相关问题，进步非常快，是他及时为阿力江警官诊断后，提出尽快做手术的。梁海涛曾跟他的几个徒弟讲过，遇到重大疑难手术，一定要全程录像，如果发生不测，只要有记录可以给患者家属提供证据，就能得到家属的认同和理解，同时还可以给学习的医生提供资料，供以后遇到此类手术做参考。这也是他在北京工作多年的经验教训，可以避免一些医患矛盾。

当梁海涛来到阿力江警官的病房时，只见他静静地躺在病床上，洁白的被子盖在身上，头部仍缠着绷带网，起着固定作用，输液架上挂着药液瓶，药液顺着透明的塑料管一滴滴流进他的血液里。他的脸上有了血色，对于平时锻炼身体、体格强壮的他来讲，恢复得很快。

阿力江看到身穿白大褂的梁海涛和几名医生来查房，脸上带着微笑，眼里露出感激的神情，用普通话对梁海涛说："谢谢，谢谢。"

此时，阿力江虽然身穿病号服，但他健壮的身躯以及棱角分明的脸庞，仍然让他不失英俊与威严。

梁海涛安慰着阿力江说："好好养病，很快就会恢复的。"

病房内还站着一名身穿制服的维吾尔族年轻警察，他高兴地对梁海涛说："梁主任，非常感谢你，我们队长是非常好的人，他阳光乐观、积极向上，我们都很喜欢队长，幸亏你们及时抢救，队长才转危为安。昨天我们已经把那五名抢劫玉石店的歹徒全部抓住了，现在我们只盼望着队长早日恢复得和以前一样，尽快回来跟我们一起执行任务。"

危急时刻，能把阿力江及时抢救过来，梁海涛打心眼儿里感到欣慰。

当地政府和医院领导对身受重伤的阿力江警官非常重视，把他一人安排在有三张床位的病房里，可以算是单间了。

这时，一位维吾尔族老汉走进病房，手里拎着一个暖水瓶，他激动地对梁海涛说："梁主任，非常感谢你救了我的儿子，我真担心儿子发生意外，我只有这一个儿子啊！"说完，他的眼泪流了下来。

梁海涛想起来，他是阿力江警官的父亲，昨晚手术完成后，他们在手术室外见过面。

老汉把暖水瓶放到床头柜上，转身对守在病床边的年轻警察真诚地说："同志，这里有我和护士们照看着就够了，请你转告县局领导，让他们放心。现在是非常时期，我知道你们那里非常需要人，你还是回去工作吧。"

阿力江也跟年轻的警官说："我有父亲陪护就行了，你回去工作吧，关键时刻，社会治安最重要。"

年轻的警察经不住再三劝说，他看了一眼躺在病床上的阿力江，郑重地向老汉敬礼，说："大叔，有什么事及时跟我联系啊。"他转身又对眼前的医生们说："感谢你们，辛苦了！"说完，年轻的警察快步走出病房。

梁海涛安慰着老汉说："大爷，您就放心吧，您儿子的体质很好，勇敢挺过这一关，很快就能恢复的。"说完，他又查看阿力江头部和小腿的术后情况。

老汉不好意思地对梁海涛说："最近住院的病人比较多，而我们却占着一个病房，昨天跟领导说过，让他们安排其他病人住进来，可是……"

"领导有领导的安排，您就安心让儿子在这里治疗吧！您儿子是尽职尽责的好警察，是有功之臣，也是大家学习的榜样，社会就需要弘扬正气！真为您有这么优秀的儿子感到骄傲与自豪啊！"这是梁海涛的肺腑之言，身旁的医生都表示赞同。

老汉感慨地说："想当年，我也是一名边防军人，军人就要以服从命令为天职，既然儿子选择了警察这一职业，为民除害也是应该的。"

噢，怪不得眼前的老汉与众不同呢，原来他曾是一名军人。梁海涛不由得认真打量着老人，尽管已经七十多岁了，从他的神态中仍能看出年轻时器宇轩昂的样子。

梁海涛打心眼儿里敬佩这位老人，他吩咐身边的护士，要多观察病人情况，阿力江如果恢复得快，可考虑减药。

说完，梁海涛跟老人道了别，又向其他病房走去。

二

几天后，梁海涛再次走进阿力江警官的那间病房时，里面住进了三个面孔陌生的患者，阿力江不见了。这让梁海涛感到很意外，他不解地问一名维吾尔族护士："这个病房里的警察呢？"

护士说："昨天下午，病人亲属看到那名警察病情已经稳定，主动要求办理转院手续，转到平山县人民医院更方便亲属照顾，昨天值班医生无法劝阻，只好给他们办了转院手续。"

"噢，平山县经历了百年不遇的大地震，伤员一定不少，估计那里的床位一定很紧张，也不知那里的医疗条件怎么样？"

得知阿力江转院，梁海涛怅然若失。尽管他和阿力江只有见过几面，但他能感觉到阿力江的人格魅力。为了一方百姓平安，和田地区非常需要这样尽职尽责的好警察，希望他能早日恢复健康。

当天下午，临近下班的时候，梁海涛突然接到平山县人民医院挂职副院长王吉庆的电话："梁主任，告诉你一个好消息，你要找的人，我们找到了！他就是从你们医院转来的受伤警察，据说他的父亲早年与建设兵团医院工作的一名汉族女医生结婚了。而且这名女医生当年是从北京过来支边的，具体姓名没打听到，不过，她应该就是你要找的人，只要找到这位警官的父亲，就能找到你妈妈的好友了！"

听到王吉庆的话，激动、兴奋与失落同时涌上梁海涛的心头，瞬间，让他感到五味杂陈。自从来和田工作以后，妈妈的叮嘱一直在心中回响着：如果帮她找到了留在南疆的同学兼好友江红霞，一定要及时告诉她，她想跟她见面，想知道这些年，她生活得如何。然而，妈妈已经带着遗憾离去了，这也是让梁海涛深感内疚的事。

当初，白洁知道此事后，她用手机拍下那张合影，洗了六十多张照片，发到了每个医疗队长的手中，让每位援疆医生的手里都有这张合影。大家都在努力帮他寻找，但始终没有结果，正当他要放弃的时候，竟然峰回路转，传来了这样的好消息。

"她在哪里呢？"梁海涛握着手机的手有些颤抖，呆呆地问着王吉庆。

"你猜，你还见过她的儿子和丈夫。"

"什么？我何时见过？"

"她的儿子就是你前些天抢救过来的阿力江警官！他的爸爸就是你妈妈同学的丈夫！你还记得吗？两个多月前，我陪你们到平山县的乡下义诊，正是阿力江开着警车给你们带路，那天，他刚好回乡下看望父母。"

这个消息让梁海涛甚是惊喜，生活中的巧合也太戏剧化了，怎么会这么巧呢？怎么可能呢？梁海涛从电话里能很明显感觉到王吉庆很兴奋。他的脑海里闪现着与阿力江父子见面的每一个细节，还真有一种说不出来的亲切感觉，尤其是阿力江的父亲，年轻的时候曾是一名边防军人。当时，做梦也没想到，他们就是江阿姨的亲人。

梁海涛突然想起来妈妈曾经说过，当年她的同学爱上了一个当地的退伍军人、维吾尔族英俊小伙儿，两人结婚后，还是妈妈亲自为江红霞接生了一个男孩儿，从妈妈的语气中，梁海涛隐约感觉这个小伙儿原本是对妈妈有爱意的，但后来不知怎么的，就转为和江红霞好了。梁海涛还记得，妈妈说那名维吾尔族小伙儿在建设兵团很能干，会开拖拉机，人很热情，人缘也好，尤其还会跳新疆舞、会唱新疆歌，深受兵团年轻女子的喜欢。

想到这些，梁海涛的心激动得要跳出来一般。江阿姨对妈妈来讲，是她期盼了五十多年的人，对他来讲则是苦苦寻找了大半年的人。一想到要找的人近在咫尺，就从心底涌出强烈的愿望，想要尽快见到江阿姨。

"既然确定了要找的人，那就赶快去平山县看看吧。"护士长帕丽达的一句话，立刻提醒了梁海涛，让他眼前一亮。

对，我要去平山县找他们，一定替妈妈看望一下江阿姨！

梁海涛无法掩饰内心的激动，走起路来脚步都格外轻松，胃口也好了很多。妈妈离去了，曾经的两个好姐妹已是阴阳相隔，只有他替妈妈完成这个心愿了。

两天后，梁海涛把手头的工作安排妥当后，跟指挥部领导讲明情况，总指挥特意给他派了专车，并给他安排了任务，让他到平山县人民医院察看一下受伤群众的病情，也算是指导工作，也是加强民族团结的好事，总之，此次的平山县之行属于公事私事兼有。

指挥部的司机得知此行的目的后，也为梁海涛能找到妈妈当年的好友而感到高兴，他在车上特意播放着欢快的新疆歌曲，车轮在公路上快速行驶着，如同梁海涛急切的心情。

梁海涛在车上想象着和江阿姨见面的情景，会是什么样呢？她一定也很想知道妈妈这些年的生活状态吧？她一定还不知道妈妈已经带着遗憾离开人世了，见面后第一句话说什么呢？想到这些，他的眼睛湿润了，模糊了视线。自从妈妈走后，梁海涛感觉自己的情感很脆弱，甚至有些忧郁，很担心自己会患上抑郁症，作为医生，这是大忌，非常影响工作。所以那段时间，他竭力让自己开朗些，组织大家搞文体活动，让自己尽快从丧亲之痛的阴影中走出来。

两个半小时后，车子驶进了平山县人民医院，只见出入门诊部、住院部的病人和家属很多，大家表情肃穆，还没有从灾难的痛苦中走出来，即使是熟人见面，也只是简单问候。

梁海涛曾带领医疗队到平山县的乡村进行义诊活动，都是平山县人民医院联系接洽的，所以他对平山县人民医院的情况有所了解。

车子停稳后，梁海涛进楼，上了二层，直奔住院部，他想早一点儿见到在平山县人民医院挂职副院长、神经外科主任的王吉庆，他想向阿力江的父亲详细打听让妈妈挂念一生的好友江红霞，他想替妈妈跟这位素未谋面的江阿姨见面，想跟她讲讲，这些年妈妈经常提起她，想知道这些年她生活得如何。总之，梁海涛想尽快尽早知道这一切。

梁海涛见到王吉庆，直截了当地问："阿力江警官住在哪个病房？大叔在哪里？"

只见王吉庆面露尴尬，摊摊手说："你来晚一步，今天上午，他们刚办理了出院手续。"

"他还没有完全恢复，怎么能出院呢？"

"我们也再三劝阻，但阿力江的爸爸说，他儿子可以下地活动，也可以自理，回家养病也一样的，这里的病人太多，病床太紧张了，要把病床留给更需要的人。他说过几天再陪着儿子来这里复查。"

梁海涛听到这话，怔怔地看着王吉庆，埋怨他说："你呀，怎么不拦住他们呢？"

"人家要出院，我们也没办法啊。"王吉庆一脸的无奈。

"他们家住哪里啊？我去哪里能找到他们？"

"对了，他们办理住院手续的时候，填了家庭住址。"

"快，帮我查查。"这句话又燃起了梁海涛的希望。

王吉庆查找地址的同时告诉梁海涛，阿力江的妈妈肯定就是他要找的那位江阿姨。

梁海涛很疑惑地问："你怎么这么肯定阿力江的妈妈就是江阿姨呢？"

"这事说来也巧，一名年轻的警察给阿力江办理出院手续的时候，他到我的办公室，恰好看到我办公桌玻璃板下的这张合影，他说，有一次跟阿力江回乡下看望父母的时候，阿力江家的相框里也有这张合影。放心，那名警察非常肯定就是同一张照片！"

这让梁海涛更想尽快见到阿力江的妈妈了。

很快，王吉庆就查到了阿力江警官的家庭地址。

司机二话不说，载着梁海涛，按照提供的地址驶去。很快，车驶进平山县公安局家属院。院内的环境还不错，街道笔直，花园广场上有一些健身器械，最东边共有三栋家属楼。梁海涛查看楼牌号，终于找到阿力江警官的家。

站在门前，梁海涛屏住呼吸，紧张、激动、不安，他努力调整心情，终于抬手按响了门铃。

门开了，眼前是一位七十多岁的老太太，头戴花头巾，穿着棉长袍，梁海涛端详眼前的老人，满脸的皱纹，从她深凹的眼睛和高挺的鼻梁能判断出她是维吾尔族人，而不是汉族人，那她又是谁呢？

梁海涛讲明来意，还好，老太太能说几句不太流利的普通话。她说，阿力江是她的女婿，今天女婿回单位了，他说最近警力不够，需要人手，他的父亲回乡下了，说是家里有事需要办。

站在一旁的司机用维吾尔族语跟老太太交流，梁海涛听不懂，只能从手势和说话的状态中，感觉司机已经问清了阿力江警官的父亲在乡下的具体住址。

果然，司机高兴地对梁海涛说："好了，我问清楚了，咱们现在就去那个村子，一定能找到他们。"

就凭司机的这股子韧劲，梁海涛的心中也宽慰了许多。

通往乡村的路，渐渐变得窄了，柏油马路也渐渐变成了土路。

车子行驶在土路上，一路颠簸，速度明显慢了许多。今天天气还算好，一团团乌云遮住了太阳的光芒。如果这里没有发生地震，人们会跟往常一样过着踏实的日子，而如今道路两旁偶尔闪过几间倒塌的房屋，显得有些凄凉。

梁海涛暗想：当年妈妈走过这条路吗？如果妈妈在世，她来到这里会有什么感慨呢？

半个多小时后，车子驶进村庄，司机用维吾尔语接连跟三个村民打听，终于找到了阿力江父亲的家。

这是一座小院落，院子里有堂屋，两侧有泥土坯盖的两间房屋，左侧的房屋已经倒塌，右侧的房屋也岌岌可危。堂屋房顶略有倾斜，或许是那天地震导致的。

这时，从堂屋里走出来一名身体硬朗、面无表情的老汉，应该是他听到了有车停在他家门口的声音，就走出来看看。

梁海涛一眼认出，来人正是阿力江的父亲。

老汉看到来人是救了自己儿子的梁海涛主任，先是一愣，然后脸上很快露出感激的笑容，连忙说："梁主任，你怎么来啦？我儿子恢复得挺好，谢谢，谢谢！"

事隔几天，再次见面，梁海涛心中如同打翻了五味瓶，各种滋味涌上心头，酸楚的泪水瞬间湿润了眼眶，他问老人："大叔，你认识一名北京来的汉族女医生吗？她名叫周凤琴，五十多年前，她曾在建设兵团医院工作了三年多，后来她回北京了。她说，当年有一名跟她最要好的女同学江红霞留在了兵团，和一名当地的维吾尔族小伙儿结婚了。"

老汉睁大双眼，怔怔地看着梁海涛，吃惊地问："你是……？你怎么知道的？我就是阿不勒提，江红霞是我的爱人。"

"噢，大叔，我来和田之前，妈妈让我在和田寻找你们，我终于找到你了！"梁海涛伸出双手，紧紧握住老人那双布满青筋的大手。

"你妈妈呢？这么多年没见过面了，她现在还好吗？让她来这里看看吧，今年年初，我们在市区买了新房子，本打算最近搬新家的，没想到赶上了大地震。"阿不勒提的眼眶里噙满了泪水。

阿不勒提接着说："孩子，你真有出息，跟你妈妈一样，也当医生了！那天在医院见面的时候，就感觉有些面熟，但是又想不起来在哪里见过。"

阿不勒提又问梁海涛："你妈妈还好吧？"

"我妈……我妈……她，她已经病逝了。"梁海涛说完，鼻子发酸，泪水忍不住顺着脸颊流下。

阿不勒提听到这里，微闭双眼，身子左右晃了几下，多亏司机师傅眼疾手快，伸手扶住了他。他缓缓睁开双眼，能看得出他强忍着悲伤。

"大叔，我妈妈这么多年一直很想念江阿姨，她现在还好吧？"梁海涛调整了心情，问阿不勒提大叔。

泪水顺着阿不勒提的脸庞流下，他嘴唇颤抖，哽咽着缓缓地说："孩子，你……你等等啊。"说完，他转身回屋，很快他又走出堂屋，手里捧着一个相框。

梁海涛看到相框里的照片正是妈妈周凤琴和江阿姨的那张合影。

梁海涛凝视着相框里的人，轻声问："江阿姨呢？我很想见见她。"

阿不勒提神情恍惚，用手指了指左侧倒塌的房屋，带着哭腔说："那天清晨她正在收拾东西，没想到……"

阿不勒提再也绷不住了，失声痛哭起来，他举起右手用力捶打着自己的胸口，发出撕心裂肺的哭声，仿佛积压了许久的火山，终于以排山倒海之势爆发了。

梁海涛呆呆地站在院子里，失神地看着倒塌的房屋。

三

这是新修的坟头，上面的土还有些湿，石碑上嵌着一张汉族老妇人的照片，依稀能辨认出她年轻的模样，她正是梁海涛苦苦寻找的江红霞阿姨。地震那天早上，她去左侧的房屋收拾东西，强烈的地震把那间危房震塌了，她没能躲过一劫。

坟头周围是一片枣树林，上面已经挂满了绿色的枣，再过一段时间，满园子的绿枣就变成大红枣了，可惜，成熟的果实再也等不到主人的青睐了。

让梁海涛最为心痛的是，他曾带着医疗队员先后三次来这里为村民义诊，或许，每一次都与江阿姨擦肩而过。如果当初能遇到江阿姨就好了，可以带她去北京跟妈妈见面，也可以带妈妈来村里让两人见面，就能了却妈妈的一桩心愿。

水满则溢，月盈则亏。每个人都想追求完美的人生，然而，上苍总会让人们有些遗憾。

如果没有地震，如果他们早一天搬到市区居住，如果周凤琴仍活在人世……但是，这世上没有那么多如果，也没有卖后悔药的，时光更不可能倒流。

梁海涛擦干眼泪，按照汉族人的风俗，跪在坟前，对着江阿姨的墓碑磕了三个头，心里默念着：妈妈，我找到江阿姨了，我在她的面前行礼了，你们此生无法再相聚，就在天堂里见面吧。

"大叔，我妈妈在这里，只留下一张合影，当年，她在这样的环境里过得还好吗？那时候的她是什么样呢？"梁海涛很好奇妈妈为什么这么多年对这里的记忆如此深刻，他很想知道妈妈当年在这里工作生活的点点滴滴。

阿不勒提站在坟头旁边，一双布满皱纹的青筋大手捂住了双眼，泪水顺着手指缝滴落。许久，他放下双手，眼睛里布满了血丝，他看着眼前的这片枣树林，对梁海涛说："你妈妈很喜欢吃当地的大红枣，她回北京后，我和你江阿姨把这片地全部种上了枣树，真希望她有一天能突然回来，尝尝这些红枣，真的很甜！"

　　梁海涛忽然想起来，妈妈确实喜欢吃红枣，每次到大超市里购物，总是挑选新疆生产的大红枣，她说新疆大红枣日照光线强，好吃，很甜。

　　此时，阿不勒提脸上泛起一丝温情，缓缓地说："其实，这些年，有许多北京援疆医生来村里义诊，每次你江阿姨都抱着一丝希望，幻想着这支队伍里能见到你妈妈，但每一次都失望回家，从去年开始，她不再问了。"

　　"我妈妈已经退休二十年了，她没有援疆的机会，那些年妈妈的身体不太好，退休后查出患有严重的肾病，每周都要做一次透析，出一趟远门，对她来讲是件非常困难的事。"

　　阿不勒提听到这话，表情凝重，眉头紧皱，黝黑的脸膛呈现出刚毅的神情。他嘴唇抖动着，许久才渐渐恢复了平静，他缓缓地说："那张合影，是你妈妈在回北京的那天清晨，我开着拖拉机带着她俩去县城，找到一家照相馆拍的。"

　　"噢，妈妈说曾经给你们写过许多信，不知道为什么，都没有收到回信。"

　　阿不勒提吃惊地看着梁海涛，大声说："没有，你妈妈回北京后，我们从没收到过她的一封信，当时我们还觉得她太绝情了！后来，你江阿姨说想回北京看看，也想跟你妈妈见一面，所以二十年前我陪着你江阿姨去了一趟北京，到了后才发现北京变化太大了，医院也非常多，我们一连找了十多家医院，都没有打听到你妈妈的下落。那时，我们的孙子刚出生，太小，需要人照看，只好又回和田了。你知道吗？那时没有高铁，没有直达的火车，去一趟北京，往返路程需要半个月的时间，难啊！"

梁海涛感慨地说："是啊，那时的交通没有现在便捷，妈妈也曾说过想回来看看，但她的身体不允许。"

阿不勒提的情绪渐渐稳定下来，他低声说："你妈妈很善良、很漂亮，她在团场医院工作期间，对待病人非常好，可以说是团场男人心中的女神。有一年冬天下大雪，气温很低，团场领导担心医护人员和住院患者熬不过去，让我开拖拉机去林场给医院拉劈柴，取火用。我独自开着装满劈柴的拖拉机向医院方向行驶时，天渐渐完全黑了下来，我看不清道路，加上雪多路滑，突然，拖拉机一个侧翻，我就不省人事了。也不知过了多久，当我清醒过来的时候，才发现身子已经被装满车厢的劈柴压着，不能动弹，估计已是半夜了，冷风'嗖嗖'地吹着，还下着大雪，冻得我都没有什么知觉了，更无法翻身，那一刻，我觉得自己快要死了。"

梁海涛静静听着阿不勒提讲述往事。阿不勒提停顿了一下，接着又说："那时没有手机，没有任何联系方式，我浑身发冷，感觉没有生的希望了。后来，当我再次醒来的时候，却发现自己躺在病床上，身上盖着厚厚的棉被，旁边的火炉烧得正旺，身子也暖和多了，你妈妈如同仙女般，坐在病床旁边的椅子上看着我，她的眼睛里布满了血丝，显得困倦疲乏极了。她看见我醒了过来，高兴地说：'醒了，终于醒了，来，再喝点儿姜汤暖暖身子。'"

梁海涛依旧静静地听着老人的诉说。

"我听医院院长说，那天晚上是你妈妈值班，她听说我去拉劈柴，盘算着我应该到达医院的时间，但迟迟不见我到医院，就坐立不安，她一再请求院长派人沿着通往林场的路上找我。院长答应了，派人出来找我，在路边找到了我。多亏了你妈妈我才及时得救，否则我这条老命早就交待了。后来，我很快就恢复了元气。你妈妈人很好！非常好！"

说到这里，阿不勒提像个害羞的小伙子低下了头。

梁海涛听着阿不勒大叔讲着往事，脑子里一直努力回想着妈妈每次提到阿不勒提大叔的时候，总是欲言又止。

"那后来呢？你怎么娶了江阿姨呢？"

"有些事我也说不清，后来你江阿姨说，你妈妈在家是独生女，身体不太好，如果她继续留在这种恶劣的环境里生活，就等于慢性自杀。我很希望你妈妈能过上幸福的生活，后来你江阿姨经常来找我，她人也不错，我们就结婚了，十个月后，你妈妈给你江阿姨接生，这孩子就是阿力江。再后来，你妈妈回北京了，而且再也没回来，当时我们都觉得她挺绝情的，其实仔细想想，她回来又能怎么样呢？这里环境太差，况且回一次北京，路途太遥远。"

阿不勒提说这些话的时候，目光看着远方。

梁海涛说："听我妈妈说，她回北京之前，江阿姨多次说，她家中有五个姐妹、一个哥哥，家里也不缺她一个，而我妈妈是家里的独生子，父母需要照看，而且她的身体确实虚弱。当年，妈妈在和田的时候，曾收到姥姥和姥爷的信，让她回北京住几天，姥姥在信中说，她的身体非常不好，希望我妈妈能回北京见她最后一面，妈妈接到这封信才回的北京。不料，姥姥只是想让妈妈永远留在北京，而且姥爷给妈妈已经找到了医院的工作。那时，妈妈拗不过姥姥和姥爷，只能留下来了，在北京工作八年后才结婚，才有了我。"

阿不勒提怔怔地听着梁海涛的话，他不解地说："你江阿姨是抱养的，她没有那么多姐妹，我那年陪她回北京找养父母，听邻居说，她的养父母早已过世多年了。"

"啊？怎么会这样？"梁海涛的脑子一时反应不过来，沉默片刻，他若有所思地、自言自语地说："明白了，我终于明白了！"

此时，几只雀鸟在枣树林中盘旋着，鸣叫了几声，渐渐飞远了。

四

深秋时节的大自然是美丽的，尤其是南疆和田地区的自然风光更是迷人，充满了魅力。梁海涛和他的援友们在南疆工作九个月后，依然处于忙碌的工作状态，都希望在最美的季节一睹南疆大自然的美丽，尤其是想感受一下大漠胡杨"三千年不死，死了三千年不倒，倒了三千年不朽"的气节与壮美。应大家的要求，梁海涛征得指挥部的同意，利用周末时间，带援友们出来放松一下心情。

车子沿沙漠公路向塔克拉玛干沙漠行驶着，沙漠公路顾名思义就是在茫茫沙漠间修建的公路，谁都知道，塔克拉玛干沙漠被称为"死亡之海"，其凶险程度可想而知。但是英雄的中华儿女不怕死亡，不畏艰险，不辞辛劳，不惧严寒酷暑，在专家的指导下，他们硬是在这片死亡之地建成了我国第一条沙漠公路，它也是世界最长、等级最高的沙漠公路。路面虽然不宽，只是一条双向单行道，但这足以惊天地泣鬼神了。

沙漠公路两旁运用滴灌技术栽植红柳、沙拐枣等沙生植物阻挡风沙。

车子行驶到胡杨最集中的地方，随处可见金色秋天的美景，为和田披上了美丽的盛装。医生们在一片惊叹声中，纷纷要下车欣赏胡杨，拍照留念。

一行人下了车，毕竟都是第一次见到高大的胡杨林，他们迈着欢快的脚步，兴奋地朝着路边的胡杨林跑去。

这里的秋景实在太美了，虽然今天不是蓝天白云的晴朗天，但和三月份来这里看到的景象相比，有着天壤之别。今天他们脱下了白大褂，穿着便衣，显得格外轻松，纷纷找着各自喜欢的景点和角度拍照。

陆浩和白洁找到一处胡杨树茂密的地方，掏出手机，摆好姿势，连续拍了好几张照片。

医生们纷纷打趣："什么时候吃喜糖呀，援疆的好处真多，还能让有情人终成眷属！"

陆浩和白洁也很大方地回应着："放心，等我们结婚的时候，一个都不能少。"

秋高气爽的时节，胡杨树枝繁叶茂，为浩渺无垠的沙漠带来了无限生机与俏丽。树干虬枝四展，树皮干裂，样貌千奇百态，犹如根雕艺术家的作品，在荒漠中顽强地生存着。援疆医生们感叹着大自然的神奇，也联想到这些年来，从祖国各地奔赴南疆工作的众多援疆人，如同胡杨树一样扎根荒漠，默默守护着这片家园。胡杨树的这种坚忍顽强的精神激励着一批批援疆人，在这里奉献着自己的青春，甚至生命。

照片拍了不少，大家心满意足地回到车里。下一站就是穿越塔克拉玛干大沙漠了，它是世界第二大沙漠，大家想看看它的壮观，想感受一下它如海般的沙丘。据相关资料介绍，这里原本是一片汪洋，几亿年前，因地壳发生剧烈运动，随着斗转星移，这里慢慢隆起了巨大的沙漠。

其实，在这一望无际的大漠下面，是一片海洋。

据当地的老人讲，和田的雨水较少，每场大雨都是因着什么人或什么事感动了上苍，有恩赐才会天降大雨，而这些雨水将渗进大漠里，与大漠下面的海洋汇聚在一起。

此刻，天空飘过朵朵乌云，慢慢汇聚在一起，整个大地暗了下来，有医生抬头望着天空说："难道要下雨吗？"

"是啊，看这情况，感觉真有一场雨。"有人附和道。

维吾尔族司机师傅看着天空高兴地说："下雨好呀，我们这里非常缺雨。"

车子在公路上快速行驶着，半个小时后，在医生们的眼中逐渐出现一大片沙漠。

"看，沙漠到了，真辽阔啊！"

所有人都在看着窗外，这对于常年在繁华的都市北京工作生活的人来讲，是惊奇的景观，这也是他们到和田工作生活以来，第一次走进这片一望无际的大沙漠。

司机师傅找到一处最佳观赏沙漠的地方，沙漠里的一块低洼处，这里生长着沙棘，只有这里还能看到点儿绿意，其他地方全是如同波浪般的大大小小的黄色沙丘，光秃秃的，没有什么可看之处。

几名女医生大呼小叫地从随身的包里取出各种图案颜色的纱巾，围在脖子上或戴在头上把头发包起来，摆好各种随风飘逸的拍照姿势。

几名男医生笑着说："现在是表演的时候了，马上闪亮登场吧。"

如今，只要手中有部手机，就能拍出像素高又美颜的漂亮照片。

大家兴奋地向沙漠里走去。

梁海涛早上出发前，担心到沙漠上，会有沙子进入鞋子里，他特意穿了一双旅游鞋。但行走在坚实的沙漠上，他反而不怕那么多了，索性脱掉鞋子和袜子，装进袋子里，光着脚丫子在大漠上走着。脑子里想象着妈妈当年是否也曾行走在这广阔的大漠上呢？

突然，梁海涛感觉有水滴在脸上滑落，难道自己又落泪了吗？这几天，他已经在努力调整心态了，他希望能从这悲伤的情感中尽快走出来。他在援友面前始终是乐观的，只有到了夜晚他才发现，心如同被掏空一般，感觉自己对不起妈妈，没有完成妈妈的心愿。

一滴、两滴……瞬间，雨点"噼里啪啦"从空中落下。乌云压顶，雨越来越大，远处传来援友们的喊声，隐隐约约能听到："梁主任，快回车上避避雨吧！"

梁海涛回头向公路望去，不知不觉间，自己竟然走出了很远，已经远离停车的位置。看着远处向车子跑动的人影，他如同一尊雕塑般静静站在大漠上。

梁海涛仰望天空，仿佛看到妈妈那双忧郁的眼睛，看到江阿姨被倒塌的房屋砸倒在地的情景，看到当年她们合影时闪着青春的脸庞。

一声惊雷在空中炸响，顷刻间，天空如同裂开一道口子，大雨铺天盖地倾泻下来，重重打在梁海涛的身上和他脚下的沙漠上，瞬间，雨水浸湿了他的衣服，浸湿了大漠。他全然不顾从天而降的瓢泼大雨，任凭雨水在身上浇灌着，他或许不知道，这是和田地区几十年来最大的一场暴雨。

梁海涛的脑海里又闪现着那一幕幕痛苦的场景，突然，他想到这一天正是妈妈去世百天的日子，他奋力举起双臂，伸向天空，很想冲着天空大喊几声，但喉咙如同被异物卡住一般，无法发出声音。

"扑通"一声，梁海涛跪在被暴雨浸透的大漠上，放声痛哭。

泪水、雨水一同渗进了无垠的大沙漠里。

尾 声

第二年春节前，北京阳光医院再次为梁海涛申请了赴美国进修的名额，正月初八，他坐在飞往美国的航班上，感受着飞机在云端穿行的节奏。

援疆这一年，时间过得太快了，发生了太多太多的事，有苦有乐，有喜有悲。最让梁海涛欣慰的是，他在上飞机前的那一刻，看到了白洁发在援友微信群里的照片，那是她和陆浩拍的婚纱照。两位青年才俊，神采奕奕，喜结连理，微信群里的援友们为这对新人献上最美好的祝福。

梁海涛透过舷窗，俯瞰大地，下面是一片汪洋大海，他记得曾有一位哲学家说过：世界上的水固然很多，但最终都是相通的。他的脑海里立刻闪现出世界第二大的塔克拉玛干沙漠，据说，那片沙漠下面是海水，或许，若干年后，那片大漠下的海水与眼前的海水交融在一起，不分彼此。

穿越沙漠，跨越海洋，梁海涛知道，只要视线所及之处，人生中注定有着不一样的风景！

2021 年 2 月 20 日初稿

2021 年 3 月 18 日二稿

2021 年 5 月 8 日三稿

2021 年 6 月 20 日终稿

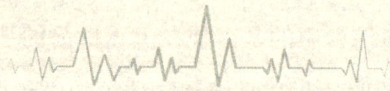